紺野千昭 Chiaki Konno
木野花ヒランコ Hirannko Konohana

神様のいるこの世界で、獣はヒトの夢を見る

bestia voluit hominem esse

「……司教様、
私はあとどれだけ
イヴリースを捕らえれば、
罪を許されるのでしょうか?」
ヨシュア＝ルクスフェロー
マルアム司教長

カイン＝イストエデン
「……ねえ、ヨシュア君。
〝世界の真実〟なんていうものが、
この世にはあると思うかい？」

イズリル＝カルディアナ
「……ふん、お前ら親子はいつもそうだな。
周りに心配ばっかかけやがる」

「むーん、まだ硬いなぁ。
……ここはこーんなに柔らかいのに～！」
――カナン
――ノア＝エルヴァヴェル

「なるほど、良い目だ。家畜にしておくには惜しいな」

レヴィア＝デミウルゴ 二十七世

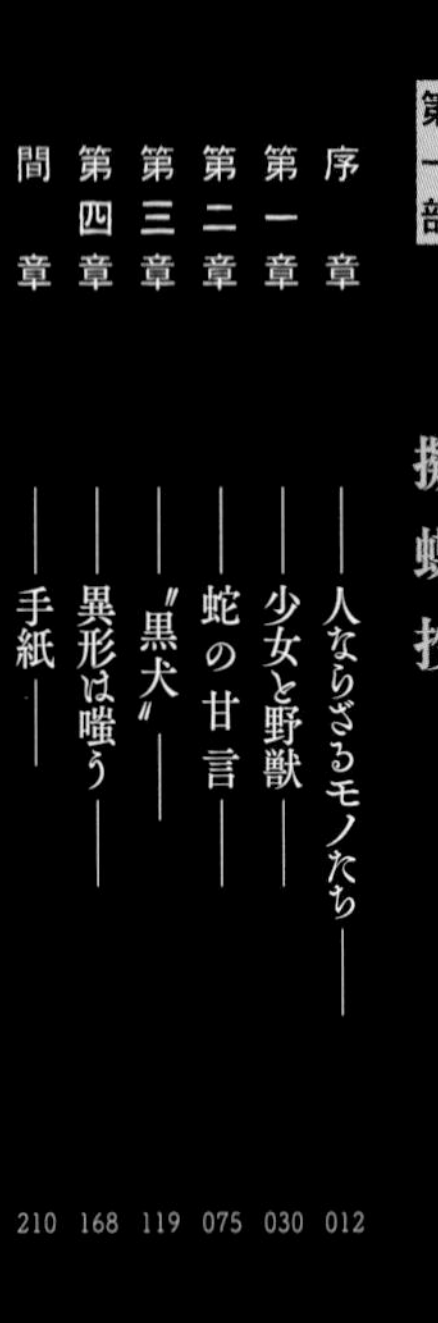

第一部 擬蝶抄

第二部 擬人抄

bestia voluit
hominem esse.

神様のいるこの世界で、獣はヒトの夢を見る

紺野千昭

講談社ラノベ文庫

口絵・本文イラスト／木野花ヒランコ
デザイン／ＡＦＴＥＲＧＬＯＷ

第一部
擬蝶抄
bestia voluit
hominem esse.

序章――人ならざるモノたち――

仄暗い地下室に蠟燭の火が揺れる。

今にも消えそうな灯が照らし出すのは、手足を拘束された少女。蒼白な顔で小刻みに震えている。猿ぐつわを噛まされてさえいなければ、きっとすぐにでも悲鳴を上げているだろう。

そんな少女の傍らには一人の男が屈み込んでいた。――いや、〝一人〟という呼称は当てはまらないかもしれない。なぜならその体は、到底『人間』と呼べる代物ではなかったのだから。

毛むくじゃらの手足に、あちこちから突き出た触角。背中には拉げた数枚の翼と、不格好にひび割れた甲殻――

辛うじて人間の輪郭を保ってはいる。……が、何十種類もの生物を節操なく混ぜ合わせたその体は、もはや醜美の概念すら超えて存在そのものの歪さを体現していた。

もっとも、当の本人は己の歪さなど気にしてはいないらしい。ふんふんと鼻歌のようなものを口ずさみながら、手に持った布切れでしきりに何かを磨いている。

そうして一段落ついたのか、異形は磨いていたものを高々と掲げた。

「ああ、今日も完璧な仕上がりですね」

それは鋭利に研ぎ澄まされた剃刀。大きすぎる獣の掌の上で、舌なめずりでもするかのように鈍く光っている。それを見た少女はまた一段と身をすくめた。

「ふふふ……大丈夫ですよ、何も怖がる必要はありません。これからすることはとても神聖で、とても素晴らしいことなのですから」

ノイズ混じりの声で囁く異形。確かに人間の言葉ではあるが、そのくぐもった響きはどこか野獣の唸り声を彷彿とさせる。

そして異形は剝き出しの少女の太ももへ剃刀をあてがった。

「ですから……決して動いてはいけませんよ？」

不気味な猫撫で声で囁きながら、異形はゆっくりと刃を引く。

ほんの寸刻、乙女の柔肌が淡く白んだ。それから刃の軌跡に沿って朱が滲み、次第に傷口からぷつぷつと緋色の玉が湧き始める。それは紅玉の如く煌めきながら徐々に膨らんで――とうとう張力の臨界を迎えて崩れ落ちた。

後から後から流れ出す鮮やかな紅。この地下室で唯一色を持つ命の脈動。

それを目にした異形は大きく歓喜の声を上げた。

「――おお、なんと美しい……！　穢れなき乙女の無垢なる血……神への供物にこれ以上のものはない！」

まるで子供のように感動を叫ぶ男。少女がくぐもった悲鳴を上げてもお構いなしで大はしゃぎ。世にも忌まわしい獣の笑声が地下室に木霊する。

──だがその時、異形は不意に口をつぐんだ。そしてむっくりと立ち上がると、恍惚の表情で天を仰ぐ。

「どうやらそろそろのようですね……！　──ああ、感じる、感じます！　私を見る神の視線を！　私にかかる神の吐息を!!　さあ、お嬢さんもとくとご覧なさい！　神聖なる『天罰』の時間です……!!」

その呟きが終わるか否かというところで、男の体が不自然に痙攣を始めた。そしてメキメキと気色の悪い音を立てながら、ひとりでに全身の肉が捻じれ始める。

「お……おお、ぉぉおおお……！」

男の口から漏れる苦痛の呻き。と同時に、両腕のあちこちから鱗が生え出し、顔面のあらぬ場所から不揃いな牙が伸びる。歪曲した右脚では使途不明のエラが開閉し、唯一人間味の残っていた左目さえ、ぶつりぶつりと分かれて不気味な複眼に様変わりする。

──少女の眼前で、男はさらなる異形へと変異を遂げたのだ。

「あ、あ……あぁ……！　今、確かに、神の手が私に触れた……！　なんたる光栄、なんたる法悦……！」

何がそんなに嬉しいのか、男はおぞましく歪んだ己の体をうっとりと眺める。それから──再び少女の傍らへ屈み込んだ。

「──さあ、続きをしましょう！　もっともっと、私は神に触れたいのです……！」

できたばかりの複眼がぎょろりと少女の瞳を覗く。人語を話してはいても、もはやソレは獣以外の何物でもない。

……あまりの恐ろしさに限界を迎えた少女の精神は、自ら外界との接続を遮断した。

「……おや？　感動のあまり気を失ってしまいましたか？　さもありなん、さもありなん。しかしもったいないことを。フェムドナ神の御業を目にする好機だというのに」

気絶した少女を前にして、異形は心底残念そうに呟く。

そして深い溜め息をついたかと思うと……唐突に虚空へ問うた。

「あなたもそうは思いませんか――お客人？」

いつの間に現れたのか、異形の背後には一人の青年が立っていた。

厚いフードの下から覗く顔は、まだ随分と若い。恐らく二十歳にもなっていないのだろう。顔と同様に全身を真っ黒なマントで覆い隠している。

そんな正体不明の来訪者は、年齢に見合わぬ落ち着いた声で問うた。

「……ベリト＝ゴルエティエ神父、だな？」

「はて、それは私のことでしょうか？　少々お待ちください、今思い出します……あ、そうでしたそうでした、それは確かに私の名前です」

まるで他人事のように、異形の神父――ベリトは頷いた。

「……で、そういうあなたは警団の方ですか？　こんな夜分遅くまでどうもお疲れ様です。ただ……礼儀がなっていませんね。ここは私の神聖なる聖堂。早く頭を垂れて祈りなさい」

威圧的に命じられた青年は、答えの代わりに淡々と宣告した。

「……監禁致傷の現行犯、及び五件の殺人容疑の廉でお前を拘束する。一緒に来てもらうぞ、ベリト神父……いや、元神父」

「はっ、『元』ですか？　それは聞き捨てなりませんね。私は人間を捨て真なる神への奉仕者となった！　むしろ教会こそがまがいものであり唾棄すべき悪なのです！　……もっとも、いくら説いても神の愛を知らぬ人間などにわかるはずもありませんか」

と呆れたように肩をすくめたベリトは……それから突如語気を強めた。

「それよりも、先ほど申し上げたはずですよ。――早く頭を垂れなさいっ!!」

瞬間、ベリトが大きく跳躍した。

警告も逡巡もなく、一直線に突進する先は青年。微動だにしないその脳天へ思い切り異形の巨腕を振り下ろす。人間とは比較にならぬ圧倒的な腕力は……しかし、青年を捕らえることはなかった。

ほんの数センチ――瞬きよりも速く、青年は半歩その身を引く。

それだけの動きで、ベリトの一撃はかすめたマントを吹き飛ばすだけにとどまった。

だが――

「……！　くくく……なるほど、なるほど。そうだったのですか。それならば先におっしゃってくだされればよかったのに……！」

かわされたことを意にも介さず、ベリトは楽しげに笑う。

その瞳は嬉々として、露わになった青年の姿を映していた。

「あなたも私と〝同類〟――《罪の化身》ではありませんか……！」

ベリトの巨体と対峙する青年。その右半身に関して言えば、あちこちに武装を帯びていること以外は至って〝正常〟な人間の肉体である。

しかし、残りの半分はまったくの別物――青年の左半身は醜い異形と化していたのだ。

ただし、無数の獣を混ぜ合わせ歪に肥大化したベリトとは違い、青年の半身を覆うのは鈍く輝く漆黒の鱗。そこにはグロテスクさと同時に奇妙な美が同居している。……が、多少の差異など結局は些事。いずれにせよ彼もまた、真っ当な〝人間〟の範疇から大きく逸脱した存在であった。

「ということはあなた、警団ではなく『異形部隊』の追手ですね？　同族を売り神に媚る教会の犬……やれやれ、なんと浅ましいことでしょう。あなたはフェムドナ神の御心をまったく理解していない！　それを今から、たっぷりと教えてあげましょう！」

ベリトの唇がにやりとめくれる。と同時に、その全身がひくひくと蠢き始めた。

筋肉という筋肉が膨れ上がり、歪だった輪郭がさらに醜く変貌していく。――完全な戦闘態勢に入ったのだ。

それでもなお表情を変えない青年は、応じるように懐のナイフへ手を伸ばした。

「……体表の九割の異形化を確認……教会法第七条に則り、第一種武装の使用を開始する」

「よろしい、抵抗を許可します！」

再び跳躍するベリト。青年の左右から巨大な両腕が肉薄する。

捕まれば即全身の骨が砕かれるであろう死の抱擁。青年は僅かに下がって回避すると、素早くナイフを投擲する。至近距離からの投剣には異形の身体能力でさえ反応できない。

飛翔したナイフはまっすぐベリトの右腕を穿った。だが――

「やれやれ、実に愚かしい」

深々とナイフが突き刺さっているというのに、ベリトはまるで動じていない。それどころか、にやりと不敵に微笑んだ。

「私たちにこんな人間のおもちゃが効くわけ――」

と、言いかけたベリトの体が、かくんと揺れた。

「む⁉　これは……まさか……」

不意に全身を襲った脱力感。その原因をベリトはすぐさま察した。

「〝聖銀〟ですか……⁉」

気づくや否や、ベリトは腕の短刀を抜き捨てる。それだけで奇妙な虚脱感は消え去った。

「なるほど、なるほど……聖銀を扱う黒鱗のイヴリース……そういうことですか……」

青年の正体を知ってか、ベリトは先ほどのように迂闊に向かって来ようとはしない。しかし警戒しながらも、ベリトの表情は今までになく嬉しげだった。

「ああ、神よ、このお導きに感謝します……！　よもや、あの《蛇殺しの鉄杭》と相まみえることができるだなんて！」

隠すことなく高揚を顕にするベリト。

それに呼応して、醜悪な肉体もにわかにさざめき立った。

「しかし理解しかねますね。あなたほどのイヴリースが同族を売ってまで人間に戻りたいのですか？　あんなにも貧弱で、あんなにも不完全な生物に？」

「……神の法に背き、欲望のままに生きるのでは……我々はただの獣だ」

「獣、ですか……ふっ、大いに結構！　倫理、法律、あの偽りの教会が定めた教理でさえ、この世のルールはすべて人間が創りしまがいもの！　そんな鎖に縛られているものは獣以下の家畜と呼ぶのです！」

挑発的に笑うベリトは、さらに声を張り上げる。

「そう、我々が従うべきは神のみ！　そして神のご意思の顕現こそがこの肉体なのです！罪を犯せば犯すほどに、強く、大きく、猛々しく変異する！　皆はそれを天罰と呼ぶが、私はそうは思わない！　これは神の与えたもうた恩寵だ！　神は私たちに囁いておられるのです！　己の欲望を解き放てと！　原初の野性に回帰せよと！　もっと、もっと、もっと、壊して、犯して、殺しまくりなさいと――!!」

咆哮と同時に、ベリトが再び動いた。

溢れる獣性のままに振るわれる激しい連撃。その苛烈さは先ほどまでの比ではない。技術や戦術とは無縁の力任せの攻撃ではあるが、強靭なる獣の肉体をもってすればそんな小細工など端から不要。ベリトは巨大な暴風雨の如くめちゃくちゃに暴れ狂う。

しかし、嵐の如き怒濤の暴力も青年には届かなかった。

かわし、いなし、逸らし、弾き……当たれば即死の猛攻を軽やかに受け流し、ひらりひらりと舞う青年。その姿はさながら一羽の黒蝶のよう。しかも恐るべきは、それをすべて異形化していない右手だけで行っているということ。

「ふざけているのですか？　なぜ左腕を使わないのです⁉　神が与えたもうたその恩寵を⁉」

黒鱗を纏いし獣の左腕――誰がどう見ても貧弱な人間の腕より強いはず。だというのに青年はそれを振るおうとはせず、頑なに右手だけで捌き続ける。

その非合理な戦い方に不愉快げに顔を歪めるベリトは……それから一転してにやりと笑った。

「そうですか、そんなに神の御許へ行きたいと？　――では、お望み通りにして差し上げましょう！」

ベリトの頬が不自然に膨らむ。次の瞬間、異形の口内から青紫色の液体が勢いよく吐き出された。

石壁すら溶かす強酸性の毒液――そんな突然の不意打ちも、青年は紙一重でかわす。

だが、ベリトにとってもそれは織り込み済み。回避の際にほんの僅かに生じた隙を、ベリトは見逃さなかった。

「さあ、どうぞお逝きなさい！」

巨腕の一薙ぎが空を裂いて襲い掛かる。体勢を崩していた青年にかわす余裕などない。紙屑のように弾き飛ばされる青年の体。石壁に叩きつけられる衝撃に骨が軋み、束の間、意識にノイズが走る。

そして辛うじて立ち上がろうとした時にはもう、眼前に異形の微笑が迫っていた。

「天上にて神にお会いしたらお伝えください――私ベリトこそがあなたの真なる下僕であると!!」

狂気じみた笑いを浮かべ、ベリトは鉄槌の如き剛腕を振り下ろす。

青年にはもはや眼を覆う暇も残されていない。

……しかし、異形の腕が青年をミンチに変えるその刹那、ベリトの腕が宙空でぴたりと止まった。

「なん、だ……？」

突如奪われた右腕の自由。

ベリトは思わず、動かなくなった腕を見上げる。そして気がついた。肥大化した腕に食い込む、極細のワイヤーの存在に。暗がりのせいで視認できなかったが、青年の周りにはいつの間にか無数のワイヤーが張り巡らされていたのだ。

その光景はさながら女郎蜘蛛の巣。ベリトは自分から致死の罠へと飛び込んでしまったのである。

「小細工を……！」

イヴリース特有の腕力を使って、ベリトは強引に罠から抜け出そうとする。

だが、蜘蛛糸の如く柔らかなワイヤーはもがけばもがくほど異形の腕に食い込んでいく。逃げ出すどころか、今や全身が絡め取られぴくりとも動かせない。

そしてベリトは、さらに不都合な事実に気づいた。

「……こ、これも……聖銀……⁈」

全身に広がる脱力感。だが気づいたところで為す術などない。

すべての力を奪われたベリトは、とうとう意識を手放した。

「………………」

静かになった地下室で、青年はそっと立ち上がる。

相当な勢いで壁に叩きつけられていたはずだが、まったくダメージはないらしい。殴打を食らう直前、自分から後方へ飛ぶことで衝撃を抑えていたのだ。

青年は慣れた動作で気絶したベリトに手錠をかける。その表情には勝利の高揚も死線をくぐり抜けた安堵もない。あるのはただ、機械のような使命感だけ――

新たな来訪者が現れたのは、ちょうど拘束を終えた矢先だった。

「――ちっ、なんだよ、もう終わっちまったのか。流石、〝教会最強〟の捜査官様だねえ」

「……イズリルか」

軽口と共に地下室へ踏み入って来たのは、一人の若い女――イズリル。

凜と整った美しい顔立ちをしてはいるが、その右半身は猫のような毛並みに覆われ、臀部ではふわふわの尻尾が絶えず動いている。

　彼女もまた、青年と同じ異形の者だった。

「……応援の必要はないと言っておいたはずだ」

「んなもんあたしの勝手だろ？　こちとらくだらない誘拐事件の捜査で鬱憤たまってんだよ。金髪少女ばっかり狙った誘拐とは、とんだ変態ヤローだ。きっとすんげえきもちわりいイヴリースになってるぜ」

　ジョークのつもりだったのか、イズリルはけらけらと笑う。が、青年の方は黙々と現場を片付けるだけで無反応。それが気に食わなかったのか、イズリルはむっとした顔になった。

「ふんっ、しかしお前、相変わらずまどろっこしいことしてるみたいだね。〝あたしらの力〟を使えば、もっと簡単にやれるだろうに」

　不機嫌な一瞥が向けられる先は……青年の右腕。人間のままであるその細腕には、美しい蝶と十字架をあしらった金属製の装置が嵌められている。――聖銀ワイヤーの射出機だ。

「なあ、いい加減人間の真似ごとなんかやめろよ。どんなに真似したって、あたしらは人間には戻れないよ」

「……神は寛大だ。罪人にさえ機会をお与えくださる。罪を償いさえすれば、イヴリースとて人間に戻れる」

「そりゃ普通の人間の話だろ！　お前もあたしも《原罪種》――生まれながらの異形だ！《原罪種》が人間に戻れたなんて話、聞いたことあんのかよ?!」

と、イズリルは感情的に声を荒らげる。

だがそれに対しても、青年は無表情を貫いていた。

「……犯人を護送してくる。お前は被害者を治療所へ頼む」

それだけ告げると、静かに背を向ける青年。あらゆる疑念を否定しようとするその後ろ姿がたまらなく寂しくて、イズリルは青年の背中へ縋るように叫んだ。

「そんなに人間がいいのかよ――ヨシュア?!」

異形の青年――ヨシュアは、無言のまま歩み去って行った。

――――……

――――……

「――ベリト＝ゴルエティエの捕縛、ご苦労様でした」

荘厳な聖堂に響く女性の声。その眼前には恭しく跪くヨシュアの姿があった。

煌びやかな真鍮製の祭壇、整然と並んだ長椅子、神話の一場面をモチーフにしたステンドグラス――彼らがいるこの場所は、『王都中央大聖堂』。ノードランド王国における国教・聖十字教の総本山だ。

「……もったいないお言葉です――マルアム司教様。もっと早くに捕らえることができていれば、犠牲者を増やさずに済んだのですが……」

「自分を責めてはなりませんよ、ヨシュア。あなたのお陰で、ここ王都アルコニアで怯える住民が一人減った。それはとても素晴らしいことです」

〝マルアム〟と呼ばれた修道服姿のその女性は、ヨシュアに向けて優しく微笑みかける。

ウェーブのかかった亜麻色の髪に、透き通るような白磁の肌。そして、どこまでも澄んだ紺碧の瞳――『人形のような』という形容がそのまま当てはまりそうな、浮世離れした美貌だ。年齢としてはヨシュアより十ほど年上だというのに、未だ少女にさえ見えるほど。それでいて、跪かずにはいられない不思議な威厳がマルアムの周囲には漂っていた。

だが、それもある意味では至極当然。

なぜなら、彼女こそが全教会を束ねる司教長――すなわち、聖十字教における最高権威たる女性なのだから。

「……お気遣いありがとうございます、司教様。……ですが、やはり私は遅すぎます。昨今、王都の治安悪化は著しい。頻発する女児誘拐に、増加する思想犯。依然として犯罪率は高く、スラムも年々広がっている。……それに、近頃では〝黒犬事件〟も……」

最後の一つを口にした途端、ヨシュアは沈鬱とした面持ちになった。

「……司教様、警団からの捜査要請はまだありませんか？ 状況から見て、一連の〝黒犬事件〟の犯人がイヴリースであることは明らかです。だとしたら、我々の管轄なはずでは？」

教会旗下の治安維持組織である《贖罪者の葬列(ケルビム)》――通称『異形部隊』と、王室旗下組織である《王立警備兵団》――通称『警団』は明確に縄張り分けされている。

原則として「神の法」に背いた者は異形部隊が、「王の法」に背いた者は警団が追う決まりだ。もっと簡単に言えば、〝異形を捕まえるのは異形の仕事〟、〝人間を捕まえるのは人間の仕事〟という具合である。

「警団からは、まだ何も。特殊な事件ですので慎重になっているのでしょう」

「……そうですか、わかりました。……では引き続き、独自に調査を進めます」

ヨシュアの言葉に、マルアムは小さく頷いた。

「ええ、そうしていただければ。……ですが、どうか気をつけて。あなたに個人的な捜査を依頼したのは確かに私です。けれど、これは一人で追うにはあまりに危険な案件……くれぐれも無理だけはしないでください」

「……そのようなお言葉……私には過ぎたものです。私は神の猟犬たることを誓った身。この命がどうなろうと――」

「そんなことを言わないで、ヨシュア」

ヨシュアの言葉を、マルアムは横から遮った。その顔にはひどく悲しげな表情が浮かんでいる。

「神はおっしゃられました。『隣人を慈しめ』と。これは決して、自らをないがしろにして良いという意味ではありません。人々があなたの隣人であるのと同じように、あなたもまた人々の隣人。他者への慈愛は、まず自分を愛することより始まるのです」

「……はい」

ヨシュアは恭しく頭を垂れる。けれど、その声音にはどこか暗い影が落ちていた。

マルアムもそれに気づいたのだろう。柔らかく微笑みながら尋ねる。

「何か悩み事でもあるのですか？　胸につかえていることがあるのなら、言葉にしてしまうのも良いでしょう。私でよろしければ、相談に乗りますよ？」

司教に優しく促され、ヨシュアはしばしの逡巡の後に口を開いた。

「……司教様、私はあとどれだけイヴリースを捕らえれば、罪を許されるのでしょうか？」

吐き出すような一つの問いかけ。それは『異形部隊』の隊員として戦ってきた十年間、ヨシュアがずっと抱き続けていた疑問だった。

「……罪を犯した人間を、神は人ならざる異形の身――イヴリースへと変異させます」

ヨシュアの問いに対し、マルアムはゆっくりと言葉を紡ぎ始める。

「殊にあなたは《原罪種》――前世で犯した大罪のために、生まれながらにして罰を負った者です。その科せられた業は、深く重い。人の身に戻るには長い長い時が必要となるでしょう」

ヨシュアにとってそれは、わかりきっていた答えだった。

罪を犯せば異形と化すこの世界において、母体から生まれ出でた時より異形の体であった《原罪種》は、いわば不浄の塊。許されようと思うこと自体がおこがましいのだ。

けれど、マルアムの言葉はそれで終わりではなかった。

「……ですが、決して希望を捨ててはなりません。神は我々を愛しているからこそ、道を違えた者に罰を与えるのです。大丈夫、神はいつ何時もあなたを見守っている。……それに、私もね。あなたは独りではありませんよ」

司教らしく厳粛に諭すマルアム。その言葉には心に直接染み通る不思議な響きがある。

そして若き司教長は、にっこりと微笑んだ。

「……なんて、説法はここまでにしましょうか。あなたの一友人として提案しますが、たまには気晴らしなどしてみてはどうかしら？」

「……き、気晴らし、ですか……？」

「ええ。先日、《裸王の洗礼祭》があったでしょう？　中央広場ではまだ後夜祭が行われているはずです。あなたは人混みが好きではないでしょうが……新しい風はまだ見ぬ土地に吹くもの。気分を変えるにはちょうど良いかもしれませんよ」

「……そうですね……わかりました。お気遣いありがとうございます、司教様」

そうしてヨシュアは立ち上がると、右手で丁寧に十字を切った。

「……『神に祝福を。王に敬愛を。清き世よ、とこしえなれ』――それでは失礼します」

「ええ、おやすみなさい、ヨシュア。あなたにフェムドナ神のご加護があらんことを」

第一章　――少女と野獣――

中央広場は大勢の民衆でごったがえしていた。

人々が集う広場の中心にそびえるのは、石造りの巨大な〝時計塔〟。

王都アルコニアで最も高い建造物にして、時を告げる街のシンボル。そして、一年に一度だけ執り行われる《裸王の洗礼祭》において、〝王〟――すなわち、レヴィア＝デミウルゴ二十七世が立つ舞台でもある。

そんな時計塔を見上げていたヨシュアは、喧噪の合間から漏れるしゃがれた叫びを耳にした。

「――神は虚構だ！　王は詐欺師だ！」

と声を張り上げるのは、汚い身なりをした物乞いの老人。

見れば、顔の一部が醜く異形化している。どこぞで小さな盗みでも働いたのだろう。紛う方なきイヴリースではあるものの、この程度の異形化ならば現行犯でもない限り逮捕はされない。一々捕まえていては刑務所が溢れてしまうからだ。

「神が与えるのは罰だけ！　王が与えるのは苦痛だけ！　この世界は欺瞞だ！　民衆よ、目を覚ませ！」

汚い汗を垂らしながら、乞食は必死で訴えかける。

だが、遠巻きに見る人々の視線に込められているのは、あからさまな侮蔑と嫌悪だけ。

そうこうするうちに、巡回中だった警団の兵士たちが駆けつけてきた。

「この乞食め、また騒いでやがる！」

現れるや否や、兵士たちは乞食を取り囲んで殴り始める。

無論、止める者などいない。

イヴリースに対するあらゆる暴力は、神の法においても、王の法においても許されている。理由は簡単――イヴリースは人ではないから。法を破り異形となった者たちを、なぜ法で守らなければならないのか。イヴリースへの差別は極めて当然の道理。だからこそ人々は、イヴリースにならぬよう清く正しく生きるのだ。

「――欺瞞だ！　欺瞞だ！　欺瞞だ！　――」

人混みの合間から、か細い悲鳴だけが聞こえて来る。

ひどく嫌な気分だ。

ヨシュアはそっと踵を返し、人混みを離れようとする。やはり来るべきではなかったか。

――ちょうどその時、背後から大きな声がした。

「待ちやがれ、このガキ！」

振り返って見れば、青筋を浮かべた大男が一人の女児を追いかけている。ひょこひょこと逃げ惑う少女の髪は、目を見張るほど美しい金髪だ。

その光景を目にした瞬間、ヨシュアの脳裏をよぎる『少女誘拐事件』の文字。

ヨシュアは反射的に大男の進路へ割って入った。

「……何か問題事ですか？」

「ああ、そうだ！　大問題だ！　そいつを捕まえてくれ！」

と、男はカンカンになって怒鳴る。

一方の童女はというと、ヨシュアの背中へ隠れるようにしがみついていた。

「神に誓って、俺は見たぞ！　そのガキがうちの商品をくすねやがったんだ！　身ぐるみひん剝けばわかるさ！」

鼻息荒く叫ぶ男。

窃盗であれば既に体表のどこかが異形化しているはず。男の言う通り服を剝ぎ取るのが手っ取り早い確認方法だ。

けれど、真実を確かめるにはそんな必要などなかった。不自然に握りしめた少女の右手からは、微かに甘い匂いが漏れていたのだ。

「……その飴玉、盗んだのか？」

ヨシュアは静かに尋ねる。

だが、少女は俯いたまま答えない。年齢にして八歳程度。彼女の眼にはさぞ、周囲の大人たちが恐ろしく映っていることだろう。

ヨシュアはしゃがみ込んで少女と目線を合わせると、もう一度だけ問いかけた。

「……その飴玉は、盗んだのかい？」

少女はちらりとヨシュアの眼を見て……それから小さく頷いた。

「……そうか、よく言えたな。自分の過ちを認めるというのは、存外に難しいことだ」

ヨシュアは立ち上がり、今度は男に向き直る。そして懐から金貨の詰まった袋を取り出した。

「……見ての通り、まだ子供です。しかるべき罰は神から受けるでしょう。ですので……今日のところは、これでご勘弁願えないでしょうか？」

差し出された山盛りの金貨は、飴玉一つに対しては明らかに多すぎる金額。となれば断る道理などあるはずもない。

「ま、まあ、そこまで言うなら別にいいだろう。俺は心の広い男だからな！」

一転して上機嫌になると、男は奪うように金をもぎ取って戻って行く。

その背中を見送ってから、ヨシュアは少女に振り返った。

「……もうあんなことはするな。神はいつでも見ておられる。折角ご両親からもらった綺麗な体、大切にしなさい」

それだけ言って、ヨシュアは立ち去る……いや、立ち去ろうとしたのだが――

「……そろそろ離してもらえないだろうか……？」

見れば、少女はまだマントの裾を掴んだまま。ヨシュアを解放しようとはしない。

「……まだ何かあるのか？」

ヨシュアは仕方なしにもう一度しゃがみ込む。

すると、少女は握っていた飴玉を差し出した。……どうやらお礼のつもりらしい。

「……いや、それは君が食べなさい」

ヨシュアが苦笑すると、少女は嬉しそうに飴玉を口へ放り込む。

子供というのはよくわからない生き物だ。

ヨシュアはふと気になって尋ねた。

「……ご両親は？」

少女は首を横に振る。質問の意図がわかっていないのだろうか。

「……迷子か？　パパやママとはぐれてしまったのか？」

だが、またしても少女は首を横に振るだけ。

両親がいなく、はぐれたわけでもない。ということは……

「……孤児、か……」

ヨシュアは深い溜め息をつく。

王都アルコニアにおいて、孤児は特段珍しいものではない。無論、子捨ては神の法にも王の法にも背く行為。一度するだけで、体表の四割が異形化する大罪だ。

だがそれでも、生活苦から我が子を捨てる親が後を絶たない。救いのない話ではあるが、これが王都の現状だった。

「……そうか……なら、一緒においで」

少女の境遇を知ってしまった以上、もう無視することはできない。

ヨシュアは屈み込むと、少女に向かって問う。

「……名前は？」

綺麗な金髪の童女は、その時、初めて口を開いた。

「かなん」


「……暗いから足元気をつけるんだぞ、カナン」

中央広場を離れた二人は、半歩離れたまま路地を往く。

既に日は暮れ、辺りは真っ暗。

宵闇の中で目指す先は、ヨシュアの自宅から一番近い孤児院——ナザリィ孤児院だ。

お世辞にも最高の環境とは言えないまでも、少なくとも柔らかなベッドと温かい食事は保障される。路上で盗みを働く生活よりは幾分マシだろう。

そうして到着したナザリィ孤児院だったが、その門前では言い争う声が響いていた。

「——なんだと、もう一度言ってみろ！」

「——で、ですから、規定の量よりも少ないと……」

「——まだ寄越せってのか⁈ この忙しい時期に持ってきてやったってのに、王の施しにケチをつけるとは、とんでもねえ女だ！」

高圧的な男の声が二つと、か細い女の声が一つ。夜の路地で不穏に反響する。

「そんな、ケチをつけるだなんて……」

「そういうこったろうが！　量が少ないだの配給が遅いだの……なにか⁉　こいつがいらねえってか⁉」

男は荷物が積まれた荷車を、まるで人質の如く指差して見せた。

積荷の中身は、週に一回各孤児院へ施しとして支給される食糧や日用品。どうやら男たちはその配達員のようだ。

「お、王と神のご慈悲には感謝しています！　ですが、育ち盛りの子供もいますし……」

「『妬むなかれ、羨むなかれ、欲するなかれ。清貧こそ美徳なり』――我らがフェムドナ神の教えだ！　孤児院の教導員がそれに背こうってのか⁉」

「ったく、とんでもねえシスターもいたもんだ。……いや、本物かも怪しいな。そういや昔、イヴリースがシスターに化けてた事件もあったっけ。あんたもそうなんじゃねえのか？」

「な、なんてことを……！　私は罪人ではありません！」

「ははっ、隠れイヴリースってのはみんなそう言うんだぜ？」

「ああそうだとも。大事な大事な王からの施しを、イヴリースには渡せねえなあ」

「そんな……なら、どうすれば……」

「なあに、簡単なことさ。あんたが人間だと証明してくれよ」

「しょ、証明……？」

「ああ？　最後まで言わないとわからねえのか？　《裸王の洗礼祭》と同じだよ」

配達員はにやりと笑うと、急に大仰な口調になった。

「一年に一度、我らが王は時計塔の上で裸体をお晒しなさる。そして我々国民に対して証明するのだ。自分がイヴリースではなく、清き身であることを。これすなわち、王の善政を神が認めた証なり～、ってな」

もし王が私欲に駆られ、民を顧みぬ悪政を敷いたならば、王の体はたちまち異形と化す――建国以来続いてきた《裸王の洗礼祭》の意味など、国民であれば皆知っている。男がわざわざ引き合いに出したのは、暗に服を脱げと脅すために他ならない。

その意図を理解したシスターは、引きつった表情で後ずさった。

「おいおい、そんなに怯えることねえだろうが。……なんなら、手伝ってやろうか？」

男たちは下卑た笑いを浮かべながら、シスターに向けて手を伸ばす。――その手首を、ヨシュアは後ろから摑み止めた。

「……『隣人を慈しめ』――これもフェムドナ神の御言葉であったはずですが？」

「ああん？　なんだ、てめえは。この手をはな――ッ?!」

邪魔者を払いのけようとした男は、自分を摑む手が人間のそれではないことに気がついた。

「い、イヴリース⁉」

摑まれた手を慌てて振り払う男。警戒や憤慨というよりも、そこにあるのは異形に対する本能的な嫌悪だ。

それに対し、ヨシュアは逆らうことなく手を放すと、懐から身分証を取り出した。

「……ヨシュア＝ルクスフェロー――《ケルビム》の特務捜査員です」

「ちっ、『異形部隊』の飼い犬か……」

「……問題事なら私が預かりましょう。……場合によっては、司教様に報告を」

「お、脅す気か、てめえ！」

「おい、やめとけやめとけ」

男は喰ってかかるが、幾分冷静だったもう一人が制止した。分が悪いことは理解できているらしい。

男たちは支給品を置くと、悪態をつきながら去って行った。

「あ、あの……ありがとうございます！」

ようやく静かになった後、シスターは深々と頭を下げる。

「えっと……ヨシュアさん、でよろしかったでしょうか？」

「……神に奉仕する身として、当然のことをしたまでです」

「でも、本当に助かりました！　配給の遅れで今月も大変だったところで……あっ、わ、私ったら何を……こほん。申し遅れました。私、マリアと申します。ナザリィ孤児院の院長として、心よりお礼を申し上げます」

「……院長……その若さで、ですか？」

ヨシュアは改めてシスター――マリアを見る。

大人びた雰囲気を纏っているが、恐らくはまだ十六、七。お世辞にも院長の風格が備わっているとは言い難い。

「ええ、まあ……元々ここは祖父が経営していて、当時は教導員も多かったのですが……」

マリアの声は尻すぼみに消えて行く。

おおかた、孤児院の経営悪化に伴って皆辞めてしまったのだろう。昨今の孤児院経営は厳しい。それはナザリィ孤児院に限った話ではなく、アルコニアに存在する百以上の孤児院すべてが抱える問題だ。

「……今はどこも厳しいですからね」

「はい……近頃はさっきのようなことも多く、支給品の量は減っていくばかりで……子供にとっては健やかな体が何より大切なのに……」

とぼやいてから、マリアはハッと口をつぐんだ。

教会の人間とはいえ、ヨシュアも体制側の人間。迂闊な発言だったと気づいたようだ。

「い、今のは決して、神や王族への批判では……」

「……そう警戒しないでください。王の法に関しては、私は管轄外です。何より、こちらとて他人の罪をどうこう言える身ではないですから」

ヨシュアの答えを聞いて、マリアはほっと胸をなでおろした。

「それでも、はしたないことをしてしまいました。初対面の方にこんな愚痴ばかり……シスターとしては失格ですね」

だいぶ疲れがたまっているのだろう。マリアの自嘲的な笑みには暗い影が差していた。

「ところで、こちらに何か御用があったのでは？」

「……ああ、それは……」

ヨシュアはちらりと背後に隠れている少女――カナンへ目を向けた。

目的を忘れたわけではない。このナザリィ孤児院にはカナンを預けに来たのだ。

だが……

「……いえ……ただ通りかかっただけです」

マリアの性格ならば、きっと喜んでカナンを引き取ってくれるだろう。

だが、ナザリィ孤児院の厳しい状況を知ってしまった今、これ以上の負担を強いるわけにはいかない。

「……それでは、失礼します。……あなたに神のご加護があらんことを」

ヨシュアが踵を返すと、カナンはその後をとことこついていく。

そんな二人の背中を、マリアは大声で呼び止めた。

「あのっ……！」

「……何か？」

「あ、あの、その……」

マリアは小さくためらいを見せる。自分でも声をかけたことに驚いているらしい。……だがそれでも、マリアはおずおずとその言葉を口にした。

「えっと……手を……手を、つないであげてください。子供は、人のぬくもりを通じて愛する心を学ぶのです」

ヨシュアは思わず立ち止まった。

諭すマリアの表情に、どこかマルアム司教の面影を見たのだ。

「……ですが……俺は……」

俯くヨシュアの脳裏に蘇る、先ほどの配達員の反応。

異形に対する本能的嫌悪——イヴリースが人々から向けられる感情は、いつだってそればかり。それが当然で、それで普通だった。

でも、もしかしたら。

ヨシュアはそっと右手を差し伸べる。

……けれど、カナンはその手を取ろうとはしなかった。

(……そう、だよな……)

一体何を期待していたのか。これまでもずっとそうだったじゃないか。

ヨシュアはうなだれたまま手を降ろしかけて……掌に柔らかな感触を覚えた。だがそれは、差し出していた右手とは逆の方——少女の幼い両手は、ヨシュアの異形化した左手を握っていたのだ。

「こっちのが、かっこいー」

カナンはにかっと笑う。

そこにはイヴリースに対する嫌悪も忌憚もありはしない。

ヨシュアは心の底から驚いた。

玩具のように小さなその手が、太陽と紛うほどの熱を放っている。あまりの熱さにやけどしてしまいそうだ。

そんな不思議なぬくもりを感じながら、ヨシュアは帰途についた。

——一時間後——

台所で食器を洗いながら、ヨシュアはしきりに浴室の方を気にしていた。

今、カナンが入浴している最中なのだ。一通り体の洗い方は教えたものの、理解できたのかは皆目不明。正直なところ不安しかない。……そして案の定、食器を洗い終えた頃に風呂場から現れたカナンは、あちこちに泡をくっつけたままのあられもない格好であった。

「……カナン、ちゃんと拭かないと風邪を引くぞ」

とは言ってみたものの、まともに風呂へ入るのは今日が初めてなのだろう。自力でできるはずもない。

ヨシュアはやむを得ず手伝うことにした。

（こんなところをイズリルに見られたら、なんと言われるだろうか……）

などとくだらないことを考えながら、ヨシュアはぎこちない手つきでタオルを動かす。

だがそこで、不意に決定的な異変に気づいた。……いや、実際はその逆。あるべき異変がないことに気がついたのだ。

（……!? 異形化の痕跡が……ない……？）

少女の全身、そのどこにも変異した部分が見当たらない。

カナンは先ほど飴玉を盗んだばかりだ。窃盗を犯したのならば、必ず体のどこかが異形化するはず。例外など有り得ない。神は平等にして絶対。だからこそ神の神性は保たれる。

「……カナン、今日みたいなこと、初めてか？」

ヨシュアは内心の動揺を押し隠して尋ねた。

だが、微かな雰囲気の変化を感じ取ったのか、カナンはびくりと身をすくめる。

ヨシュアは慌てて手を放した。

「……いや、すまない……怒っているわけじゃないんだ。……ただ、少し確かめたいだけだ。今日のように、誰かの物を盗んだのは初めてか？」

まだ八歳程度とはいえ、既に善悪の区別はつく年頃。自分の行為に罪悪感はあったのだろう。カナンは束の間（つかのま）の逡巡（しゅんじゅん）の後、首を横に振った。

（わからない……こんなことが起こり得るのか……？）

異形化の重さは犯した罪の大きさに比例する。その点、窃盗罪は比較的軽微だ。だが、それを差し引いても今日犯した窃盗の異形化が既に治っているなど有り得ないこと。

不可解な事例に当惑するヨシュア。その脳裏に、一つの単語が浮かんだ。

――〝悪魔の子〟――

（……ああ、俺は何を考えている。そんなもの、くだらない噂話だ）

ヨシュアは自分の考えを自分で否定する。

（……だが、だとしたらこの現象は一体……？）

そんな混乱した思考を打ち破ったのは、ごくごく小さな音だった。

「……へくしょん」

と、聞こえてきたのは可愛らしいくしゃみ。その音でヨシュアは我に返る。

「……すまない、カナン。湯冷めしてしまうな」

カナンは先ほどから素っ裸のままだったのだ。

ヨシュアはすぐに思考を中断し、カナンのための服を持ってくる。といっても、元々着ていた服はまだ洗濯したばかり。余り物の衣服をばらして作った即席の服だ。普段から数十種の武器を扱う職業柄、手先の器用さにだけは自信がある。

そうして服を着せ、濡れた髪を拭いてやっているうちに、カナンはうとうとと舟をこぎ始めた。

「……カナン、寝るならベッドへ行きなさい」

一応諫めてみる。が、カナンはすっかり夢心地。こうなってはもう、自分からではてこでも動かないだろう。

溜め息をついたヨシュアは、ひょいと少女の体を掬い上げる。それから、隣室にある自分のベッドへと運んだ。

(俺は……床で寝ればいいか……)

そうして布団を整えてから枕元を離れようとした時、ヨシュアは思わず苦笑してしまう。

少女の小さな手が、自分の服の裾を摑んでいることに気づいたのだ。

時計塔広場で出会った時と同じ。振り払うのは容易なはずなのに、不思議とその気になれない。まるでイヴリースの力を奪う聖銀のようだ。

「……参ったな」

いかに教会最強のイヴリースとて、こうなってしまえば降参するより他にない。

起こしてしまわぬようそっとベッドへ入ったヨシュアは、おずおずと童女の小麦色の髪を撫でる。指先から伝わる柔らかな感触。石鹼と野花の甘い香り。小さな太陽みたいな温かさ。次第に瞼が重くなる。

優しい月明かりの下、二人はただ、親子の猫のように眠った。

――――……

――――……

翌朝。

太陽が昇る少し前。身支度を整えたヨシュアは、今まさに仕事へ出かけようとしているところだった。

カナンを一人残して行くのは気がかりだったが、朝食は用意してあるし、留守中は外へ出ないよう言い聞かせておいた。昼には一度戻って来る予定だ。きっと大丈夫だろう。けれど、そんな予定は早速崩れてしまった。扉に手をかけたその時、背後から声がしたのだ。

「よふぁー」

「……すまない、カナン。起こしてしまったか」

起き抜けのカナンは、瞼をこすりながらふらふら寄ってくる。

そしてもう一度、先ほどと同じふにゃけた声を発した。

「よふぁー」

「……それは……俺のことか？」

愛らしいあくびにしか聞こえないが、どうやら自分の名前を呼んでいるらしい。

ヨシュアは思わず苦笑した。

「……俺はヨシュア。昨日も教えたろう。ヨ・シュ・ア、だ」

「……よ……よ…………よふぁ？」

「……駄目か」

ヨシュアは溜め息をつく。

まだ舌足らずのカナンには、『ヨシュア』という発音が難しいようだ。

「……まあ、ヨファでもいいんだが……」

決して不服なわけではない、が……

（……その名前は、俺にはそぐわないな）

ヨシュアは心の中で呟いた。

「……ともかく、俺は仕事に行く。カナン、いい子でお留守番できるな？」

その問いかけに無言で服の裾をつまむカナン。一緒に行きたいということか。

「……駄目だ、連れては行けない。俺の仕事は……とても大事なんだ。みんなを守るお仕事なんだよ。わかるかい？」

と慣れない説得を試みたものの、カナンは頰を膨らませるばかり。

「……ひ、昼にいったん戻って来るし、夕方にはちゃんと帰るから。……えーっと、そうだ、そしたら、一緒に買い物へ行こう。色々と必要な物も多いし、何よりもう少し女の子らしい服を買ってあげないとな。……これでどうだ？」

ここまで言うと、カナンはようやく頷いた。交渉成立である。

「……よし、いい子だ」

頭を撫でられこそばゆそうに身をよじるカナン。

その微笑を背に、ヨシュアは戸口をまたぐ。

そう、どんなにせがまれたとしても、カナンを連れて行くわけにはいかない。純真な少女が見るべきではないのだ。――こんな地獄は。


「うぅっ……文字通りのバラバラ、ですね……うっぷ」

「ああ、大半を食われてやがる。骨までぺろりだ。随分と大食いなこって」

石畳にしみ込んだ、夥しい量の血痕。

否――ただの〝痕跡〟と呼ぶには、それはあまりにも生々しい。辺り一帯にはまだ、すえた臓腑の臭いが漂っている。

そんな凄惨な事件現場に屈み込む、二人の捜査官。

若い新米と初老のベテラン、というありがちな組み合わせだ。

「あぁ……朝っぱらから最悪だ……今日は一日、食事が喉を通りそうにありませんよ……」

「馬鹿、朝一で助かったってもんだ。じゃなけりゃよ、ルカ。お前のゲロで大惨事だ」

「ひ、ひどいこと言わないでくださいよ、ジョセフさん！」

と、二人して現場の検証にあたっていると、規制線を越えて一人の青年が現れた。全身を黒衣で覆い隠しているせいで、あからさまに怪しい。

「あー、君、ここは立ち入り禁止で――」

若い方の捜査官――ルカがすぐに対応に向かう。

　すると、青年は懐から身分証を取り出した。

「……《ケルビム》の者です。事件があったと耳にして、応援に来ました」

「あ、ああ、なるほど……」

　と頷きながら身分証を確認していたルカは、名前の部分で大きくのけぞった。

「……ん？　ヨシュア……ヨシュア＝ルクスフェロー……?!　って、もしかして……！」

　ルカはちらりと青年――ヨシュアの体に視線を遣る。よくよく見れば、確かに外套の左側だけが不自然な膨らみを見せていた。

「あの《原初の大蛇》を倒したっていう、《蛇殺し》のヨシュア……」

　畏怖と感慨の入り混じった表情をするルカ。

　その隣で、ベテラン警官――ジョセフは鼻に皺を寄せた。

「ちっ……異形部隊の若造が、同類の尻拭いにでも来たか」

「……失礼します」

　快い歓迎とは言えないが、ヨシュアは臆することなく現場に踏み入る。

　この程度の誹謗はいつものこと。なにせ、《ケルビム》と警団は犬猿の仲。警団の人間たちは自分の仕事場に異形が入ってくるのが気に食わないのだ。もちろん嫌われるのが嬉しいわけではないが、理由がはっきりしている分、ヨシュアは理不尽とは思っていなかった。

「……それで、目撃情報などは？」

　ヨシュアが尋ねると、ジョセフは不機嫌ながらに答える。

「通報者によると、聞こえたのは悲鳴だけだとさ。駆けつけるまでの三十秒でこの様だ」

「これだけの早業に、被害者のこの状況……ってことはやっぱり……」

　ルカは青い顔で一つの事件名を口にした。

「例の〝黒犬事件〟、ですかね？」

　その瞬間、隣から雷が落ちる。

「馬鹿野郎、ルカ！　おかしな俗称を使うんじゃねえ！　〝王都連続捕食殺人〟と呼べ！」

「で、でも、巷じゃみんなそう呼んでますよ！　人間もイヴリースも見境なしに殺す暴虐の殺人鬼！　最近じゃもっぱら、五年前の〝天墜事件〟の再来だとかって……」

　と言い訳を重ねるも、それはますますジョセフを怒らせるばかり。

「馬っ鹿野郎‼　あんな事件がそうそうあってたまるかってんだ！」

　〝天墜事件〟――後に《原初の大蛇》と呼ばれることとなる史上最悪のイヴリース、『カイン＝イストエデン』が起こした惨殺事件の通称だ。

　五年前の事件当日、中央教会では大規模な式典が行われていた。カインはそんな神聖な場に乗り込むや、獣性に駆られるがまま暴れ回ったのである。

　この凶行による犠牲者数は、イヴリースも含めて数百人。その中には当時の教会幹部十四人全員と、司教長を務めていた王族の人間も含まれていた。

　神の代理人たる王族が殺されるなど、もちろん有史以来初めてのこと。それゆえに〝天が墜ちた〟事件として今なお恐れられているのだ。

「もっとも、あんたはそのお陰で出世したんだもんな。《蛇殺しの鉄杭》だの《蛇殺しのヨシュア》だの、大層な二つ名までもらってよ」

「ちょ、ちょっと、ジョセフさん……その言い方はまずいですよ！　事件解決はヨシュアさんのお陰ですし……」

「うるせえ、こいつと大蛇がやり合った巻き添えで何人死んだと思ってんだ！　『仕方のない犠牲』なんてもんがあってたまるかよ！」

「し、しかしですね……」

「……構いません。私も同じ意見ですし、事実ですので」

カイン＝イストエデンは凄まじく強大なイヴリースだった。配備されていた《ケルビム》の特殊部隊は数分で全滅。ましてや人間の守備隊など時間稼ぎにもならない。しかも、天罰によって殺せば殺すほどより強力な異形へと進化していく。殺戮を重ねるごとに力を増していくカインは、いずれこの世すべてを飲み込む厄災そのもののようでさえあった。

そんな絶望的状況をたった一人で覆したのが、《ケルビム》に配属されて間もない当時まだ十三のヨシュアだった。

三日三晩にも及ぶ、一対一の死闘。おぞましき厄災を相手に場所を変える余裕などあるはずもなく、多くの罪なき命が巻き込まれた。だがそれでも、単独で《原初の大蛇》に立ち向かったヨシュアは、血で血を洗う壮絶な一騎打ちの末……ついにカインを捕縛するに至ったのだ。

結果、ヨシュアは《蛇殺し》の異名を受けると共に、一躍《ケルビム》の首席捜査官となり、その更生監査員だったマルアムは空席となっていた司教長の座についた。一時的な措置とはいえ、非王族の人間が政府上層部に任命された極めて異例の事態である。

こうして多大な犠牲と共に、〝天墜事件〟は終息したのだ。

「……だからこそ、早急にこの事件を止めなければ。このままだと本当に、あの再来になりかねません」

「ふんっ、わかってらあ。判明してるガイシャだけで既に五十人以上だ。犯人はとっくに人格を失ってるだろう。……早く止めねえと、手が付けられなくなるぜ」

とその時、事件現場がにわかに騒がしくなった。

「ちっ、おいでなすったか……」

ジョセフが不愉快そうな視線を向ける先、路地の向こうから行進して来たのは、大層な憲章をつけた制服の集団――『王都憲兵隊』。

王直属の兵団である彼らは、警団とは異なる独自の指揮系統で動いている。もちろん、権限で言えば憲兵隊の方が圧倒的に強い。そのため、扱う事件が被りがちな警団と憲兵隊は、ある意味で警団と《ケルビム》よりもずっと仲が悪いのだ。

「本件はこれより、我々王都憲兵隊が預かる！」

現場に踏み入るや否や、憲兵隊長は高圧的に言い放つ。

「へえへえ、ご苦労さんで」

卑屈に応えたジョセフは、それから小さく毒づいた。

「……けっ、おたくらのせいで捜査が進まねえんだよ」

その悪態が事実であることは、ヨシュアも知っていた。

〝黒犬事件〟に関してはいち早く嗅ぎつけて情報統制を行う割に、憲兵隊は未だ何の成果も上げていない。《ケルビム》への捜査協力が来ないのも、憲兵隊からの圧力によるものという噂もある。

「それで、お前は……ああ、異形部隊の捜査官か」

憲兵隊長は次にヨシュアの方へ向き直る。そして、忌々しげに顔を歪めた。

「お前らの仕事は同類の始末だろうが。異形の出る幕ではない。とっとと失せろ」

いくら捜査官としての身分を得ていると言っても、イヴリースはあくまでイヴリース。神から罰せられし穢れた異形だ。憲兵隊に配属されるようなエリートからすれば、なおのこと目障りな存在なのだろう。

もはや取りつく島はない。

ヨシュアは素直に踵を返すと、事件現場を後にした。

「――おはようございます、司教様」

「――ええ、おはよう、ヨシュア」

朝日に包まれた中央大聖堂。

そこに、マルアムとヨシュアの姿があった。

「……遅れて申し訳ありません。来る途中、〝黒犬事件〟と思しき現場を検証して参りました」

「顔を上げなさい、ヨシュア。話は聞いています。……これで五十三件目。痛ましい限りですね……」

マルアムは心の底から悲しげな顔をする。

彼女にとっては、人間もイヴリースも等しく愛すべき対象なのだ。

「それで、ヨシュア。何か手がかりは得られましたか？」

「……いえ、今回もすぐに締め出されてしまいました」

「そうですか……」

ヨシュアは正直に首を振った。

マルアムの個人的依頼で〝黒犬事件〟の調査を始めてから既に半年。憲兵隊の妨害もあってか、目立った進展はゼロ。……だが、あてがないわけでもなかった。

「……司教様。その手がかりについてなのですが……例のリストの方は……？」

声を潜めて尋ねると、マルアムは小さく頷いて祭壇の後ろへ回る。

そして祭壇の内側から、分厚い紙束を取り出した。

「古い版のものしか手に入らなかったのですが……憲兵隊が作成した『危険思想者リスト』――あなたの欲しがっていたものです」

差し出されたリストを受け取ると、ヨシュアはその場で眼を通し始める。

言うまでもなく、ここでの『危険思想者』とはすなわち、〝王族にとって都合の良くない考えを持つ者〟を指す。より具体的に言うならば、現体制に批判的な革命思想家たちのことだ。

「……ありがとうございます、司教様。このような危険なお願いを聞いていただいて」

取り出したマッチで書類を燃やしながら、ヨシュアは頭を下げる。

数十ページにわたるリストの内容は、もうすっかり頭の中に入っていた。

「いえ、そもそも調査を頼んだのは私です。王都の平和のため、私にできることがあれば是非協力させてください。……それよりも、リストは役に立ちましたか？」

「……そう、ですね……」

ヨシュアは僅かに口ごもる。

実のところ、手がかりはあった。それも、かなり大きな。

かねてから予想していた通り、犠牲者の約四割がリストに載っていた危険思想者と一致していたのだ。これは偶然で片付けるには大きすぎる数字である。

正体不明の犯人。捜査する気のない王都憲兵隊。その憲兵隊が危険思想者と認定していた犠牲者たち……

陳腐な陰謀論――だとは自分でも思う。だが、『一連の事件を政府が黙認している』もしくは『殺人鬼自体が政府の送り込んだ刺客』だとしたら、すべてのつじつまが合うのは確かだ。

けれど――

ヨシュアの勘が告げている。この事件の裏には、もっと根深い真相があるような気がする。そう、もっとずっと深くて暗い、大きな大きな何かが……

「――ヨシュア？　聞いていますか、ヨシュア？」

黙考していたヨシュアは、マルアムの呼びかけで我に返った。

「……は、はい……すみません、少し集中していました……」

「どうでしたか、何かわかりましたか？」

マルアムは再び質問を繰り返す。

少しの逡巡の後、ヨシュアは答えた。

「……いえ、予想が外れました。思想犯とは関係なかったようです」

もちろん、これは嘘だ。

だが真実を言うわけにはいかない。もしも仮説が本当だったとしたら、王国政府のドス黒い陰謀にマルアムを巻き込むことになる。それだけは絶対にしたくなかったのだ。

「そうですか……」

残念そうに俯くマルアムを見て、ヨシュアは己の判断が正しかったことを確信する。

真（しん）に他者の安寧を願う心。マルアムほど司教長に相応（ふさわ）しい人間などいない。この人を巻き込まずに済むのなら、自分は穢れた策謀と心中しようとも厭（いと）わない――

「――ヨシュア？　どうしました？」

「……は、はい……すみません、少し――」

「――『集中していて』？　……ふふっ、もう、またですか？」

「……す、すみません……」

詰（なじ）るようにからかわれて、顔を赤くするヨシュア。

そんな青年の頬に、マルアムはそっと手を伸ばした。

「――ヨシュア」

「あっ……」

美しく繊細な指先が、ヨシュアの頬をなぞる。

束の間、目を丸くして放心していたヨシュアは、慌てて一歩身を引いた。

「い、いけません！　聖十字教の司教長ともあろうお方が、イヴリースに触れるなど……！」

「よいのです。あなたは日夜、世の平和のため神に奉仕しています。一信徒として、一個人として、私はあなたの信仰に敬意を表しているんですよ」

マルアムはもう一度、ヨシュアの髪を優しく撫でた。

ヨシュアは両親を知らない。父親は初めからおらず、母親は出産時に死んだ。だから彼には、マルアムから与えられるその温もりが、この上もなく甘美に感じられた。

「ヨシュア、あなたは真面目すぎる。一人で背負い込んではなりません。私でよければ、公私共に何でも相談に乗りますよ」

「……ありがとうございます、司教様」

抱擁するようにすべてを受け入れてくれるマルアム。その優しさに後押しされて、ヨシュアは事件とは別のとある気がかりを切り出した。

「……あの……実は、先日……《裸王の洗礼祭》の後夜祭で……」

「何かあったのですか？」

「……いえ、その……司教様、罪を犯してもイヴリースにならない人間というのは存在するのでしょうか？」

単刀直入に尋ねると、マルアムはしばしの沈黙の後に聞き返した。

「それは――〝悪魔の子〟について尋ねたいと？」

「……そういうことになるかもしれません」

マルアムは小さく溜め息をつく。

「神に背きし、天罰を受けない人間――〝悪魔の子〟。神の威光に照らされることのない異端者たる彼らは、罪を犯してもイヴリース化することはない……」

滔々（とうとう）と述べたマルアムは、それから大きく首を振った。

「そんな噂も確かにあります。……ですが、ヨシュア。これは根も葉もない偽りです。建国以来、〝悪魔の子〟の実在が確認されたことはありません」

そして、マルアムは司教長として断言した。

「神は万人に対して平等。神の絶対性の否定は、神の死を意味します。『神を愛し、疑うなかれ』——神への疑念は不信の始まり。忘れるのです、ヨシュア」

「は、はい……！」

ヨシュアは深々と頭を垂れた。

司教様を失望させてしまっただろうか——後悔が重く胸にのしかかる。

そんなヨシュアに、マルアムは口調を和らげて尋ねた。

「……ところで、なぜそんな疑問を？」

「……それは……」

カナンのことを打ち明けようとしたヨシュアは、唐突に言葉に詰まった。自分でも理由はわからない。けれどなぜか、話さない方が良いような……そんな気がしたのだ。

「……いえ、何でもありません。ただ……少し、興味があって」

よくよく考えれば、プライベートな案件で司教様を煩わせるわけにはいかない。だからこれでいいのだ。

ヨシュアのついたその嘘を、マルアムは微塵も疑わなかった。

「ふふ、興味ですか……それは素晴らしいことです。『何かを知りたい』と思う心から、他者を思いやる優しさが生まれるのですから」

と、何も知らずにっこりと微笑むマルアム。

嘘をついてしまった罪悪感が、先ほどの後悔よりもずっとヨシュアの胸を締めつけた。

「……ありがとうございます、司教様。それでは、私はこれで」

「ええ、ヨシュア。お疲れ様。あなたに神のご加護があらんことを」

胸の鈍痛を堪えながら、ヨシュアは司教に背を向けた。


「おはなー」

「……ああ、お花だな。タンポポだ」

「とりー」

「……ああ、鳥だな。ホオジロだ」

夕刻前。最後の陽光が寂しげに燃える頃。ヨシュアはぎこちなくカナンの手を握りながら、奔放な少女の歩幅に合わせて歩いていた。

「ねこー」

「……ああ、猫だな。イエネコだ」

二人は今、カナンを受け入れてくれる孤児院探しからの帰途についたところだった。

ただし、近隣四軒を回って収穫はゼロ。いずれの孤児院も満員だったのだ。よもやここまで王都が孤児で溢れていたとは。当面自宅で面倒を見るしかないだろう。

というわけで、ヨシュアは帰宅がてら出店通りを目指していた。共同生活ともなれば色々物入りである。……そんな折、一軒のショーウィンドウの前にたたずむ意外な人物と遭遇した。

「た、高い……けど、なんとか買える……でもあたしの体には……いや、どうにか自分で仕立てなおせば……」

服屋の前に張り付くフードの人影。一人でぶつぶつ呟く様はかなり不審だ。どうやら展示されたドレスを夢中で眺めている様子。ちなみに、全身を覆うコートの下からは猫のような尻尾が飛び出ているが、当の本人は気づいていないらしい。

「いやいや……でもあたし不器用だし……あいつに頼めば……ああ、無理無理、恥ずかしすぎだし……うーん……」

「……イズリルか？」

「うひゃあっ！」

背後から声をかけると、不審な女――イズリルは素っ頓狂な声を上げた。

「て、てめえ、なんでこんなとこにいんだよ！」

「……『なんで』と言われても……ただの買い物だ」

「か、買い物!? なんでだよ!?」

「……いや、だから『なんで』と聞かれても……」

そんな二人のやりとりを下から眺めていたカナンは、ふりふりと揺れるイズリルの尻尾に目を付けた。何事にも興味津々なお年頃。カナンは幼女特有の大胆さで、眼前の尻尾をむんずと摑んだ。

「ねこー」

「うひぃっ⁉　し、尻尾はやめっ……」

敏感な部位だったのか、大きく飛び上がったイズリルは、そこでようやくカナンの存在に気がついた。

「って……おい、なんだこのちっこいの⁈　……ハッ！　まさか、お前の隠し子……⁈」

「……違う、拾ったんだ。名前はカナン」

「な、なんだよ……焦らせんじゃねえよ……」

ほっと胸をなでおろしてから、イズリルはぶんぶんと首を振る。

「じゃなかった！『拾った』って、なんで⁈　孤児院に届けろよ！」

「……それはわかっている。だが、近所の孤児院がどこも一杯でな……空きが出るまで家で預かることにしたんだ。届け出はしたし、それまでの仮保護だ」

「あ、ああ、そうか……」

と、とりあえず頷いたイズリルは、探るような目つきで尋ねる。

「じゃあ、今一緒に住んでるのか？」

「……当たり前だ」

「ふぅん……変なこととかしてないだろうな？」

「……俺をなんだと思っているんだ……」

と、そんな立ち話の脇で、カナンはちょいちょいとヨシュアの裾を引っ張る。早く店に入りたくてたまらないらしい。

「よふぁ、おみせ、おみせ」

カナンは懸命にアピールするものの、耳ざとくもそれに反応したのはイズリルの方だった。

「あん？〝ヨファ〟？　何だそれ？　……もしかして、お前のことか？」

「……ああ、まあ……『ヨシュア』だと発音しにくいらしくてな……」

イズリルの口元には、既ににやにや笑いが浮かんでいる。

「へぇ～ん、ふう～ん……くくく……しかしよりにもよってヨファとはな……くくく……似合わねえ……！」

何がツボに入ったのか、イズリルはくすくすと笑い始める。

「まあ、お前にとっちゃ嬉しいんじゃないか？　〝ヨファ〟っていえばよお——我らが唯一神・フェムドナ様の化身したお名前じゃないか！」

聖十字教の唯一神たるフェムドナは蝶の化身と伝えられている。世界の終末において繭を脱したフェムドナは、美しい蝶となり宇宙をあまねく安寧の翅で覆うのだ。

その羽化したフェムドナ神の真なる名こそが——〝ヨファ〟。

「……からかうな。似合わないことはわかっている……神の名をいただくなど、恐れ多いこと」

「へへへ、いいじゃねえか。少しはその仏頂面もマシになんだろ。……うししし……」

そうしてひとしきり笑い終えた後、イズリルは「さて」と伸びをした。

「そんじゃ、あたしはそろそろお暇しますかね。ヨファ王子とカナン姫のデートを邪魔しちゃ悪いからな！」

と、おどけて立ち去ろうとするイズリル。――その背中を、ヨシュアが引き止めた。

「……待ってくれ、もう行くのか？」

「あん？　お邪魔虫は退散した方がいいだろう？」

「……いや……俺としては、お前に会えて助かったのだが」

「……はっ?!　え？　えっ!?」

不意の一言に、イズリルはぱっと頬を紅潮させる。尋常でなく動揺しているようだ。

「い、いきなり何言ってんだよ、あ、『あたしに会いたかった』とか、そんなことぉ……！」

「……少し記憶に混濁が見られるようだが……ともかく、カナンを預かるとなると、色々と入用でな。ただ生憎俺には女の子に必要なものがわからない。見繕ってくれないか？」

「しゃ、しゃーねーな！　お前、そういうのさっぱりだもんな！　あ、あたしが手伝ってやるよ！　おらっ、行くぞ！」

とそんなわけで、やたらハイテンションなイズリルを仲間に加え、三人の買い物が始まった。

服屋、布団屋、雑貨屋、その他諸々……商店街の店を片っ端から制覇していく。中でも最も長く足を止める羽目になったのは、本日二軒目の服屋だった。

「へへへ……いいぞ……可愛いぞ……うへへへ……」

イズリルの口元から、緩み切った声が漏れる。

頬はとろけっぱなし、尻尾は振りっぱなし。すっかり上機嫌なイズリルは今、服屋の一画にてカナンに試着させているところだった。

「カナン、こっちだ、こっち向け！　うんうん、いいぞ～」

着替えたカナンを眺めながら、大喜びではしゃぐイズリル。その場で回転させたりポーズを取らせたりとせわしない。まるで着せ替え人形で遊ぶ少女のようだ。既に飽き始めているカナン本人よりも、明らかに熱中している。

「ああ、これも似合う……こっちも……こっちもだ！　くそうたまんねえ……！」

と、とっかえひっかえカナンに着せるのは、いずれもふりふりのついた可愛らしい服ばかり。あまりにファンシーすぎて普通の人なら敬遠するようなものまで交じっているが、カナンにはよく似合っていた。

くりくりとした丸い瞳に、整った目鼻立ち。まだ幼いながら、カナンの容姿にははっきりと器量良しの兆候が見て取れる。特にさらさらの金髪など目を見張るほどの美しさ。王族と同じ金髪は巷で人気が高く、わざわざ染める者も多い。きっと将来は羨まれることになるはずだ。イズリルが夢中になるのも頷ける。……が、限度というものがあるだろう。

　二人の様子を眺めていたヨシュアは、呆れたように口を挟んだ。

「……お前にこんな趣味があったとはな。……私服もこういうものばかりなのか？」

「なっ！　ち、ちげえよ！　このチビに合わせてやってんだよ！」

　イズリルは慌てて否定すると、微かに唇を尖らせた。

「だ、第一、こんな可愛いの、あたしには似合わねえし……」

「……そうか？　そんなこともないと思うが」

「んなっ！　そ、そういうこと、こんな人前で……あたしが可愛いとか……！」

「……やはり記憶の混濁が見られるようだが……」

　何の気なしに放った一言でイズリルは顔を赤くする。その様子を見て何か思い至ったのか、カナンは横から尋ねた。

「……こいびと？」

「こ、こいつ～、カナン～、何言ってんだよ～、別に～、そういうんじゃゃ～――」

「ああ、違うよ。ただの同僚だ」

「…………けっ」

「……痛い。なぜ叩く……？」

「うるせえっ！」

そんなこんなで買い物を終えた帰り道。イズリルと別れた時にはもう、日はとっぷりと暮れていた。――月すら見えない真っ暗な夜だ。

（……まさか、こんな時間になってしまうとは……）

女子のショッピングなるものがこんなにも果てしない苦行だったとは。大量の買い物袋を抱えるヨシュアはもうくたくただ。

一方、カナンの方はまだまだ元気一杯。ヨシュアの周りをぴょこぴょこ飛び跳ねながら、戦利品を指差してにかっと笑う。

「いっぱいー！」

「……ああ、そうだな。たくさん買ったたな」

少女の無垢な笑顔に、ヨシュアは内心複雑な思いを抱いていた。

カナンはまるで夜道を怖がってはいない。裏を返せばそれは、そういう環境に慣れているということ。いつごろからかはわからないが、カナンはずっと一人で生きていたのだ。

普通の少女にはないたくましさ。それを喜ぶべきか悲しむべきか、ヨシュアには判断がつかなかった。

「……カナン、今日は楽しかったか？」

「うんー」

「……どこが一番面白かった？」

「んー……ねこのおねえちゃん」

「……はは、そっちか……」

同僚の意外な趣味を思い出し、ヨシュアは小さく苦笑する。

「……イズリルは気に入ったか？」

「うん！」

すっかり懐いたようだ。

「……そうか、ならまた今度――」

言いかけて、ヨシュアは急に立ち止まった。

全身に纏わりつく、ひりひりとした不快な感触――肌にねっとりとこびりつくその違和感を、ヨシュアはよく知っている。

「……カナン、少し寄り道をしようか」

そうしてヨシュアは一つ隣の路地へと足を踏み入れる。

民家に両側を囲まれた狭い路地には、一人の女性の後ろ姿があった。まるで人目をはばかるように、いそいそと足早に歩いている。

「……荷物と一緒に、ここで待っていなさい。すぐに戻る」

そう言い残して、ヨシュアは女性の背中を追いかけ始めた。

最初はゆっくり、徐々に速く。猫のように密(ひそ)やかに。

女性がその気配に気づいた時にはもう、ヨシュアは真後ろまで迫っていた。

「あ、あなた、一体――？」

悲鳴を上げかけた女の口を、ヨシュアは素早く塞ぐ。そして……そのまま前方へ大きく跳んだ。――次の瞬間、先ほどまで二人の立っていた場所に大きな影が降り立った。

ずしん……と、大地がわななく。

現れたそれは、体長にして三メートルを越す黒色の〝何か〟。完全に暗闇と同化しているため細部はほとんど見えない。辛うじて四足の獣じみた輪郭だけは確認できるが、それも定かではなかった。なぜなら、獣の輪郭は絶えず波打つようにうねり、ひと時たりとも同じ形状に固定されることがなかったのだ。

正体は皆目不明。だが、心当たりはある。

「……〝黒犬事件〟の重要参考人として任意同行願いたい。おとなしく従ってはくれないか？」

ヨシュアは静かに問いかける。――返って来た答えは、鋭い鉤爪の一撃だった。

「きゃっ――」

対峙するヨシュアを飛び越え、まっすぐ女性へ向けられる一裂き。女は悲鳴を上げることしかできなかったが、ヨシュアの反応は早かった。

外套を脱ぎ去ると同時に、手首を返して打ちふるう。蛇のようにうねる外套が獣の前脚を絡め取るや否や、ヨシュアは裾の端から垂れている紐を引き抜いた。その瞬間、布内部に仕込まれていた火薬が炸裂する。ゼロ距離で巻き起こった爆風は、外套ごと獣の脚を粉砕した。

血肉が飛び散り、獣の絶叫が響き渡る。

地べたに投げ出された手負いの獣は……しかし、数秒と経たずに立ち上がった。

（……この再生力……まともじゃないな……）

今しがた粉々に破砕したはずの前脚が、既に再生している。相当重度なイヴリースでなければ、これほどの治癒力は得られない。

（……ならば……）

とヨシュアが懐へ手を伸ばしたその時、巨大な影が再び飛び掛かって来た。今度の標的は女性ではなくヨシュア。優先して対処すべき敵が誰であるか理解したらしい。

鋭利な鉤爪がヨシュアの右肩をかすめ、鮮血がぼたぼたと大地に零れる。……だが、それはヨシュアの血ではなかった。

右後ろ脚に七本――針にも似た金属製の杭が、いつの間にか影の不定形な肉に食い込んでいる。一瞬の交錯の隙にヨシュアが放ったものだ。その目にも止まらぬ早業はまさしく神速。穿たれた影本人でさえ、何が起きたかを理解するのに寸刻の暇を要するほど。

そして攻勢に回るヨシュアが取り出したのは、『く』の字に湾曲した大型ナイフ。掌で回転させるような独特の剣閃が、体勢の整わぬ影に襲い掛かる。風音を纏った鋭い銀光が閃くたび、削ぎ落とされた影の肉片が路地に散らばっていく。一分の無駄もなく無慈悲に刃をふるうヨシュアは、まるで異形を狩るためだけに存在する機械のようでもあった。

だが、相手は前脚を吹き飛ばされても平然としていた化け物だ。普通なら致命傷であっても、この怪物にとってはダメージと呼ぶにも足らぬかすり傷。ヨシュアの培ってきた技術など、圧倒的な異形の力を前にすればまったくの無駄……かに思えた。

（……そろそろか……）

ヨシュアの剣戟が唐突に止む。好機とばかりに鉤爪を振り上げた影は……次の瞬間、何の前触れもなくがくりと体勢を崩した。

そう、先ほど打ち込んだ杭は聖銀製。驚異的再生力により肉と同化した聖銀が、徐々に影の力を奪っていたのだ。

己の異変を感じ取ってか、影は大きく跳び上がると民家の屋根へと退避する。

束の間、睨み合う両者。――まさにその時、雲の切れ間から一条の月光が差して、影の全身を包み込んだ。照らし出されたのは、大型の犬に近い姿。だが全身を構成するのは通常の体毛や筋肉ではない。

うねうねと蠢く黒蛇――それが無数に絡み合うことで、犬の形が作り出されていたのだ。常時輪郭が変わって見えたのはこのためである。

だが何よりもヨシュアを動揺させたのは、その異様な怪物に見覚えがあることだった。

（この姿は……⁉）

雲の切れ間が閉じ、周囲が再び暗闇に溶け込む。と同時に、影はその場から逃げ出した。知能はなくとも、本能的に劣勢を悟ったのだろう。

追うか否か――ヨシュアは束の間迷う。

〝黒犬事件〟の被疑者を捕らえる千載一遇のチャンス。だが、もしも人通りの多いところで再戦になった場合、民間人を巻き添えにしてしまう危険性がある。そして何より、確かめねばならないことができた。今焦って行動するのは悪手だろう。

ヨシュアはあえて追跡を止め、狙われていた女性に向き直った。

「……ご無事ですか？」

「は、はい……」

どうやら怪我はないらしい。だが、女はなぜか目をそらしたまま答える。

「……私は《ケルビム》の者です。事件の参考人として、住所と名前を教えていただけると――」

「す、すみません！　急いでいるので！」

事件に巻き込まれたことでよほど動転していたのか、女は逃げるように去って行った。

「けんかー？」

「……いいや、違うよ、カナン」

いつの間にか近くに来ていたカナンが、ちょこんと首をかしげる。きっと先ほどまで殺し合いが行われていたことすら理解していないのだろう。

「……待たせてしまってすまない。帰ろうか」

「うん！」

ヨシュアは童女の手を取る。カナンもまた、青年の異形化した左手にしがみついた。

「……カナン、明日はお留守番、できるか？」

「おでかけー？」

「……ああ……昔の知り合いに会いに行くよ」

第二章 ——蛇の甘言——

王都アルコニアの東端に、廃墟(はいきょ)が立ち並ぶ寂れた街並みがあった。三十年ほど前の震災によって荒廃し、そのまま遺棄された区画だ。そんな荒れ果てた建物の間に、ひときわ大きな建造物が立っていた。

『アルコニア東刑務所』——傾いた看板にはそう刻まれている。

その閉ざされた敷居(しきい)をまたぐ一人の青年——ヨシュア。目深に被(かぶ)ったフードで顔を隠し、がらんとした施設内をひたひたと歩いていく。刑務所だというのに不気味なほどの静けさだ。だがそれもそのはず。この刑務所にいる囚人は、たった一人だけなのだから。

「……失礼、面会をしたいのですが」

唯一灯(あか)りのともった受付口にて、ヨシュアは静かに申し出る。

すると、半分寝ていた守衛の老人は驚いたような顔でオウム返しした。

「め、面会だって？」

「……ええ、できれば今すぐに」

「権限によっちゃ可能だが……あんた、ここにいるのが誰か、わかってんのかい？」

「……はい。だから来ました」

身分証を差し出しながら答えるヨシュア。そこに記された名前を見て、守衛は大きく目を見開いた。

「……〝ヨシュア〟？　ってことは、あんたまさか……⁈」

守衛はフードの下から顔をのぞき見る。ようやく相手が誰なのかを理解したらしい。

「わかった、行きな」

「……ありがとうございます」

開かれる監獄棟への門。手渡された煤だらけのランプを携え、ヨシュアは螺旋階段を降り始める。アルコニアにおいては王の勅命により地下施設の建設が禁じられているが、刑務所だけは特例として許可されているのだ。

下へ、下へ、下へ――ひたすらに地の底へと進んだ先、待ち受けるは無数の鉄格子が並ぶ回廊。だが、囚人は一人としていない。空っぽの独房が並ぶ長い長い廊下を足早に進むヨシュア。死んだような静寂に足音だけが木霊する。

そうして無人の回廊を抜けた先にて、聳えていたのは巨大な聖銀製の扉。ようやくたどり着いた目的地を前にして……しかし、ヨシュアの表情には微塵の喜びもなかった。

「……神よ、不浄に触れる私を、どうかお許しください」

祈りを捧げ、ヨシュアは聖銀の扉を押し開ける。

――その先に待っていたのは、奈落と見紛うほどの暗闇。

停滞の臭いが澱のように充満し、空気までもが錆びついているかのように重い。そんな時間さえ止まった牢獄の奥底から、ヨシュアを出迎える声がした。

「――やあ……千八百と二十三日ぶりだね――ヨシュア君」

まるで昼下がりの公園で交わされる挨拶のような、場違いなほど穏やかな声音。だがその向こう側では、この地下牢の闇よりなお暗い何かが渦巻いている。

「――ボクは今でも夢に見るんだ。キミと戦ったあの日のことを。あれは、実に、刺激的な体験だったよ」

聞こえてくる声はなおも穏やかに語る。

ヨシュアはランプを掲げながら、声の主の名前を呼んだ。

「……ああ、そうだな、俺も見るよ。……悪夢をな。カイン＝イストエデン――《原初の大蛇》」

投げかけられた灯りが照らし出すのは、一匹のイヴリース。

肉という肉が捻じれ、骨という骨が歪んだ、あまりにもいびつな姿。世界中の獣をごちゃまぜにしたかのようなおぞましき異形だ。辛うじて人型を保ってはいるものの、人間だった頃の名残など欠片も残ってはいない。

だが、異形の肉体よりもなお異様だったのは、その置かれた環境だった。

四肢に巻き付くは大蛇ほどもある数多の鎖。全身を穿つは残忍に研がれた無数の刀剣。骨には直接拘束具が打ち込まれ、さらには両手首を貫いた杭によって岩壁に磔にされている。そのいずれもが聖銀製であることは言うまでもない。狂気を感じさせるほど厳重すぎる縛め……それは、囚人に対する人々の敵意と恐怖の具現でもあった。

カイン＝イストエデン——過去最悪の大量殺人鬼にして、史上唯一王族を殺したイヴリースである。

「やめておくれよ、《原初の大蛇》なんて。仰々しくていけないや。キミもそう思わないかい？　《蛇殺し》のヨシュア君？」

カインは静かな声で問いかける。優しげでさえあるその声は、とても数百人を殺めた悪鬼のものとは思えない。

「最近地上はどうだい？　〝連続捕食殺人〟だなんて、怖いねえ。キミも気をつけなよ？　夜道にばったり、こわーい人食い鬼にでくわさないように、さ」

「……忠告はありがたい。が……昨日会ったよ」

「おお、それはそれは、大丈夫だったかい？　……なんて、聞くだけ野暮かな？」

カインはくつくつと喉の奥で笑い始めた。

「ふふふ……みんなどうして平気なんだろうね。キミが平然と地上をうろついていることに。ボクよりも強いキミは、ボク以上の化け物になるかもしれないのにさ。……ボクなら、怖くて怖くて夜も眠れないよ」

「……俺は、お前とは違う」

「そうかな？　結構似てると思うんだけど」

本気なのかからかっているのか、声音からでは真意が掴めない。しかし、どちらにせよただの戯言だ。ヨシュアは単刀直入に切り出した。

「……昨日出会った奴の姿、あれは――お前の戦闘形態と瓜二つだった」

無数の蛇により形成される肉体。一個の生物でありながら群体でもある異端の魔獣。それは、〝天墜事件〟の日にカインが見せた、本当の姿そのものだったのだ。

「……率直に聞く。《王都連続捕食殺人》について、何か知っていることはあるか？」

ヨシュアの右手が懐の銀杭に伸びる。返答如何によっては今この場で戦闘に入ることも辞さない構えだ。

けれど、カインは軽々とその質問を受け流した。

「知っているかって？　ふふ……そんなわけないだろう？　ボクは五年も前からずっとここに縛られているんだよ？　そうしたのはキミじゃないか。まあ、こんなところでも断末魔ぐらいは聞こえて来るけどね。ボクはとっても耳がいいから……ふふふ……」

と、カインは不気味に笑う。それが病的な妄言であればまだ良かった。だが、カインの口調から滲み出るのは明らかな理性。その事実がヨシュアの背筋を寒くした。――数百人を殺してなお正常な会話ができてしまうこと。それが何よりも恐ろしいのだ。

ヨシュアはそっと踵を返す。これ以上長居したところで情報は引き出せないだろう。

「……邪魔をしたな」

そう言って立ち去ろうとするヨシュア。その背中に、一つの問いが投げかけられた。

「――ねえ、ヨシュア君。キミはまだ、人間になりたいと思うかい？」

ヨシュアははたと立ち止まる。

「……当然だ。この体はフェムドナ神より賜りし罰。前世で負った業は償わなければならない」

「ふふ……そうか……なるほどね……ふふふ……」

背後から聞こえて来る嘲笑に、ヨシュアは思わず振り返った。

「……何がおかしい？」

「ふふ……これは失礼。馬鹿にしたわけではないさ。……ただ、少し不思議に思ってね。眼には見えない神様を、どうしてそこまで信じられるのかな、ってさ」

「神の存在を疑うのか？　誰が見ていなくとも、罪を犯した者には罰が下される。異形化という形でだ。俺やお前がそうだろう。俺たちの存在こそが、他ならぬ神の証明だ」

そう、フェムドナ神は異端者たちが信じる上辺だけの他宗教とは違う。神の意向が現実に形となって表れているのだ。疑う余地などどこにあるというのか。

「面白いことを言うね。ああ、それが教会の理屈だったっけ？　ボクもずっと昔に習ったなあ。……でもね、考えてごらんよ、ヨシュア君。誰も見ていなくても、血は出る。誰も見ていなくとも、心臓は動く。万里の先でさえ林檎は下へ落ちるし、世界の裏側でだって燃えたマッチは灰になるんだ。そうだろう？」

「……何が……言いたい？」

罪人の戯言だ、と何度自分に言い聞かせても、心がざわついて仕方がない。カインの言葉の一つ一つが、否応もなくヨシュアの脳裏に沁み込んで来る。

「大昔の人はね、こういう現象をもっと論理的に説明していたようだよ。そう、人間らしく、論理的に、ね」

「……大昔……お前、まさか〝禁書〟を読んだのか？」

「おっと、そう睨まないでおくれよ。だったらどうするんだい？　憲兵隊に通報する？　ボクは構わないよ。どうせ禁錮四千年が四千と八十年になるだけだしね。ふふふ……」

不気味に笑う《原初の大蛇》は、それからゆっくりと問いかけた。

「……ねえ、ヨシュア君。〝世界の真実〟なんていうものが、この世にはあると思うかい？」

それはあまりにも唐突な問いかけ。ヨシュアが答えられないでいるうちに、蛇は上機嫌で笑った。

「ウルガータ区の旧マルタイ王立図書館へ行ってみるといい。真実を知る気があるのなら、きっと望むものがあるよ」

ヨシュアは無言で背を向けた。

不吉な動悸が収まらない。一刻も早くこの場から立ち去りたかった。

そんなヨシュアの後ろから、囁くような蛇の声が追いかけて来た。

「ふふふ……近いうちに、また、会おう」

刑務所を後にしたヨシュアは、覚束ない足取りで路地裏を歩いていた。

瞼の裏側にはまだ、牢獄の闇がこびりついている。地下にいたのはほんの三十分ほどなのに、もう何日も陽の光を浴びていないような気がしてならない。今はただ、一刻も早く帰りたかった。カナンが待つ我が家へ。

――思わぬ再会を果たしたのは、そんな折のことだった。

「あっ……」

「……あなたは、昨日の……」

街角の曲がり際、ばったり顔を合わせたのは、昨晩異形に襲われていたあの女性。昨日の今日で、というのはかなりの偶然だ。

「あのっ、さ、昨晩は、お礼も言わずすみません……私、その、動転していて……」

「……いえ、構いません。お怪我はありませんでしたか？」

「え、ええ……お陰様で」

降って湧いた偶然の再会。緊張しているのか、女は顔を赤らめている。

「え、えっと、ここでお会いできたのも何かの縁ですし、昨日のお礼に、一緒にお茶でも……」

「……これはありがたいお申し出だ。是非ご一緒させてください」

ヨシュアは何のためらいもなく女の誘いを受ける。そして、小さな声で付け加えた。

「……ただ、そろそろその演技をやめていただければ、もっと嬉しいのですが」

「えっ……」

瞬間、女の顔が恐怖に引きつる。と同時に、周囲から武装した男たちが現れた。その数、二十人弱。いずれも覆面で顔を隠し、手には銃器を構えている。しかもそのうち半分はイヴリースだ。

「――よく我々に気づいたな。流石は《蛇殺しの鉄杭》といったところか」

と、覆面の一人が高圧的な態度で進み出る。だが、ヨシュアには悠長に立ち話するつもりなど毛頭なかった。

「……そんなことはどうでもいい。早くつれていけ。――カナンもそこにいるんだろう?」

「ふん、すべてお見通し、か」

彼らの目的は未だ不明。だが、待ち伏せを見るにこちらの情報は摑んでいたということ。だとしたら、この程度の人数でこちらをどうこうできるとは考えていないはず。何かしらの切り札を握っているからこそ、こうして姿を現したのだ。

「まあお察しの通りだよ。お前の可愛いお嬢さんは我々の手中にある。一緒に来てもらうぞ、《蛇殺しの鉄杭》」

選択肢などあるはずがない。ヨシュアは無言で頷いた。

それからほどなく、聖銀の鎖で拘束され目隠しを施されたヨシュアは、乱暴に馬車へと押し込められる。そして不快な揺れを堪えること数時間。ようやく降ろされた先で椅子に縛りつけられたヨシュアは……そこでやっと目隠しを外された。

「――おはよう、《蛇殺し》のヨシュア。気分はどうだ？」

瞼を開けた瞬間、ヨシュアは素早く自分の置かれた状況を確認する。

廃墟と思しき広い空間に、人間が十三、イヴリースが八。一人を除いて全員が覆面で顔を隠し、物々しい武装に身を包んでいる。

こちらに声をかけて来たのは、唯一顔を隠していない大柄の男だ。

「俺の名はニムロド――ニムロド＝エルヴァヴェルだ。まずは非礼を詫びよう。何しろあんたは王都最強のイヴリースだ。俺たちも怖いものでな」

ニムロドと名乗る巨漢は、友好的に微笑みながら釈明する。

応じるようにして、ヨシュアもにこりと微笑んだ。

「……ああ、それは構わない。実を言うと、ちょうどこの近くに用ができたところだったんだ。連れてきてもらえて助かったよ――このウルガータ区に」

覆面たちの間でさざ波のように広がる動揺。拠点の位置が割れていたことがよほど想定外だったらしい。何しろ、場所を特定させたくないがために、本来一時間足らずの距離を三時間もかけて遠回りして来たのだ。

もっとも、ヨシュアにとってそんな情報は些事。あえて口にしたのは、次の要求を通しやすくするためにすぎない。

「……まあ、場所などどうでもいいことだ。どうせ捨てる予定の拠点なのだろうしな。……それよりも、カナンの無事を確認させてくれ」

「……わかった、いいだろう」

ニムロドが合図を送ると、ヨシュアの背後で扉が開く。そこからぴょこぴょこと現れたのは、キャンディをくわえたカナンだった。

「よふぁー、おかえりー」

「……カナン、怪我はないか？」

カナンは飴を舐めながら頷く。状況がわかっていないらしく、実にのんきなものだ。

「これ、もらったー」

「……そうか、それは良かったな。ちゃんとお礼は言ったか？」

「うん」

「……そうか、いい子だ」

束の間の面会はそれで終了。カナンはすぐにまた連れて行かれてしまったが、今は無事が確認できただけで十分だ。

二人のやりとりを眺めていたニムロドは、ひどくやりにくそうな顔で話を戻す。

「もういいな？　本題に移りたいのだが」

「……ああ、こっちもだ。……だが、その前に一ついいか？」

と、唐突に切り出したヨシュアは、ちらりと目線を横へ向けた。

「……できれば……本物のリーダーと話がしたいのだが」

ヨシュアの鋭い視線の先にいるのは、壁際に並んだ兵士の一人。一見すると周囲の一般兵と変わりないが……兵士は肩をすくめると、潔く覆面を脱ぎ去った。

「──なるほど……小細工は無用、というわけか」

覆面の下から現れたのは、四十代前後と思しき精悍な顔つきの男。肉の削げた頰と鋭い眼光が相まって、餓狼のような雰囲気を纏っている。

危険な男だ──ヨシュアは肌でそう感じた。

「……この場所が割れたあの一瞬、全員の意識がお前に向いた。随分と支持されているみたいだな」

「はは、《蛇殺しの鉄杭》に褒められるとは、実に光栄だ」

本当のリーダーがばれる展開はどう考えても彼らにとって望ましいものではないはず。それは兵士たちから滲み出る焦りの空気が証明している。だがそれでもなお余裕の笑みを浮かべる男は、他のメンバーとは明らかに格が違う。

「おっと、そういえば、俺の自己紹介はまだだったな」

思い出したようにそう言って、男はヨシュアの真正面に移動してきた。

「改めまして、俺はニムロド──いや、俺〝が〟、というべきだな。お前たちには『ニヌス』って名前の方が通じやすいかな？」

ニヌス、という名前になら覚えがある。危険思想者リストに載っていた名だ。だとすれば、自然とこの集まりがどういった類のものかも見えてきた。

「……ということは、お前たちは──」

「――『革命軍』。一応そう名乗っているよ。はっ、我ながら陳腐な響きで好かんがねぇ」

ニムロドはおどけた調子で肩をすくめる。

革命を標榜するということは、王への反逆を公言したも同義。それだけで投獄に値する大罪である。だというのに、ニムロドは微塵も臆した様子を見せない。

「……その革命軍が俺になんの用だ？　人質にするなら、もっとましな人選をするべきだと思うが」

「ご忠告痛み入る。だが今回は人質としてご同行願ったのではない。――ヨシュア、これは勧誘だよ。君を是非ともスカウトしたいのさ」

「……諜報員として、王国政府の情報を流せ、と？」

「理解が早くて実に助かる」

ニムロドは平然と頷く。

不敵な微笑、深みのある大人びた声、そして、何者をも恐れぬ鋼の心臓。革命軍を束ねるに足るカリスマは、十分に備えているらしい。

「……いや、そうでもないさ。悪いがまったく理解できないよ、お前たちの目的が」

「目的？　そんなものは簡単さ」

ニムロドは皮肉っぽく笑うと、臆面もなく言い切った。

「平和と平等、だ」

左右に行ったり来たりしながら、ニムロドは言葉を継ぐ。

「と言っても、これじゃあ抽象的にすぎるか。そうさな、手始めに……政府からのデミウルゴ家──すなわち王族の完全なる排斥、王都憲兵隊の解体、税金運営の透明化、といったところかな？」

次々と絵図を掲げるニムロドは、今度はヨシュアに向けて問いかける。

「お前だって王都の現状は知っているだろう？　──乞食は増え、犯罪は多発し、スラムは年々広がっている。とても人間の住む環境じゃない」

ヨシュアが無言のままでいると、ニムロドはさらに畳みかけた。

「その一方で、私腹を肥やし続けている豚どもがいる。王族の住むゴルゴナ区を見てみろ。乞食除けのフェンスに覆われた街には、見るたび新しいオブジェが増えているだろう？　その財源はどこだ？　命を削って稼いだ、我々市民の血税だ」

「……それは、王族がフェムドナ神の言葉を聞く一族だからだ。その住まう場所は神聖でなければならない。王への奉仕は、すなわち神への奉仕と同義で──」

「ほほお、それは知らなかった。神聖さとは金で買えるものなのだな」

と、ニムロドは皮肉たっぷりに言い返す。

「なあ、ヨシュア。我々は何も神様になろうなどとは言っていない。当たり前の世界を欲しているだけなんだ。働きに見合った報酬を得ること。慎ましく平穏に暮らすこと。こんな搾取される世界ではない。誰も上に立たず、誰も下で這いつくばらずに済む世界だ。……たったそれだけの世界さえ、神は贅沢と言うのか？」

ニムロドの言葉はすなわち、この場にいる全員からの問いかけでもある。

長い長い沈黙の後、ヨシュアは口を開いた。

「……お前たちの思想はわかった。一分の理があることも認める。そもそも俺にはお前たちを逮捕する権限も、報告の義務もない」

「ほう、ならば我々と共に――」

「――だが、それだけだ。俺にはお前たちに賛同する意思も、協力する理由もない」

ヨシュアが出した結論は、ただの黙認だった。

「関わる気はない、と。……ヨシュア、お前はどうでも良いと言うのか？　この世界が、圧政に苦しむ民衆が、子供たちの未来が！」

ニムロドは声を荒らげて問う。世界や未来……無条件で守るべきそれらを盾にしてしまえば、イエスと答える他にない。それは最初から選択肢の決まった、ひどく狡猾な問いかけだ。しかし……

「……ああ、そうだ」

ヨシュアはきっぱりと言い切った。

「……お前たちと同じ、俺も当たり前を欲している。当たり前の〝体〟を、だ。――俺は人間になりたい。こんな半異形のなりそこないではなく、皆と同じ体が欲しいんだ。それ以外のすべてが、俺にとってはどうでもいい」

無論、それは勧誘を断るために誇張した言葉ではある。だが、本心の一端であることもまた事実だった。

異形であることの劣等感。自分自身への嫌悪感。生まれついた時より積み重なったそれらは、いつしかヨシュアの中で強迫観念にも似た〝正常〟への渇望となっていた。……それこそ、世界すべてを対価としても叶えたい願いとして。

しかし、本人すらまだ気づいていないもう一つの心を、ニムロドは見透かしていた。

「ほう、すべてがどうでもいい、ねえ……なら、あの子は――カナンは何なんだ？」

「……！　それは……」

ヨシュアは言葉に詰まった。

たまたま拾っただけの少女……であるのは確かだ。だが、それだけの関係ならばなぜ、こうしてカナンのためにおとなしく拘束されているのだろうか。ヨシュアには自分がわからなかった。こんなことは初めてだ。今まではただ神に奉仕することだけを考えていれば良かったのに。

「自覚しろ、ヨシュア。お前も、この世界も、矛盾を抱えている。誰かが正さねばならないとは思わないか？」

「……今は俺のことなどどうでもいい」

曖昧な気持ちを払いのけるかのように、ヨシュアは首を振った。

「……とにかく、協力はできない。そもそもお前たちの論理には飛躍が見られる。市民の生活苦は問題ではあるが、それを王の悪政が原因と言い張るには根拠不足だ。逆に、王には善政を敷いているという確かな証拠がある。――知っているはずだぞ、年に一度行われる《裸王の洗礼祭》。建国以来、王の体が異形化していたことは一度たりともない。それは全国民が己の眼で認めた事実。……つまり、王の潔白は他でもない神が証明しているということだ」

デミウルゴ王家は創世の時より存在する預言者の一族。彼らは神に愛されているがゆえに、一度罪を犯せばおぞましい異形になるとされている。それも、通常ならお目こぼしされる些細な嘘程度でも、王族だけは異形化してしまうのだ。

ゆえに、王は決して悪政を敷くことはできない。これは聖十字教の聖典にも記されている常識である。

しかし、ニムロドはそんな常識さえも嘲笑うのだった。

「くくく……なるほど、神が証明している、か……くくく……」

「……何がおかしい？」

問いかけながら、ヨシュアは嫌な既視感を覚えていた。

「いや、お前ほど論理的な思考を持つ者が、神なんてものを信じているのがおかしくてな」

「……神はいる。俺たちをいつも見守っていてくださる」

そう、こんな会話を、つい数時間前にもした。おぞけだつような冷気と暗闇の牢獄で。

ヨシュアは襲い来る悪寒を懸命に堪える。

「神がいるだと？　それこそ証拠がないではないか。経典に書いてあるから？　司教にそう教わったからか？　ああ、そうだな、『神を愛し、疑うなかれ』だったたな。実に都合の良い教えだ。くくっ……できすぎなぐらいに」

「……お前は、一体、何が言いたいっ⁉」

ヨシュアはたまらず声を荒らげる。

けれど本当は、答えなどとうに知っていた。

「──〝世界の真実〟を、知りたくはないか？」

これは妖しき偶然か。それとも仕組まれた必然か。

これ以上立ち入るべきではない。理性が音を立てて警告している。そうだ、今ならまだ、引き返すことができる。神に見守られた信仰溢れる世界へと。

けれどどこかで、ヨシュアは感じていた。この道の向こうを知りたがっている自分を。

そして理解していた。自分がどちらを選択するかを。──そう、蛇の囁きを耳にしたあの時から、こうなることは決まっていたのだ。だからヨシュアは問いかける。たとえその先に、神すら殺す真実が待っていようとも。

「……お前が、教えられるというのか？」

ニムロドはただにやりと微笑んで、いざなうように手を差し伸べた。

「それでは場所を移そう。なに、すぐ近くさ。このウルガータ区にある。さあ行こうじゃないか。真実の眠る場所──旧マルタイ王立図書館へ」

王都南部に広がる最大のスラム街——ウルガータ区。そこに立ち並ぶ廃墟の一つが、旧マルタイ王立図書館だ。ニムロドたちが向かうのは、そんな旧図書館跡地の地下深く。書架の裏に隠された階段を下った先に、その場所は厳然と存在していた。

「……これは……隠し図書館……？」

見開いたヨシュアの眼前、広大な地下室に並び立っていたのは書棚の林。中にはすずなりの本が整列している。その規模たるや、本物の王立図書館に匹敵するほど。

図書館跡地の下には、もう一つの図書館が隠されていたのだ。……ただし、陳列された本の中身は、正規のそれとは程遠かった。

「……まさか、すべて〝禁書〟か……?!」

「ああ、そうさ。ここにあるのは皆、古代文明の叡智が記された書物だよ」

古代文明——ノードランド王国建国以前に存在していた古の民。極めて高度な文明を誇り、全盛期には夜空の星々さえ渡り歩く力があったが、その智慧ゆえに神の怒りを買い、一夜にして滅んだと言われている。

〝禁書〟とはその古代文明が残した書物の総称であり、王族は『災いをもたらす悪魔の知識』としてその所有を固く禁止しているのだ。もしも所持が発覚すれば禁錮八十年、一文字でも読んでいたのなら終身刑は免れないだろう。

「……まさか、これほどの量が王都に残っていたとは……」

ヨシュアは眼前の違法行為に顔をしかめながらも、その一方で驚嘆していた。

禁書は発見され次第即座に焼き払われる決まりになっている。ヨシュアも一度、禁書を所持していたイヴリースを逮捕したことがあるが、それは四年も前の話。以来、イヴリースでも人間でも禁書所持で捕まった者はいない。てっきり、すべて失われたものとばかり思い込んでいたのだ。

「お前たちはいつだって、天上の神様とやらを見上げている。だから足元に目がいかないのさ」

皮肉っぽく鼻を鳴らすニムロドは、それから図書館の奥に向かって呼びかけた。

「ノア、あれを持って来ておくれ」

「――はい、お父様」

凜(りん)とした返事と共に本棚の合間から現れたのは、一冊の本を抱えた少女。艶のある黒髪によく通った鼻筋、黒曜石のようなその瞳には強い意志の光が。年齢としてはカナンと同い年くらいだろうが、利発そうなその面差しはカナンよりずっと大人びている。

「どうぞ、お父様」

「ああ、いい子だ」

優しく褒められて、少女は嬉しそうに微笑む。

ニムロドは少女の頭に手を乗せながら言った。

「紹介しよう、俺の子だ。名前はノア。この子にはすべてを教え込んである。もしも俺が失敗したとしても、この子が後を継ぐ。この子が失敗したら、さらに次の子が意志をつな

ぐことになるだろう」

　父の言葉に、ノアは誇らしげに頷く。

　幼い彼女は気づいていない。それがどれほど歪(いびつ)な呪いであるかを。

「さあ、ノア、向こうでカナンちゃんと遊んでおいで」

「はい、お父様」

　従順な少女の背中を見送ってから、ヨシュアは口を開いた。

「……可哀想(かわいそう)なことを」

「ああ、そうだな。人形の代わりにナイフを持たせ、絵本の代わりに禁書を読ませた。日陰から日陰へ隠れ潜む生活では、同世代の子と遊ぶこともできない。哀れな子だよ」

　その元凶は自分であるというのに、ニムロドは他人事(ひとごと)のように頷く。

「だが、それは我々とて同じだ。本当の知識を得ることもできず、抗(あらが)う意志さえ持たせてもらえない。偽りの神と王族に支配された、まさに家畜だ。そんなものでいるよりは、ずっと幸福だと思うがね。……お前はそうは思わないか？」

　その問いかけに、ヨシュアはまたしても返答を避けた。

「……それで、世界の真実とやらはどこにある？」

「ああ、どこだったかな……おっと、そうだそうだ、ここにあった」

　と、ニムロドはおどけた態度で娘から渡されていた本を掲げる。その表紙に目をやったヨシュアは、すぐに気づいた。使われているアルファベットが現在のノードランド文字と微妙に違う。恐らくは旧世紀に使われていた古代ノードランド語だ。

「こいつは経典だよ。ただし、聖十字教のものじゃない。古代人が信仰していた別の宗教のものだ。かつては『ヴィヴリア』と呼ばれていたらしい」

「……〝悪魔の経典〟か……」

「ああ、お前たちはそう呼んでいるな。だがこいつを読む前に、まずは我らが聖十字教のおさらいといこうじゃないか」

そう言って、ニムロドはおどけたように尋ねた。

「さてヨシュア君、かつて一切の穢れを知らなかったはずの我々人間が、こうして悪事を働くようになってしまったのはなぜだか知っているかね？」

「……悪魔の化身である蛇がそそのかしたからだ」

ヨシュアは聖十字教の教え通りに答える。経典の暗記は必修科目、こんなことは誰でも知っている。

「その通り。流石は優等生のヨシュア君だ。……だが、蛇の逸話なら俺も知っているんだ。もっとも、聖十字教の経典ではなく、この『ヴィヴリア』に載っていたものだがな」

「……古代人の宗教に、同じ逸話が……？」

「ああ、それも蛇の話だけじゃない。確か、我らが唯一神フェムドナ様は二羽のワタリガラスを飼っていたな？　『ヴィヴリア』とは違う古代宗教の一つに、同じ設定を持つ神が登場しているんだよ。たまたま、な」

　わざとらしく最後の言葉を強調したニムロドは、さらに畳みかける。

「他にもあるぞ。王のために自ら進んで炎に飛び込む兎や、黒曜石の足を持つ悪霊、海を割る預言者……すべて別々の経典に、酷似したエピソードが載っている。——なあ、不思議だとは思わないか？　聖十字教の逸話と、悪魔の経典の逸話がこれほど一致しているなんて。実に奇妙な偶然だな。まだまだ例はあるが……もっと聞くかい？」

「……いや、もういい。どれだけ聞いたところで、今の俺に真偽を確かめる手段はない。何より——神への冒瀆は聞くに堪えん」

　ヨシュアの声音に怒気が籠る。だが、ニムロドはその反応を期待していたかのように笑った。

「くくく……神への冒瀆、ねえ。……なら、なぜ神は俺を罰しない？　今すぐに俺をイヴリースにしてしまえばよいではないか。口も利けないほどの化け物にしてしまえば、こんな戯言を聞かずに済むだろう？」

　そしてニムロドは、自信たっぷりに言い放った。

「その理由を教えてやる——神など存在しないからさ！」

「……馬鹿げている」

「そう思うか？　俺からすれば、こんなツギハギだらけの神話の方がよほど馬鹿げていると思うがな」

「ならば、この俺の体はなんだ?!　天より与えられし罰の存在こそが、何よりの神の証明だろう！」

ヨシュアは思わず声を荒らげた。カインと対峙した時と同じ流れになっているのはわかっている。だからこそ、言いようのない焦燥感に駆られているのだ。

そんなヨシュアを見て、ニムロドは満足気に唇の端を歪めた。

「そうだな、お前にとってはそこが重要なんだったな。いいだろう、古代人の神学の話はもうやめだ。次は科学のお時間といこう。……といっても、古代文明の科学力――お前たちが〝悪魔の知恵〟と呼ぶものについてはだいたい知っているだろう？」

「……当たり前だ。古代人が己の欲望のままに知恵を行使し続けた結果、世界は穢れに汚染され、草木の育たぬ〝荒廃大地〟が生まれた。その所業が神の怒りを買い、彼らは滅ぼされた。……お前の言うこの世の貧困も、そもそもは悪魔に起因するのだ」

「教科書通りの回答をありがとう。そいつはおおむね正しい。もっとも、古代人は神によって滅ぼされたのではなく、単なる自滅だったのだが……まあこの際それは措いておこう。またつっかかられても面倒だしな」

嫌味っぽくそう言うと、ニムロドは話を本題へ戻した。

「重要なのは、古代人には世界を改変してしまえるほどの技術力があった、という点だ。わかるか？　彼らはこの世のすべてを解き明かしていたのだ。森羅万象、ありとあらゆる事象を余すことなく。……そしてその中には、我々人間に関する事象も含まれていた」

「……人間に、ついて……？」

「なあ、ヨシュアよ、疑問に思ったことはないか？　我々はなぜ一人一人顔形が違う？

その差はどこで生まれる？」

「……それは、フェムドナ神が一人一人心を込めて創造なさるからだ」

「ああ、そうだった、そうだった。そう教わるんだったな」

ニムロドは小馬鹿にしたように苦笑する。

「だが、俺たちよりもずっと賢く、世界のすべてを解き明かした古代人は、別の考えを持っていたようだ」

そうしてニムロドは、聞いたこともないような話を始めた。

「彼らはこう考えた。我々の体には、目視不可能なほど小さな〝設計図〟が埋め込まれている、と。人間はその設計図に沿って母体の中で形成され、生まれて以後も日々作り直され続ける。この設計図こそがあらゆる個性を決定し、個人を個人たらしめるものなのだ。古代人はこの設計図のことを――〝遺伝子〟――と呼んでいたようだがね」

〝遺伝子〟――当然、初めて耳にする言葉だ。けれどその響きが、無性にヨシュアの胸をざわつかせる。

「古代文明はその遺伝子という名の設計図を完璧に解き明かしていた。いや、それだけじゃない。彼らは図面に手を加えることさえ可能にしていた。肌の色から髪質、音楽や芸術の才能まで、産まれてくる赤子の個性を自由自在に操作できたのさ。ちょうど我々が、花同士を掛け合わせて好きな色の花を作るみたいに。まさに神の所業だよ……おっと、悪魔の所業、だったな？」

ヨシュアの表情を見て、ニムロドはわざとらしく言いかえる。

「だが、彼らにも唯一いじれないものがあった。何かわかるか？　――『心』だよ。限りなく神に近づいた彼らも、自分たち自身の心はどうしようもなかったというわけだ」

「……その話が天罰とどう関係あるというのだ？」

「ははっ、鈍いな、ヨシュア。お前ほど理智的な男が、神が絡むとまるで赤子だ」

ニムロドは呆れたように首を振る。

「完璧に整った世界で、唯一不完全だった人々の心は病んでいった。現在の王都と同じさ。末期の古代文明では、犯罪者が後を絶たなかったらしい。すべてが満たされた社会というのも、人間には適さないようだな。ゆえに当時の為政者たちは悩んだ。人が人を裁く制度はもはや用を為さなかった。彼らには必要だったんだ、司法よりも強力な抑止力が。それこそ、神が与える天罰にも等しい、公平で無慈悲な罰が、な。……さて、ヨシュア、そろそろわかったんじゃないか？　そこで彼らが何をしたのか」

「……自分たちの設計図に書き加えた……？　抑止そのものを……」

「くくく……冴えてきたじゃないか、ご名答！」

ヨシュアの返答を聞いて、ニムロドは満足気に笑った。

「〝FM＝DNA（天罰因子）〟――彼らはそう呼んでいた。身体感覚と心的状態の二つを要因に、罪を犯した瞬間に異形化を引き起こす遺伝子を自分たちに埋め込んだのだ。親から子へと自動的に受け継がれていく、極小の神様をな。くくく……面白いものじゃないか。叡智を極めた者たちの考えた最悪の罰が、『体を醜く変えること』だなんて。実に原始的だろう？……が、まあそれなりの効果はあったらしい。導入以来犯罪率が激減したと幾つもの文献に記されている。……もっとも、あまりに遅すぎたようだがな。結局彼らは自らの手で大災厄を生み出し、世界の大半もろとも自滅した。残ったのはこのノードランド一帯と、一握りの人間だけ。それが我々だよ」

古代人、遺伝子、天罰因子、大災厄……にわかには信じられない話の数々。だがいずれに対しても、明確な否定材料がない。ヨシュアは頭痛を堪えながら尋ねた。

「……仮にお前の言葉が本当だったとして……それならなぜ、そんな話が伝わっていない？　全人類に関わる重要な歴史だろう」

「なぜ、か……くく……重要な歴史〝なのに〟ではなく、重要な歴史〝だから〟とは思わないのか？」

「……隠蔽されたのか？」

期待した通りの答えに、ニムロドは頷く。

「そうだ。生き残った我々の祖先は、長い時間をかけて人類の歴史を封印し、事実を神話とすり替えた。文明レベルを落とすことになろうと、彼らは平和な世界を作りたかったのだろう。天罰因子という人工の神に守られた、無垢(むく)で無智な楽園を」

人類の大半を失う大災厄。その悲劇を生み出してしまった罪の意識。先祖たちの平和への切望を理解しているのか、ニムロドは珍しく皮肉るような真似(まね)はしなかった。

「だが、楽園化計画は失敗した。それは今の王都の惨状を見ればわかるだろう。計画には大きな亀裂があったのだ。そう、大災厄よりもずっと前、天罰因子が生み出された時から」

ニムロドはいつもの皮肉めいた微笑を浮かべた。

「いつの世にも、腐った人間というのはいるものだ。奴らにとって、天罰因子なんてものはひどく都合が悪かった。そして往々にして、そういう輩(やから)ほど大きな権力を握っているものさ。それこそ、人類の一大計画でさえくぐり抜けてしまえるほどに」

その言葉でヨシュアは理解する。

――天罰因子はすべての人間に組み込まれたわけではなかったのだ。

「奴らはちゃんと知っていたのさ。神様のいる新しい世界において、天罰因子を持たぬことがどれほど有利に働くかを。だから移植を回避した上、予防策として遺伝子に細工まで加えたのだ。自分たちの血族において決して因子が発現しないように。そして事実、その目論みはこれ以上なく成功した。……奴らの子孫がなんと呼ばれているか、もう言わずともわかるだろう？」

「……王家――デミウルゴ一族……」

ヨシュアが呟(つぶや)くと、ニムロドは静かに首肯した。

「そう、我らが君主たる王家の血筋だよ。……くくく、有史以来、王がイヴリースとなったことがないだと？　当然だ。なにせ奴らには、元より天罰因子自体が備わっていないのだからな。――なあ、ヨシュアよ。さっきお前は言ったな。『王の潔白は他でもない神が証明している』と。今でも同じことが言えるか？」

その問いかけに、ヨシュアは答えることができなかった。

全身は鉛のように重く、頭は遅々として働かない。生まれて以来、ずっと共にあった〝信仰〟という名の柱が今、粉々に砕けようとしているのだ。

「……お前たちの目的は、この事実の公表か……？」

「その通り。……実を言うとな、俺個人としては〝世界の真実〟なんて心底どうでもいいんだ。だが、王族たちにとってこの事実は立場を揺るがす猛毒になる。ならば利用させてもらうまでさ。『使えるものはなんでも使う』、が俺のポリシーなものでね」

「……勝算はあるのか？　たとえお前の話がすべて事実だとしても、人々はそう簡単に信じないぞ」

「重々わかっているさ。民衆は皆飼いならされた家畜だ。孤児院で使われる教育資材も、聖十字教の教えも、〝王族にとって都合の良い市民〟を創り出すための装置なのだからな。彼らの目を覚まさせるのはたやすいことではないだろう」

ニムロドはただ淡々と事実を認める。革命熱に浮かされた青臭い思想家とは違う、極めて客観的で冷静な分析だ。

「だから必要なのは、馬鹿な民衆にもわかるシンプルで具体的なやり方だ。神を肯定する〝王〟という象徴に対抗するには、神を否定する人の形をしたシンボルが要るのだよ」

その意味深な物言いから、ヨシュアはニムロドの言わんとすることを理解した。

「……待て、それは〝悪魔の子〟のことを言っているのか？」

平等であるはずの天罰を受けつけぬ人間――〝悪魔の子〟。それは神の絶対性を冒す存在だ。確かに、神と王とを否定する革命軍の旗頭として〝悪魔の子〟ほど相応しい者はいない。だが……

「……だが、〝悪魔の子〟はただの――」

「迷信だ、とでも？　いいや、そうじゃない。〝悪魔の子〟は確かに実在する。俺はこの目で確かめた！　……といっても、あまり偉そうなことは言えないか。なにせまだ出会ったばかりだからな。むしろ、彼女についてはお前の方が詳しいぐらいさ」

「……!?　……まさか、いや……そんなことが……?!」

思わせぶりな口ぶりに、ヨシュアは何かを察する。

その表情を見たニムロドは、にやりと笑ってヨシュアの知らぬ過去の話を始めた。

「少し昔の話をしよう、八年前のことだ。とある王族に子供が産まれた。……が、盛大にお祝い、とはいかなかった。産まれたのは妾の子だったのさ。国民にはいつもの如く黙っていればいい。だが王族内での立場というものがある。奴らの中では、異形化しない人間をむやみに増やすのはご法度だからな。ゆえに慣習に従い、赤子は処分されることになった。それを事前に察知した妾はどうしたと思う？　我が子可愛さから、親友だった侍女に頼み赤子を王宮から逃がしたのさ」

大衆演劇ではよくある展開だ。けれど現実がそううまくいかないことは知っている。

「妾にとっちゃそれで良かったかもしれないが、赤子を託された侍女にとってはそこから地獄の始まりだった。預けられた金はすぐに尽き、王室からの追手に怯える日々。周囲に味方なんていない。親友への義理だけで子供を守るのも、じきに限界が来た。……王室から逃げ出して五年目、とうとう子供は捨てられた。その不幸な子の名前が――カナン。カナン＝デミウルゴ。……あれは捨てられた王族の子であり、すなわち天罰因子を持たぬ〝悪魔の子〟だ」

ヨシュアはようやく理解した。革命軍にとって、カナンは自分を従わせるための人質などではない。彼らにとっての本命こそがカナンだったのだ。

「……そんな王族の内情、どこから手に入れた？」

「侍女本人からだよ。赤子を捨てた後も、真実を知る彼女は狙われていた。そこで一年前、彼女は情報と引き換えに俺たちに身の安全を求めて来たのだ」

「……本人から直接確かめたい。その侍女と会わせろ」

「駄目だ……というより、『無理だ』と言うべきだな」

「……殺されたのか？」

「ああ。〝黒犬事件〟三番目の被害者だ」

その事件のことならヨシュアも覚えている。五ヵ月前、ここウルガータ区の路地裏で五人が一度に殺された一件だ。

「あの頃はまだ、王室の追手があれほど強力だとは想定していなかった。警護は手練れのイヴリースが四人。それで十分だと思っていた。……俺の失態だ。可哀想なことをした」

ニムロドは珍しく悔やむような素振りを見せる。だがそれは侍女を悼んでいるのではなく、貴重な情報源を失ったことに対する後悔だろう。

「……侍女がいないのなら、なぜカナンがその子だとわかる？　年齢、金髪、名前、それだけの合致で決めつけるのは尚早ではないのか？」

「それなら心配はない。判別の方法ぐらいは聞いておいたさ。左腕のつけねにほくろが三つ。さっき部下に確認させた。間違いはない。……別のルートからも確認を取ったしな」

「……だが……」

「よほど認めたくないようだが……お前にも心当たりがあるんじゃないのか？」

「……！　それは……」

図星だった。カナンと初めて出会ったあの日、ヨシュアは自分の眼で異形化しない謎を見てしまっている。これまでの話が事実だとしたら、すべてつじつまが合うのだ。

「これで理解できたようだな。あの子の背負っているものが。まあ、疑っているとしても別に構わん、すぐにわかることだ。……近日中に孤児院の審査員と名乗る者がお前の元を訪れるだろう。奴らは金髪の少女を捜している。該当する届け出があれば確かめに行くのさ。それで俺の話が本当だったと理解できるはずだ」

そう断言したニムロドは、別室にいる部下を呼んだ。

「おい、カナンを連れて来い。返してやれ」

命じるや否や、別室からとことこと駆けて来るカナン。「よふぁー、ちょこもらった ー」と相変わらず危機感のない少女を抱き留めながら、ヨシュアは妙な仕掛けが施されていないか確かめる。……何もない。どうやら本当にカナンを解放する気らしい。

「……大胆だな。怖くはないのか？　大事な人質を手放して」

ヨシュアは少女の頭を撫でながら問う。

カナンが手元に戻ってきた今、ヨシュアは完全に自由の身。その気になれば、カナンを抱きかかえながらでも、この場にいる全員を殺すことだってできる。

だが、それを理解しているであろうニムロドは、自信たっぷりに言うのだった。

「いいや、まったく。お前は愚者ではない。俺たち全員を始末したところで、その子に課せられた運命が変わらぬことをもう知っている。……そうだ、その子を狙っているのは、俺たちよりもずっと厄介な王族だ。奴らは決して諦めないぞ。カナンは建国以来続く王政を崩壊させかねない危険因子。排除するまで絶対に手を抜くことはない。カナンが生き延びる道は王政転覆以外にないのだよ。……ほうら、どうだ？　カナンを守るという点に関して、我々はもう仲間じゃないか。俺にはもう、お前を恐れる理由などないのさ」

逃亡、密告、裏切り……あらゆるリスクが考えられる以上、唯一の人質を解放するなど普通はやらない。だが、状況がそれを許さないというただ一点の推測だけで、ニムロドは決断した。そうすることで、自分たちの戦力を温存しつつ、教会最強のイヴリースであるヨシュアにカナンの護衛をさせようとしているのだ。

そして冷酷なほどに、その判断は正しかった。

「……いいだろう。今はまだ、お前たちに手は出さない」

と、ヨシュアは諦めたように首を振る。そして代わりに一つだけ問うた。

「……だから、さっさと言え。お前たちは――いや、お前たちの背後にいる〝協力者〟は俺に何をさせたい？　カナンの護衛だけではないんだろう？」

その問いかけに対して、ニムロドは焦らすように問い返す。

「ほぉ、〝協力者〟ねぇ……なぜそんなものがいると？」

「……憲兵から隠れて活動するのも、これだけの禁書を集めるのも、政府内部……それもかなり上層部に手引きする者がいなければ不可能なはずだ」

「侮られているようで気分は良くないが……まあ、その通りだ。俺たちには協力者がいる。カナンに関する情報もその協力者から提供されたものだ。と言っても、奴はひどく慎重でな。俺たちも正体は知らない。だから、悪いが協力者の要求はわからないのだよ」

その言葉の矛盾に、ヨシュアはすぐに気がついた。

「……そんなはずがあるものか。お前は今、情報は協力者から提供されたと言った。だったら、俺との接触も協力者の指示で――」

とそこまで言いかけて、ヨシュアはもう一つの可能性に思い至った。

「……まさか……俺に接触したのはお前の独断か？」

「実に察しがいいな、ヨシュア。だったらもう、〝俺の〟要求もわかるだろう？」

「……俺に協力者の正体を探らせるつもりか」

「素晴らしい！」

ニムロドは高揚した様子で頷いた。

「我々が目指すのは平等な世界。協力者もそれに賛同すると言っている。……だがな、生憎俺は自分の正体も明かさない奴を信じるほどお人よしじゃない。既に政府上層にいる人間が、わざわざすべてを捨てて平等になんてなりたがると思うか？　はっ、冗談！　俺は奴らを決して信用しない。権力者という人種はな、ひたすら上へ上へと登りたがる習性があるのさ。醜いイモムシのようにな」

ニムロドの口調からは、上に立つ者すべてに対する憎悪が滲み出ている。

「協力者の目的も、恐らくは王族内の権力争い絡みだろう。現在王族は二十八人。権力と呼ぶには、椅子の数が多すぎる。おおかた革命により他の王族を退けた後、新しい世界でたった一つの王座につくのが狙いなんだろうさ。……だがそうはさせん。協力者が何を企んでいようと、必ず俺が出し抜いてやる！　お前はそのための切り札だ……！」

一瞬、ニムロドの瞳に野獣じみた光が浮かぶ。だがそれはすぐに消えてしまった。

「まあそういうわけだ、今のところは密偵として〝協力者〟を探ってくれればいい。……ああ、それから言うまでもないだろうが……本業の方も忘れるなよ？　――あの〝黒犬〟の手綱を握っているのは十中八九王族だ。あれはいずれカナンのことも嗅ぎつけるだろう。ヨシュア、お前が潰せ」

「……わかっている」

今更言われるまでもない。そもそも今日だって〝黒犬事件〟を追っていたのだ。命じられるまでもなく、捜査は続けるつもりでいた。……ただ、そこには些かの問題がある。

「……だが、あまり期待はするな。〝黒犬〟を追い詰めるには、まだ情報が足りない」

カインとの面会が空振りに終わった今、〝黒犬事件〟解決の糸口を失った状態なのだ。

けれどニムロドは、妙に自信をもって言い切った。

「ああ、そのことなら心配するな。きっと近いうちにチャンスは訪れるさ。お前はその好機を摑めばいい。その左手でな」

まるで予言するような口ぶりだ。何かしら計略があるのだろうか。だが、ヨシュアは追及することなく素直に頷いた。

「……了解した。ならば善処する」

「くく……素直でよろしい。さて、とりあえずは以上だが……何かご質問は？」

ニムロドはおどけた調子で問う。

無論、尋ねたいことは幾つもあった。だがどれを選んだところで、どうせ核心については教えてもらえまい。ゆえにこんなものは無意味なやりとりだ。わかっている。……そう、わかっているのだが、どうしても訊かずにはいられなかった。

「……最後に答えろ。イヴリースが神の罰などではなく、人の手で作られた戒めなのだとしたら――俺は、俺たち《原罪種》とは、一体なんだ？」

それは真実を聞いた時からずっと気になっていたことだった。

《原罪種》は前世の報いの姿である、と教会は言う。けれど神など存在せず、異形化が単なる現象だというのなら、生まれながらの異形には何の意味がある——？

「——ああ、言ってなかったか？」

ヨシュアのそんな問いに、ニムロドはただ、なんてことなさそうに告げた。

「簡単な話さ。単なる遺伝子のエラーだよ。まれに生まれつき体に不自由のある者がいるだろう？　理屈はあれと同じだ。考えようによっては良かったじゃないか。——喜べ、ヨシュア。お前に罪などないんだよ」

そうして二人は解放された。

カナンの手を握って帰る道すがら、ヨシュアの脳内で幾度も図書館での会話が反芻(はんすう)される。だがそれは〝世界の真実〟についてでも、革命についてでもない。

——『ヨシュア。お前に罪などないんだよ』——

前世の業などなかった。

罰など科されてはいなかった。

自分は穢れた罪人などではなかったのだ。

それを知ったヨシュアの胸にあるのは……しかし、喜びではなかった。

祈るべき神など元よりおらず、贖(あがな)うべき罪など最初からないということは、すなわち

——

「――そうか、俺は最初から……人間になどなれはしなかったのだな……」

そう、結局これまでのすべては無意味だった。

王への奉仕も、神への献身も、教会への忠誠も、何もかもがひとえに人間の体を得るためにしていたこと。だけどそれは最初から間違っていた。はじめから存在すらしていない罪に赦しなどあるはずもなく、単なる不運の産物である肉体は元より人間になど戻り得ない。ああ、まったく、なんと滑稽なことだろう。己を白鳥だと思い込んだガチョウが、懸命に羽を洗っていたようなもの。笑い話にもなりはしないではないか。

ヨシュアはそっと天を仰ぐ。

見上げる空に色はなく、吸い込む大気に匂いはない。踏みしめる大地の感触は失せ、世界は丸ごと無意味に埋没した。何もかもがただひたすらに空虚だ。王族の陰謀、革命軍の理想、世界の真実……今となってはどうでもいい。どうせすべては無意なのだから――

そうして目を閉じかけた時、ヨシュアはハッと気づく。

傍らを歩いていたはずの少女が、どこにもいない。焦って辺りを見回せば、向こうの角を曲がっていく背中が目に入った。思考する暇もなく、ヨシュアは反射的にその後を追いかける。そして曲がり角の先で待っていた光景に、彼の心臓は止まりかけた。

――一体どうやって登ったのか、カナンは二メートルはある塀の上に立っていたのだ。

脳裏をよぎる最悪の予想。そしてそれをなぞるかのように、カナンはぴょんと塀の向こうへ跳んだ。

少女の体を抱き留めた。

たような時間の中、塀を粉砕してその手を伸ばしたヨシュアは…………すんでのところで凍り付い

大人にとっては何てことのない高さ。だが脆い童女にとってはそうじゃない。凍り付い

「カナン――――！」

「か、カナン、一体なにを……?!」

安堵、動転、疑念、憤慨……一瞬にして湧き上がる無数の感情に、言葉が詰まって出てこない。だが当のカナンはといえば、青年の腕の中でころんと丸まったまま笑うのだった。

「みてー」

そう言って、何やら包み込むように閉じていた両の掌をそっと開いて見せるカナン。少女の柔らかな手の中には、一羽の黒蝶が止まっていた。

「ちょうちょ！」

おとなしく翅を開閉している蝶を覗き込んで、カナンは再び笑顔を見せる。どうやらこれを追いかけていたらしい。たかが一匹の虫のためになんという無茶をするのか。ヨシュアの方が寿命の縮む思いだ。それでいてなんとも無邪気な笑みを浮かべるのだから、幼子というものは恐ろしい。

もはや叱る気にもなれず、ヨシュアは溜め息と共に一つ訂正した。

「はあ……違うぞ、カナン。それは蝶ではない」

と言いながら、黒い羽虫を指差すヨシュア。

「これはクロハモドキ……クロハチョウに擬態しているが、実際はただの蛾だ」

クロハモドキ――よく間違われるが、厳密には蛾の一種に分類される虫だ。幼虫期が長く生涯のほとんどを土の中で過ごし、成虫になってからは産卵を行うのみ。胃も口ももたず僅か三日で死んでしまうとされている。大昔には野や森で飛び交う様が見られたと聞くが、今となってはクロハチョウともども絶滅危惧種、すっかり見なくなってしまった。一匹だけで飛んでいたところを見るに、つがいと出会うこともできず彷徨っていたのだろう。

それを見て、ヨシュアはふと自嘲的に笑った。

なんとまあこの虫も無意味な生を過ごしたものだ。土の中で耐えに耐え、ようやく出てきてみればこんな寂れた廃墟の街。花蜜の味も知らず、野山を舞う喜びも知らず、煤けた貧民街の道端で誰の目にも留まらず朽ち果てる。まったくもって無意で空虚な生涯だ。

……そう、ちょうど俺と同じに。

自虐的な侮蔑を込めて蛾を見下ろすヨシュア。……けれど、幼い少女は別の感想を抱いたようだ。

「ちょうちょ、かっこいー！」

と、カナンはなおも掌上の蛾にきらきらした視線を向ける。

説明が理解できなかったのだろうか？　これは本物の蝶ではない、ただの偽物だ。ヨシュアはもう一度説明しようとする。……だが、心から浮かべられたその笑顔を見ていると、どうしても何も言えなくなってしまった。

だって彼女の笑顔は紛れもない本物だから。

そう、この虫はただのまがいもの。形だけ似せた蝶の贋作で、何の価値もない偽物だ。

……だけど、そんななりそこないの蛾が今、この瞬間に少女を笑顔にした。彼女の目に映る世界を、確かに今、鮮やかに彩ったのだ。

だとしたら――不毛に満ちたちっぽけな仮初の生にも、きっと意味はある。

柔らかな春の風が一陣、不意に吹き抜けた。その風に乗って、蛾ははたはたと空へ舞う。その脆く儚げな飛翔を見送りながら、カナンはヨシュアの左手を指差した。

「よふぁ、いっしょ！」

「ん……？　ああ、そうだな、同じ色だ」

夜をそのまま流し込んだかのような、純粋な漆黒――黒蛾の翅とヨシュアの黒鱗は確かに似ている。青年にとっては暗く醜いだけにしか見えないこの色も、少女の目には美しく映っているらしい。

そうして蛾を見送った後で、ヨシュアはふと思い出す。さっきは動転して叱りそびれたが、こういうのはきちんと言い聞かせておかなければ。

「……いいか、カナン。一人の時は周りによく注意しなさい。この世界には危険が多いんだ。いいな？」

と、普段より少しきつめに言うヨシュア。けれど、少女はきょとんと首をかしげる。

「よふぁ、いるよ？」

「……いや、今回は間に合ったから良いが……いつでも俺が守ってやれるわけではないんだ。わかるだろう？」

「？？？」

と再び問うも、やはりまったくわかっていない様子。理解できないどころか、もはや『ヨシュアが守れない』などということは想像すらできないらしい。

ヨシュアは一周回って呆れてしまった。

幼子というものは、なんと愚かな妄信をするのだろうか。こんななりそこないの自分が、あらゆる災厄から彼女を守れるとでも？　まったくもって馬鹿馬鹿しい。この世界には数多(あまた)の不幸がある。夜の闇に紛れ、人混みの中に潜み、いつも人々を狙っている。それらすべてから守るなど、それこそ神様にだって不可能だ。ましてやこんな半端な獣に何ができようか？　そう、カナンはまだわからないだけだ。幼いだけ。無知なだけ。愚かなだけ。だけど……それでも、彼女は信じている。この無力で、矮小(わいしょう)で、無価値ななりそこないの獣が、この世の恐ろしいものすべてから自分を守れるのだと。

……なんだかもう叱る気力もなくなって、ヨシュアはふっと微笑んだ。

「……まあいい。家に帰ろうか、カナン」

「うい！」

カナンの右手が、ぎゅっとヨシュアの左手を掴む。それはとても小さくて、柔らかで、弱々しくて……青年がほんの僅か力を込めるだけで、容易く壊れてしまうだろう。無慈悲なこの世界に対して、少女の手は風前の灯よりもずっと儚く思えた。だが、だというのに……少女の手は太陽よりも温かな熱を放ち、精一杯脈打っている。冷たいこの世界の中で、哀れなほど健気に刹那の命を刻んでいる。それがなぜか、ヨシュアには神の御業すら超える奇跡のように思えてならなかった。

そうしてヨシュアは、少女の気ままな歩幅に合わせて帰途につく。

空には相変わらず色はなく、大気にはやはり匂いがない。人間になれぬと知ったあの瞬間から、彼の世界は意味を失った。色も、匂いも、光も、感触も、もう以前と同じように感じることは決してないだろう。

だけどそんな無意味に没した世界の中で——ただ一つ、少女の手のぬくもりだけが変わらずそこにあるのだった。

第三章　――〝黒犬〟――

――『近日中に孤児院の審査員と名乗る者がお前の元を訪れるだろう』――

数日後、ニムロドの言葉通り審査員を名乗る一団が現れた。

ヨシュアは革命軍が用意した台本に沿って『数日前に両親が見つかったため、親元へ返した』という旨の説明をし、さらにその一家の元へと案内する。無論、案内先の家族は女児含め革命軍の役者が扮した架空のもの。ここまでやれば疑われる余地などない。さりげなく女児の肩を確認し、カナンでないことを理解した審査員たちは、すぐさま引き上げていった。

「――お礼などとんでもありません！　我々はニムロド様の下に集った同志。共により良き生活を手に入れましょう――！」

去り際、協力してくれた偽の家族たちは口々にそう言った。

一体どれほど多くの人間がニムロドの思想に賛同しているのだろうか。恐らく革命軍のほとんどは世界の真実を知らされることもなく、単なる生活苦から参加しているのだろう。騙すように仲間を集め革命を成功させたとして、果たしてニムロドの理想とする世界が来るのか。考えたところでわかる由もない。

そんな疑問を抱えながら、ヨシュアはカナンを匿ってもらっている場所――ナザリィ孤児院へと向かうのだった。

「よふぁ、おかえりー」

「……済まないな、カナン。待たせてしまって。楽しかったか？」

「いっぱいあそんだー」

「……そうか、それは良かった」

微笑(ほほえ)んで少女の手を取ったヨシュアは、それからカナンを連れて来たシスターへと向き直った。

「……預かっていただき、どうもありがとうございました――シスター・マリア」

「い、いえ……我々の事情でもありますから……」

と、いつかの夜に出会ったナザリィ孤児院の若き院長・マリアは言(い)い淀(よど)む。

「……正直言って、驚きました……あなたも革命軍の一員だったとは」

「正式なメンバーというわけでは……ありません」

マリアは自信なさげに弁明した。

「ただ、革命軍の方々には食糧や日用品を融通していただいているので……その見返りとして避難所ぐらいにならと……」

いかに子供たちのためとはいえ、反政府組織に協力するのは良心が咎(とが)めるのだろう。マリアは後ろめたそうに目を伏せる。

「私は、ただ……子供たちが、安心して暮らせる世界に……」

「……わかっています。きっと皆、そうなのでしょう」

ヨシュアは優しくマリアの言葉を遮る。それから、カナンと連れだって帰途に着いた。

「おうたうたったー」

「……そうか、良かったな」

「おえかきしたー」

「……そうか、良かったな」

「のあちゃんもいたよー」

「……………そうか………」

二人を取り巻く状況は一変してしまったが、この時間だけは変わらない。

いつまでもこうして歩いていたいけれど、孤児院から家までは徒歩数分。あっという間に終わってしまう。……が、感傷的な気分に浸る暇はなかった。帰り着いた自宅の門戸には、思わぬ来客がいたのだ。

「――んだよ、クソっ！　あいつ留守かよ……！　こうなったら玄関ぶっこわして……」

「……何してるんだ？」

「うわひゃっ！」

と、不届きな来訪者は大きくのけぞる。そして烈火の如く逆ギレを始めた。

「て、てめえ、ヨシュア！　なんでこんなとこにいんだよ⁈」

「……なんで、と言われても……そこは俺の家だ」

ヨシュアが呆れ顔を向けるのは、玄関前に立ちはだかったイズリル。何やら大きな袋を抱えている。袋の口からは可愛らしい服やら人形やらが顔を覗かせていた。

「……お前、一体何を抱えているんだ？」

「いや……その……カナンに入用かと思ってだな……」

もごもご言いながら、イズリルは咄嗟に袋を隠す。

「……わざわざ持ってきてくれたのか？」

「べ、別に、あ、あれだよ……そう、家にあっても邪魔だったからな！　押しつけてやろうと思ってな！」

「……そうか、ありがとうイズリル」

「んなっ！　そ、そんなんじゃねえって！」

「ありがとー」

と、にこにこのカナンにお礼を言われては、もう照れ隠しもできやしない。

「あ、ああ……まあ……うん」

イズリルは頬を染めて頷いた。

「そ、それじゃあ、あたしはこれで……」

ペースを乱されたイズリルは、袋を押しつけるや早々に撤退を試みる。

その背中を、ヨシュアはまたしても引き止めた。

「……よければ、一緒に夕食でもどうだ？　これの礼も兼ねて」

「えっ、マジ……じゃなかった……だって、家族の団欒的なの、邪魔しちゃ悪いだろ……」

「……そんなこと気にするな。何より、カナンが喜ぶ」

「いずりる、かえっちゃうの？」

「うぅっ……」

イズリルの服の裾をカナンの小さな手が摑んだ。それだけでイズリルの足は止まってしまう。幼女の持つ魔力をよーく知っているヨシュアは、苦笑しながら言った。

「……決まりだな」


こうしてヨシュア邸に灯りがともった。

ヨシュアが魚料理に腕を振るう隣で、イズリルが温かいスープをかき混ぜる。カナンも二人の間に陣取ると、レタスをちぎってお手伝い。できあがった夕餉は、ささやかだけれどどんな料理店にも劣らぬ絶品だった。

こうして夕食は幕を下ろしたのだが、カナンはお気に入りのイズリルを手放そうとしない。人形遊びに付き合わせ、お風呂にまでくっついていき、しまいにはイズリルの膝の上でうとうとする始末。結局帰るタイミングを逸したイズリルは、お泊まりが決定したのである。

そんな経緯から二人が寝室へ引き上げた後、ヨシュアは独り、居間でコーヒーを啜っていた。もはや習慣になってしまったため、普段は仕方なしにカナンと寝ているが、流石にイズリルがいるベッドに入るわけにはいかない。

久々の静けさを寂しく思っていた折、寝室のドアがそっと開いた。

「……カナンは？」

「ああ、良く眠ってるよ」

肩をすくめながら現れたのはイズリル。カナンを寝かしつけてきてくれたようだ。

「ったく、起きてる間は騒がしいくせに、眠ると急に可愛くなっちまう。ガキってのは変な生き物だぜ」

「……相手させてしまって悪いな。あの子は、お前によく懐いているから」

「ふんっ、まったくだ！　あたしの柄じゃねーっての！　迷惑な話だぜ！」

などと嬉しそうにぼやきながら、イズリルは隣に腰を下ろす。そして無作法にもテーブルへ素足を投げ出した。彼女の行儀の悪さはいつものことである。……が、いつも通りたしなめようとしたヨシュアは、ほんの僅か言葉に詰まった。

元々泊まる予定のなかったイズリルは、当然着替えなど持っていなかった。したがって彼女が今着ているのは、下着を除けばヨシュアが貸したシャツ一枚だけ。もちろん、華奢なイズリルの体にはぶかぶかだ。しかも窮屈さを嫌うイズリルは、一枚だけのシャツのボタンすら外して着崩している。さらには湯上がりのしどけなく濡れた髪と、甘い石鹸の香りが相まって……要するに、彼女の姿はある種ひどく煽情的だったのである。

なんだか妙な罪悪感を覚えてしまったヨシュアは、勘付かれぬよう目を逸らす。……

が、この相方は不運にも目ざといたちであった。

「ん？　なんだよその顔。なんかあたしに言いたいことでもあんのかよ？」

何事も喧嘩腰なのは彼女の癖。こうしてつっかかられたが最後、納得するまで引き下がらないのはよく知っている。

ヨシュアは仕方なしに答えた。

「……いや……その……はしたないぞ」

「はあ？　ぷふっ、あはははははっ！　今更なんだよ～、こんなんいつものことだろ？　チビがいる間は我慢してやったんだ、こんぐらいいいだろうがよっ」

と、イズリルは無頓着にけらけら笑う。……が、ヨシュアが言いたいのはそういうことではない。

「……イズリル、その……行儀という意味ではなく……格好が……」

「は？　格好？　…………あ」

自分のあられもない姿を今更ながらに自覚したらしい。イズリルの顔がみるみるうちに赤くなっていく。恐らくは怒りのためだろう。『これは二、三発は殴られるかもしれんな』と覚悟を決めるヨシュア。……だがしかし、その予想はまるっきり外れていた。

「……こ、これは、さっき、カナンと横になってたから……」

などと言い訳めいた呟きを口にしながら、真っ赤になって自分の尻尾をもぞもぞいじるイズリル。いつもと違う格好でこんな反応までされてしまうと、ヨシュアの方まで何やらおかしな気分になってくる。殴られるよりよっぽど困った事態だ。思えばこのところ二人きりで過ごす機会はほとんどなかった。変に意識してしまうのはそのせいだろうか。

このなんとも言えない雰囲気に耐えられなくなったところで、ヨシュアはちょうどよい口実を思い出した。

「……そ、そうだ、飲み物でも持ってこよう」

「え……あ、ああ、頼む……」

教会最強と謳われるヨシュアもたまらず撤退。いそいそと台所へ向かう。そうしてできるだけ時間をかけてコーヒーを淹れると、精神を落ち着かせてから居間へと戻った。

「……コーヒーでよかったか？」

「お、おう……さんきゅー……」

カップを受け取ったイズリルは、しかし、すぐには口をつけない。ふーふーと執拗に冷ました後で、恐る恐るちろっと表面を舐める。……何を隠そう、イズリルは大の猫舌なのである。

その昔から変わらぬ可愛らしい仕草を見て、ヨシュアは思わず笑った。

「大丈夫だ、ちゃんと冷ましてあるよ」

砂糖は多め。ミルクはたっぷり。ぬるま湯ぐらいまで冷ましてから、隠し味にシナモンをひとつまみ。それが彼女の好みである。

すると、イズリルはなぜだか拗ねたような顔になった。

「……んだよ、覚えてんのかよ」

「ん？　当たり前だろう？」

「ふぅん、そうかよ。司教様の専属になってから、全然あたしのとこ来ないし……もうすっかり忘れちまったのかと思ってたぜ」

「ははは、何を言うか。無二の相棒を忘れるはずがないだろう」

そう、最近こそ二人きりで過ごす機会がなかったが、マルアムの専属護衛になる前は捜査官としてずっと組んでいたのだ。そう簡単に忘れられるはずなどない。そしてそれはコーヒーの味だけで十分に伝わったのだろう。カップに口をつけたイズリルは、一瞬だけ嬉しそうな表情を浮かべると……ふん、と鼻を鳴らした。

「なんか……むかつく」

「……な、なぜそうなる？」

「だーかーらー、お前のそういう気遣いみたいなの、すっげーむかつくんだよ！　なんか負けた気がすんの！」

「……め、めちゃくちゃな……」

なんとも理不尽な詰り文句だが、思えば初めて会った時から彼女はこんな感じだった。

……などと昔を思い返していたら、ちょうどイズリルも同じことを考えていたらしい。

「っつーかさ、初めて会った時からそうだったよな、お前って。ほら、覚えてるか？　まだ《ケルビム》の訓練生だった頃さ、東訓練所と西訓練所の初めての合同演習で――」

「――ああ、あれはまだ、お互い六つの時分だったな」

東と西に一つずつ存在する《ケルビム》の訓練所。その東西合同の実戦訓練に初めて参加したのが六歳の時だった。そこでヨシュアとイズリルは初めて顔を合わせ、訓練の一環として手合わせをしたのである。

ちなみに結果はといえば……もちろんヨシュアの圧勝だ。

「あの頃、西じゃあたしは負けたことなんかなくてさ。いけすかねえ先輩も、偉そうな教官たちも、あたしにゃてんで敵わなかった。あたしは自分が世界で一番強いって思ってたよ。……だってのにさ、お前ときたら片手だけであたしをあしらいやがってよお」

今思い出しても業腹ものなのか、イズリルは不満そうに唇を尖らせる。

対して、ヨシュアは懐かしさに顔をほころばせていた。

「……ああ、そんなこともあったな。……ふふ、思えばあれ以来だったか、お前によくつっかかられるようになったのは」

「は⁉ べ、別につっかかってねえし！　負けっぱなしじゃいられなかっただけだし！」

「……同じ意味ではないか？」

「ふんっ、だいたいお前が悪いんだぜ！　百万歩譲ってよぉ、ただ負けるだけならよかったんだ！　あたしが我慢ならなかったのはな、てめえが手を差し伸べやがったことだよ！『怪我はないか？』ってさ！　……今まであたしにそんなこと言ってきた奴は一人もいなかった。……だから……その……ぷ、プライドを傷つけられたんだよっ！」

「それは……すまなかったな。悪気はなかったのだが……」

と、ヨシュアはつい癖で謝る。すると案の定つっこみが入った。

「けっ、だからそういうとこだっての！」

これまでもう何千回と繰り返してきた、相棒同士のくだらないやりとり。二人は顔を見合わせると、ふふっと笑い合う。さっきは何やら変な感じになってしまったが、これでようやくいつもの調子に戻った。ヨシュアにとってはやはりこっちの方が安心できる。……願わくは、いつまでもこうして笑い合える関係でいたいものだ。

けれど、イズリルが次に口を開いた時、青年の願いは儚くも消えていった。

「……なあ、ヨシュア。あたしなりにちょっと調べてみたよ」

「……？　何の話だ？」

「だからさ、お前が襲われたっていうイヴリース――〝黒犬事件〟のこと」

「……!?」

唐突にその話題が出た瞬間、ヨシュアの相好が険しくなる。

「……なぜそんなことを？　お前の管轄ではないだろう」

「ど、同僚が襲われたんだから、それぐらい当然だろうが」

イズリルは赤面しながらそっぽを向いた。

「つっても、ま、なんもわからなかったけどな」

「……そうか、それは良かった」

思わず口をついたのは、心からの安堵(あんど)。あの一件には無数の思惑が絡んでいる。下手に手がかりを摑んでは危険だ。

だがその言い方がまずかったのだろう。イズリルは急に怒り出した。

「はあ？　『良かった』だあ⁉　全然よくねえよ！　あんだけの事件なのに、憲兵どもは頑(かたく)なに情報を遮断してんだ！　きっと〝黒犬事件〟には何かでかい裏が――」

「――わかっている。だからこそ、何も知らずに済んで良かったと言っているんだ」

「な、なんだよ、それ……どういう意味だよ⁉　お前は何か知ってるってことかよ⁉」

その問いに、ヨシュアは束(つか)の間(ま)沈黙した。

そうだ、自分は色々なことを知ってしまった。世界のこと、王族のこと、そして……自分たち(原罪種)のこと。数日前にこうしてイズリルと会った時とは、もう何もかもが違う。だがそれを口に出せるはずもなかった。

「……とにかく、〝黒犬事件〟を嗅ぎ回るのはやめてくれ」

「やっぱり厄介事に首突っ込んでんじゃねえか！　ならあたしもやる！　お前とあたしで組めば、解決できない事件なんてねえよ！」

激昂(げきこう)したイズリルがヨシュアの胸倉を摑む。そんな状況でなお、ヨシュアは同じ台詞(せりふ)を繰り返すだけだった。

「……頼むから、やめてくれ。お前を巻き込みたくないんだ」

確かに自分は変わってしまった。きっともう後戻りはできないだろう。……だが、だからこそ、イズリルには変わらないでいてほしかったのだ。

「……深入りはしないか？」

「……ああ」

「……やばくなったら逃げるか？」

「……ああ」

「……神に、誓って？」

「…………ああ」

イズリルを安心させようと、ヨシュアは素直に頷く。それが逆効果だとも知らずに。

「やっぱり嘘じゃねえか！　てめえは普段そんな安請け合いはしねえ！　ましてや神に誓うなんて、死んでもしねえよ！」

「……落ち着け、イズリル。俺はただ――」

「うるせえ！　てめえはいっつもそうだ！　五年前、《原初の大蛇》と戦った時も同じ眼をしてた！　危険なことはみんな自分で抱え込んで、なんでも一人でやろうとして――！」

と、大きく声を荒らげるイズリル。

だがその時、寝室から小さな足音がしたかと思うと、瞼をこすりながらカナンが現れた。

「あさー？」

「……ごめんよ、カナン。起こしてしまったな」

「けんか？」

「……いいや、違うよ。少しお話ししていただけだ。なんでもないさ。……さあ、またイズリルと布団へ行きなさい」

イズリルはむっとした表情を浮かべる。子供をだしに使ったのが気に食わなかったのだろう。けれどカナンの前で言い争うのも気が引けたらしい。カップを置くと、カナンの手を取って寝室へ向かう。

その背中に、ヨシュアは声をかけた。

「……俺は大丈夫だから。本当に。……イズリル、ありがとう」

イズリルは何も答えず、ぷいっとそっぽを向いて寝室に下がって行った。

再び静かになった居間で、ヨシュアは独り苦笑する。

イズリル＝カルディアナ。感情的ですぐ熱くなるところは昔から変わらない。リーダーなんかには致命的に向いていないけれど、ヨシュアはそんな不器用な性質を好ましく思っていた。彼女のような人間ばかりなら、世界はずっと簡単だったろう。

ヨシュアは窓から月を見上げた。

王族、教会、革命軍……この夜空には、多くの事情と思惑が入り混じっている。首を突っ込むには、確かに危険すぎる混沌だ。

だがヨシュアはもう知っている。動き始めたこの嵐が、きっとイズリルやカナンまで巻き込む災厄となることを。だからこそ、自分はその渦中へと身を投じねばならない。大切なものを守るために。

……そしてその嵐は、予想していたよりもずっと早く訪れた。

――――……

――――……

「……一体何の騒ぎだ、これは……?!」

翌日、早朝。

イズリルが帰ってほどなくのこと。家の外から聞こえてくる無数の怒声と足音に、思わず飛び出したヨシュアは……眼前に広がっていた光景に我が目を疑った。

「――王の悪政を許すなー！」

「――仕事を寄越せー！」

「――無理な徴税をやめろー！」

口々に叫び声を上げながら、ヨシュア邸前の大通りを行進する大勢の民衆。拙くはあるが隊列を組み、即席のプラカードを掲げている者もいる。そこには確かに何らかの統制が見て取れた。……そう、これは単なる貧民の暴動とは違う。もっと組織的な反政府デモだ。

ヨシュアはぎゅっと眉をひそめた。参加者のみすぼらしい格好から見て、恐らく皆スラム街の住人なのだろう。デモを行う理由は十分にある。けれどヨシュアはよく知っていた。彼らには政治的手段を取ろうとする知識すらないことを。

　だとすれば、この事件には裏で手を引いている人物がいるはず。──それが誰なのか、ヨシュアはすぐに気づいた。

「……ニムロド、これがお前の計画か……！」

　ヨシュアはすぐさま駆け出す。向かう先は行進列の先頭だ。

「──止まってくれ」

　行進の最前線にたどり着いたヨシュアは、先導者と思(おぼ)しき一人の青年に声をかける。

　整った生真面目な顔立ちに、ぴしっとした正装──まだ二十代前半であろうその青年は、身なりからしてスラムの住人ではないようだ。

「なんだね、君は？　……ああ、なるほど、イヴリースか。ならば我々の同志だな！　さあ、早く列に加わりたまえ！　我々が目指すのは真(しん)に平等な社会！　もちろん、イヴリースへの不当な差別撤廃も含まれている！　共に戦おうじゃないか！」

　青年は独(ひと)り合点(がてん)して話を進めようとする。使命感に燃える瞳に現実は映っていないらしい。ヨシュアは仕方なく身分証を取り出した。

「……こういうものだ」

「むっ！　《ケルビム》の……！」

　ヨシュアの正体を知るや否や、青年は態度を一変させた。

「ふん、体制の犬め！　そこをどけ、僕はイヴリースではない！　君に逮捕権限はないはずだ！」

「……忠告したいだけだ。無許可での集会も王政への反乱も違法行為、すぐに憲兵が来るぞ。早く全員を解散させるんだ」

「僕らが求めているのは現王政との対話だ！　誰かを傷つけるためじゃない！　それすら禁じられるというのなら、それは法が間違っているんだ！」

「……お前の身に危険が生じるんだ。……昨今の〝黒犬事件〟は知っているだろう？」

ヨシュアは親切心から忠告するも、それはかえって火に油を注ぐばかり。

「まさか、それは脅迫か⁉　だが答えは変わらないぞ！　たとえこの命を失うことになろうと、僕はより良き世界のために――」

と、青年が理想を語り始めた時、背後でざわめきが広がった。

「――け、憲兵隊だ‼」

見れば、通りの向こうから大挙して現れる白馬に乗った大部隊。――ヨシュアの恐れていた通り、騒ぎを嗅ぎつけた王都憲兵隊が鎮圧に出動したのだ。

「お、落ち着け、皆！　我々には崇高な目的と堅牢な結束が――」

青年はリーダーらしく参加者たちを落ち着かせようとする。けれど、その声は混乱の叫びにかき消された。

「だ、駄目だ、逃げろー！」

「捕まったら豚箱行きだぞ！」

「撤収だ、撤収！」

口々に叫びながら、参加者たちは蜘蛛の子を散らすように退散していく。

「くっ、なぜだ、皆⁉　なぜ戦おうとしない⁉」

「……いいから、お前も今は逃げろ」

残ったのは青年含め中心メンバーらしき数人だけ。流石の青年も不利を理解したらしい。悔しげに顔を歪ませながらも、仲間たちと共に撤退を始める。

それを見届けてから、ヨシュアも早々に踵を返した。憲兵隊にとってはちんけなデモ隊をしょっぴいたところで成績の足しにはならない。このぶんなら捕まることはないだろう。だからとりあえずは安心だ。

……今は、まだ。


――同日深夜――


王都南部のとある隠れ家に、四つの人影が集っていた。

男が二人、女が一人、各々椅子代わりの木箱に座り、ランプの灯りを囲んでいる。

「――うまくいったな、ナタエル！」

一番ガタイの良い男が隣の青年の肩を叩いた。大男の方は喜色満面だが、ナタエルと呼ばれた青年は浮かない顔で嘆息する。

「いいや、全然駄目さ、エドロ。デモを行えたのはたった三十分。本当は憲兵隊とも正面から対峙しなきゃいけなかったんだ。平等な世界はそこから始まるんだよ」

「ははっ、流石俺たちのリーダーだ！　だが、俺たちは確かに前進した。今はそのことを祝おうじゃねえか！」

　エドロと呼ばれた大男が笑うと、黒髪の女も相槌を打つ。

「エ、エドロさんの言う通りです！　こ、今回はお金で集めたスラムの方ばかりでしたけど、つ、続けていればきっと本物の同志が集まってくるはずです！」

「そうそう、フィリの言う通りだぜ。それに、さっきニムロドさんからの使者が来てな、よくやったと大層お喜びだったそうだ！　『やはり自分の後継者は君たちしかいない』だとさ！　やったなナタエル！」

　二人にそう励まされたナタエルは、少しだけ元気を取り戻したようだ。

「そう、そうだな……僕らは今まで誰もやらなかった最初の一歩を踏み出した。行動すること、声を上げること、そこから未来は築ける！　ニムロドさんのように、僕らで革命を成し遂げるんだ！」

「ははっ、その意気だぜ、ナタエル！　……そんじゃ、ここらで今日の祝杯といこうかい！」

　そうして盛り上がった一同は、各々酒瓶を取り出す。けれど、威勢よく乾杯しかけたところで、三人の手が止まった。

カタン――と、ほんの微かに窓が鳴る音。

ただの風かもしれない。だが、自分たちの立場を考えれば油断はできない。

エドロは傍らの銃を手に取ると、忍び足で窓へと近寄る。そして残る二人が固唾(かたず)を飲んで見守る中、一息にカーテンを開けた。

「……ふぅ、なんだよ、ただの風か」

緊張の瞬間から一転、エドロは安堵の吐息をついた。

窓の外に広がるのは、相変わらずの闇ばかり。念のため周囲に目を凝らすも、動くものは何もない。

「へへっ、驚かせやがってよ！　さあて、乾杯の続きを――」

と、振り返ったエドロの表情が固まる。

向き直った先に待つのは三人――招かれざる客が、そこにはいたのだ。

「フィ、フィリ、後ろっ‼」

「え――きゃあっ⁉」

咄嗟に警告するが、もう手遅れ。

振り返ろうとした女の首筋には、既に白刃があてがわれていた。

いつの間にか現れた侵入者は、手にしたナイフよりも鋭く警告する。

「……動くな」

一同は戦慄に背筋を震わせた。窓に気を取られていたほんの数秒。その隙をついて、音も気配もなく侵入されたのだ。これではまるで本物の幽霊ではないか。

だがナタエルだけは別の意味で驚いていた。……侵入者の顔に見覚えがあったのだ。

「き、君は……昼間のイヴリース⁉」

ナタエルは思わず叫ぶも、マント姿の侵入者――ヨシュアは何も喋らない。

「た、確か《ケルビム》の者だったな⁈ これは重大な越権行為だぞ！ 教会に通報したら、どうなるか、わかって……」

と、まくしたてる言葉は尻すぼみに消えて行った。ヨシュアの冷たい視線から理解したのだ。そんな脅しにはまるで意味などないことを。

そうして静まり返った後、ヨシュアはようやく口を開いた。

「……要求は二つ。騒ぐな、動くな」

威圧的な声ではない。むしろ穏やかとさえ言っていい。だが、ヨシュアの言葉はがっちりとその場の全員を捉えていた。

「……まずは聞いてくれ。俺はお前たちの敵じゃない。お前たちは今、危険な状況にある。すぐに俺が用意した隠れ家へ来てもらおう」

「ど、どういう意味ですか？」

「……狙われているんだ。俺や憲兵よりもずっと恐ろしいものに」

「何の話だ……？」

「………ニムロドからは何も警告されていないのか？」

ヨシュアが問い返すと、三人は顔を見合わせる。

やはりそうか、とヨシュアは唇を噛んだ。彼らは単なる囮なのだ。

「……え、えっと、〝恐ろしいもの〟って、もしかして……あの〝黒犬事件〟の……？」

「……そうだ。お前たちは目立ちすぎた」

「ふんっ、僕は死など恐れない！　暴力には決して屈しないぞ！」

ナタエルはあくまで己の意志を貫く。……そんな青年に、ヨシュアは冷ややかに答えた。

「……お前はそうなんだろう。だが、他の人間を巻き込むな。勇気と蛮勇は違う。命を賭けるべき時は、今じゃないはずだ。……さあ、情報は十分与えた。もう行くぞ」

ナイフを仕舞い扉へと向かうヨシュア。エドロとフィリの二人はふらふらとその後に続こうとしたが、唯一ナタエルだけは動かなかった。

「おい、待てよみんな！　そいつを信用する気か?!　罠かもしれないだろう！」

「……罠など使う必要はない。お前たちを処理するなら、とっくにやっている」

「君には聞いていない！　とにかく、僕たちだけで話し合わせてくれ！　どんな時でも個々の意見を尊重し、対話によって解決する！　それが僕らのやり方だ！」

きっぱりと示すその思想は、人間らしく理知的で実に素晴らしいもの。ヨシュアだって馬鹿にしようなどとは微塵も思わない。……ただ、物事には『時と場合』というものがある。そしてどうやら、今は致命的に時も場合も悪かったようだ。

カタン――と、ほんの微かに窓が鳴る音。

「ちっ、今度はなんだ⁈」

再びエドロが窓辺へ向かう。

その背中をヨシュアが咄嗟に呼び止めた。

「……駄目だ、行くな――！」

瞬間、窓枠を吹き飛ばしながら巨大な異形が室内に躍り込んだ。

「なっ――⁉」

驚愕するエドロに黒い猛獣の牙が迫る。銃を構える暇などありはしない。いや、たとえ不意を突かれていなくとも、突風じみた高速の顎に反応できる人間などいないだろう。

そうしてエドロの首が無残に引き裂かれんとした刹那……ヨシュアの強烈な一蹴が異形の巨体を弾き飛ばした。

「――下がれ」

一言だけ命じてヨシュアは異形に対峙する。無数の蛇から成る奇怪な体は、数日前の晩に出会った姿そのもの。――間違いない、〝黒犬〟だ。

ヨシュアは背後の三人を庇う位置へ移動しながら、小さく溜め息をついた。

彼らを事前に逃がせなかったのは失態だ。万一の事態を避けるため、できれば誰もいないところで戦いたかった。……だが、それはあくまで〝できれば〟の話。人がいたからといって、戦えないわけじゃない。

「……この間はどうも。規則だから一応聞くが……〝黒犬事件〟の重要参考人として、任意同行願えるか？」

異形の返答は、殺意剝き出しの唸り声。

ヨシュアは僅かに苦笑した。

「……だよな」

ナイフがぎらりと瞬いて、血みどろの戦端が開かれる。もはや部外者となったナタエルたちは、その死闘を呆然と見守るしかなかった。

「こ、これが……〝黒犬〟……！」

涎を撒き散らしながらひたすらに暴れ狂う猛獣。牙の一嚙みで壁は砕け散り、爪の一振りで床に亀裂が走る。元が同じ人間だったなどとどうして信じることができようか。圧倒的な暴力の権化を前にして、彼らはただ理解した。自分たちが語る自由や平等などという言葉の無力さを。話し合いとは、弱者の命乞いにすぎないのだと。

……けれど、彼らはすぐに気づくことになる。そんな〝黒犬〟さえも凌ぐ、真の強者の存在に。

「こいつ……化け物か……？」

戦闘開始から数分、ナタエルは震える声で呟く。その視線の先にいるのは黒犬……ではない。

狭い室内で、三人を庇いながらという不利な状況。だというのに──ヨシュアはかすり傷すら負うことなく〝黒犬〟の猛攻を捌いているのだ。

交錯するたびに銀杭を打ち込み、離れるたびにナイフを放つ。確実に、着実に、肉と力を削ぎ落としていく。一瞬でも判断を誤れば即死につながる、綱渡りにしか見えない危うい戦い方。そのリスクをものともせず常に最善手を打ち続ける技術と、寸刻たりとも迷わぬ精神。――紛れもなく〝黒犬〟以上の怪物がそこにはいた。

〝黒犬〟もそれに気づいたのだろう。壁を打ち破ると尻尾を巻いて逃げ出す。……だが、ヨシュアにとってはそこからが本番だった。

「……今度は逃がさん」

青年の右腕で銀色の蝶が煌めく。次の瞬間、路地裏の闇へと消えかけていた異形が、不自然な動作で足を止めた。――突き刺さったままのナイフの柄に、いつの間にかワイヤーが巻き付いていたのだ。

「……ここなら誰もいない。思い切りやれるな、お互いに」

舞台は移り変わって無人の路地裏。もう誰かを庇う必要はない。

マントを翅のようにはためかせ、ヨシュアが宵闇を駆ける。短剣で穿ち、銀杭で縫い留め、ワイヤーで絡め取る。縦横無尽に巨大な異形を翻弄する姿は、まさしく黒蝶。あの〝黒犬〟が動きについていくことすらできない。それは無慈悲なまでに一方的な〝狩り〟だった。獣欲のおもむくがまま殺戮を続けてきたはずの魔獣が、今宵生まれて初めて狩られる側になったのだ。

――そうして僅か数分後、蜘蛛の巣状に張り巡らされたワイヤーの中心には、だらりと力尽きた異形の姿があった。

「す、すげえ……」

壁の風穴から見ていた三人は絶句する。人間もイヴリースも等しく喰らう最悪の殺人鬼が、まるで赤子の手をひねるが如く易々と屠られた事実。自分の眼で見ていたからこそ、その驚愕は大きい。

けれど、この不吉な夜はまだ終わってくれそうになかった。

「……っ⁉」

拘束のため〝黒犬〟に歩み寄ろうとしていたヨシュアが、何かの気配を察知した。思考するよりも速く飛び退いて……その直後、何か大きなものが路地に降り立った。

「きゃっ……！」

「こ、今度はなんだってんだ……⁈」

濛々と立ち上る砂煙。その晴れた後に立っていたのは、一匹のイヴリースだった。

「く、〝黒犬〟の仲間……？　単独犯じゃなかったのかよ⁉」

「で、ですが、あの姿……！」

月明かりに照らされた新手の姿を見て、全員が息をのむ。

無数の蛇により形作られし醜悪な獣――突如現れたソレは、今しがた捕らえた〝黒犬〟と全く同じ姿をしていたのだ。

この二体目の出現は、ヨシュアでさえ予測できていなかった。

「……お前たち、一体、何者──ッ⁉」

疑問を持つ暇もなく、異形の鉤爪が唸る。

ヨシュアは咄嗟に身をかわしたが、その一撃だけで理解した。

（……こいつ、一体目とは別格か……）

姿かたちは全く同じ。されどその能力は段違い。恐らくこの一頭だけで、先ほど捕らえた個体五頭分に匹敵する力量だろう。

だが、だとしてもやることは変わらない。ヨシュアの攻撃は既に始まっていた。最初の一裂きをかわしたタイミングで、短剣が十四本、獣の両後脚を捉える。いかに身体能力に優れていようと、技能が伴わないのであれば恐れるに足らず。知恵を巡らせ、道具を使い、あらゆる手段を以て格上の敵さえ打倒し得る唯一の動物──それが人間だ。

しかし今の〝黒犬〟には、そんな努力をも弱者のあがきと切り捨てるだけの異能が備わっていた。

「……なるほど、そこまでできるのか……」

確かに食い込んだはずのナイフが、ずるりと地面に落ちる。引き抜いた、のではない。突き刺さった部分の肉ごと分離したのだ。

分離と集合──無数の蛇による群体ならではの特性。どれだけ杭や短剣を打ち込もうと、刺さった部分の蛇だけを切り離すことで本体への損害を抑えてしまう。これではどんな聖銀の武器も意味がない。

わじわと距離を詰め、必殺の間合いに入った刹那……一挙にヨシュアへ殺到する。それはまるで黒濁した津波。黒犬たちは一つの死の概念となって獲物を呑み込み──次の瞬間、真っ赤な血肉を撒き散らしながら四散した。

「……は……？」

ナタエルの口から間の抜けた声が漏れる。だがそんなことに気づきもしないまま、ナタエルは呆然と目をしばたたかせた。

一瞬で消えた数十匹もの黒犬。小揺るぎもせず立っているヨシュア。その周りに散らばった大量の肉片と、彼の左手から滴り落ちる紅い血──状況だけ見れば、あの刹那に何が起きたのかは推測できる。だが不気味なのは……一時たりとも目を離さなかったはずなのに、その瞬間が目視できなかったこと。

もしかしたら、これは単なる幻覚か？　いや、そうに決まっている。だって有り得ないではないか。あれだけの数の凶獣を、視認すらできない速さで斃すなど。幻覚でないとしたら、それは悪魔の悪戯か、神の施した奇跡か、もしくは今際に見た夢か──

だが、そうではなかった。再び襲い掛かった黒犬たちが、またしても一瞬で肉片に変わる。どれだけ繰り返そうと、どれだけ数を増やそうと、結末が変わることはない。

それを見て、ナタエルもようやく認めざるを得なくなった。

そう、これは最初から至極単純な話だったのだ。神も悪魔も関係ない。種も仕掛けもありはしない。答えは実にシンプルなもの。──ヨシュアは強い。それも、圧倒的に。解放された彼の左手にとって、黒犬など凡百の雑兵と同じ。相手が何百匹増えたところで何の問題にもなりはしない。……いや、問題になるどころか、むしろ……

「……あいつ、なんであんな顔を……？」

気のせいだろうか？　凶獣の群れと戦っているというのに、ヨシュアの表情には疲労も緊張も一切浮かんでいない。むしろ、一対一で戦っていた時よりもずっとリラックスしているようにさえ見える。

――そして事実、ナタエルの目は正しかった。これまでの戦闘の目的は、あくまで重要参考人として黒犬を生け捕りにすること。つまり、万が一にも会話できないほどの重傷を与えてはならなかったのだ。それはヨシュアにとって、ハンマーで卵を割らないように叩き続けるに等しい作業。常に細心の注意を払い、神経をすり減らしながら最大限の手加減をしなければならなかった。そう、流麗なる短剣術も、洗練された鉄杭術も、最も得意とするワイヤー術でさえも、ヨシュアにとっては敵を『殺すため』ではなく『殺さないため』の技術だったのである。

だが、これだけの数の黒犬が現れたことで、相手の正体にもおおよその見当がついた。事情が変わったのだ。彼の推測通りなら……もはや加減する必要はなくなった。――だったら、話は早い。

左手に握るは特大の鉄槌。眼前に並ぶはつつけば砕ける脆弱な卵。残らず潰してよいと言うのなら――息をするよりも容易いことだ。

そこから先は残酷なまでに一方的だった。

ほんの僅か一撫でされるだけで、ミンチを通り越して石畳のシミと化す黒犬の群れ。これでは再生力など何の意味もなく、数など何の役にも立たない。反撃しようにもその牙は一度たりともヨシュアの体を捉えられず、爪は虚しく空を切るばかり。あれだけいたはずの群れは瞬く間に半分以下に。こんなものは〝戦闘〟と呼べる代物じゃない。単なる〝虐殺〟だ。絶対的な実力差を理解したのか、黒犬たちはじわじわと後退を始める。

だが、それを追撃しようとしたヨシュアは不意に立ち止まると……突如ナタエルの方へ視線を向けた。

「ひっ……」

おぞましい殺意を孕んだ、射殺すような視線。その眼に射すくめられたナタエルは、それだけで呼吸ができなくなる。……けれど、すぐに気づいた。ヨシュアが殺気を向けているのは自分たちに対してではない。それよりも少しだけ後方の──

「──あ、あ、あ……」

視線に釣られて振り返った瞬間、ナタエルは言葉を失う。いつの間に回り込まれたのか──彼らの背後では一匹の黒犬が牙を剝いていたのだ。

──ダメだ、殺される。咄嗟に頭に浮かんだのは、なんとも間の抜けた感想だけ。……だが、不思議なことに黒犬は動かなかった。三人まとめて嚙み砕くことなど容易なはずなのに、顎を開けたまま何かを待っている。

そしてナタエルは、すぐにその理由を知ることになった。

「……なるほど、よく躾けられている。交換条件というわけか」

ヨシュアの漏らした呟きで、ようやく理解する。自分たちは人質として使われようとしているのだ。その事実を知ったナタエルの胸には……ふつふつと怒りが湧き上がっていた。

人質にするだと？　この僕を？　ああ、なんという侮辱だろうか。確かに自分には黒犬と戦う力はないかもしれない。だが、精神まで弱者になった覚えはない。自分は革命のために立ち上がった勇猛の徒。庶民のためにこの身を捧げた戦士だ。大いなる志を胸に秘めたその日から、命など少しも惜しくはない。自己犠牲はむしろ本望というもの。

ゆえに、ナタエルはヨシュアへ叫んだ。

「……た……助けて、くれ……」

あれ……？　なんだ？　僕は何を言っている？

意思とは裏腹に、口をついたのは情けない命乞い。違うだろ。そうじゃないだろ。正義のため、大儀のため、命を捨てることこそ誉。革命にこの命を捧げられるというのなら、これ以上の名誉などない。……そう、そうだったはず。そのはずなのに……

怖い。怖い怖い怖い怖い。怖くて怖くてたまらない。凍り付くほどの殺意、猛々しい獣の息遣い、唾液に濡れた残忍な牙……何もかもが恐ろしくてたまらない。この絶対的な恐怖を前にしては、王族への怒りも、人質に取られた屈辱も、革命にかける情熱さえも、すべてが冷たく塗り潰されてしまう。今の彼に考えられるのは一つだけ。――なんでもいいけれど、一方でナタエルにはわかっていた。あの男は黒犬さえものともしない生まれながらの戦闘兵器。人質のためにみすみす獲物を逃すなど有り得ない。そうだ、あいつはきっと僕らを見捨てる。そして僕らは無残に食い殺されて……

から、死にたくない。

その時、カラン、と乾いた金属音が路地に響いた。――何の迷いも逡巡もなく、ヨシュアはあっさりナイフを手放したのだ。それはすなわち、黒犬の要求に応じるという意思表明に他ならない。

それを理解したのだろう。ヨシュアが敵意を収めた途端、黒犬たちは踵を返して駆け出す。その向かう先はヨシュア……ではなく、彼が捕らえたあの一頭目だ。そして仲間の元へたどり着くや否や、我先にと群がってその肉を喰らい始めた。

「な、なにを……？」

ぐちゃぐちゃと不快な音を立てながら繰り広げられる共食い。そのあまりに凄惨な光景に吐き気が込み上げてくる。だが黒犬の奇行はそれだけに留まらなかった。一頭目をぺろりと食い尽くした黒犬たちは、今度は辺りに飛び散った肉片や血だまりまで貪り始める。そして暴食の対象には、負傷して動けなくなった仲間までもが含まれていた。

黒犬同士が喰らい合う異様な惨状……だが、ヨシュアにとってそれはわかっていたこと。なぜなら二頭目以降が現れたのは一頭目が捕まった直後。すなわち、新手の群れは〝黒犬〟の痕跡を消すためにやって来たのだろう。

そうしてあっという間に戦闘の痕跡は消え失せた。処理を終えた黒犬たちは、そのまま夜の闇に紛れて去っていく。あとに残されたのはどこまでも広がる静寂だけ。まるですべてが悪い夢だったかのように。

そんな宵闇の中、我に返ったナタエルは慌てて路地へ視線を戻す。すると、そこには無言で立ち去ろうとしているヨシュアの姿が。ナタエルは思わずその背中を呼び止めた。

「……ま、待てよ‼」

呼びかけに応じて、ヨシュアは素直に振り返る。その瞳を見た瞬間、ナタエルは激しく動揺した。ヨシュアが血に飢えた獣の目をしていた……からではない。むしろ逆。あれだけ熾烈な死闘を繰り広げた後だというのに、彼の目はどこまでも平静だったのだ。……だからこそ、ナタエルはむしろ焦燥した。

腐敗した政府に媚びるだけの半獣が、一体なぜそんな目ができる？　そして一体なぜ……僕はあの目に見られることを恐れている？

取り乱したナタエルは、気づけば口走っていた。

「な、なぜ……なんであんな取引に応じたんだ⁉」

口をついて出たのは、あろうことかヨシュアを責める文句。助けられた自分に詰る資格がないことなど、もちろん自覚している。だが、そうでもしなければ彼の中で何かが壊れてしまう気がしたのだ。

そしてヨシュアは……怒ることもなくただ平然と答えた。

「……生憎、俺は革命軍じゃない。捜査官だ。であれば、人命を優先するのは当然だろう」

と言い切ったヨシュアは、それからぞんざいに付け加えた。

「……ゆえに、勘違いするな。お前の言葉で考えを変えたわけではない」

それは何ともぶっきらぼうな物言い。けれど、ナタエルにはわかってしまう。

彼の言葉に込められているのは、きっと慰めだ。『自分が命乞いをしたせいで』と己を責めることのないように、あえて粗雑に言っているのだ。それがわかってしまうだけに、ナタエルは一層惨めになって食い下がる。

「き、君は間違っている！　奴らを倒せるチャンスなんて二度とないかもしれないんだぞ！　大局的に見れば、そっちの方が多くの人命を救えたはずだ!!」

と理屈を並べ立てるナタエルに、ヨシュアはきっぱりと言い放った。

「……手がかりならまた摑めばいい。襲ってくるのならまた斃せばいい。それでももしこの選択を罪と呼ぶのなら……俺は喜んで獣になろう」

ヨシュアの言葉はそれですべてだった。言い訳も反論も重ねる必要などない。誰にどう思われようと関係ない。自分の中に一本、鉄杭（てっくい）の如き信念が通っていれば、それで十分なのだ。

もはや虚勢を張ることにも疲れて、ナタエルはふらふらとその場にへたり込んだ。

「……わ、わからない……僕にはわからないよ……この街で一体何が起きてるんだ……？」

デモ行進の失敗、突如現れた黒犬、それを平然と屠るヨシュアと、さらに強力な黒犬の群れ……今日はあまりに多くのことが起きすぎた。そしてそれらはすべて、彼の常識の埒外にあるもの。この一夜を境に、彼の世界はまるっきり変貌してしまったのだ。

そんな経験をつい最近したからだろうか。ヨシュアは少しだけ優しく言った。

「……いつの世も、それがわかっている人間の方が少ないだろう。……だがただ一つ、今夜に限って言えるとしたら……利用されていたのだ。お前も、それに……俺もな」

「利用……？　利用って、誰に⁉　まさか……に、ニムロドさんのことか⁉」

とナタエルは推測するが、それはある意味で正しく、またある意味で間違っていた。

「……いや……それよりもずっと大きなものに、だ」

ナタエルには返答の意図を汲み取ることはできなかった。彼にわかるのはただ一つ。今回垣間見たものが、おぞましい闇の一端であったということだけ。それは永劫に光の届くことのない、閉ざされた暗黒。理想も、主義も、愛情も、世で善とされるすべての価値観が一切の意味を失う、人ならざるものの領域――

彼は悟ったのだ。ずっと目指していた理想郷は、その向こう側にある。そして自分は……いや、何人たりともそこへたどり着けないことを。そう、人間であろうとする限り。

目標を見失ったナタエルは、ただ茫然と自問するように問うた。

「頼む……教えてくれ……ぼ、僕たちは、これからどうしたらいい……？」

ヨシュアを見るナタエルの表情はもう、理想に燃えた青年のそれではない。彼は今宵、本物の恐怖を目の当たりにし、己の卑俗さを思い知り、思想の脆さを体感した。理想という導を失った今、夢見る若人でいられるはずもなかった。

　そんな途方に暮れる青年へヨシュアは告げる。

「……王都を離れろ。仲間を連れて。今ならまだ間に合うはずだ」

　そう広くはないが、世界は王都の外にも広がっているのだ。慎ましくも明るい光の差す、人間の世界が。

　だがそれを聞いたナタエルは、どうしても一つだけ気になった。

「なら、君は……き、君は、どうするんだい？」

　逆に尋ねられたヨシュアは、少しの逡巡の後に首を振った。

「……さあ、わからないよ……」

　中途半端に答えただけで、ヨシュアは再び歩き出す。

　その続きは誰にも聞こえない声で呟かれた。

「――ただ、きっと……俺はもう、手遅れだ」

　複数の〝黒犬〟が存在すること。あのタイミングで増援が来たこと。そして、一頭目とそれ以降の力がまったく違ったこと……それらの示唆する大きな意味を、ヨシュアはすべて理解していた。だからこそ行かなければならないのだ。もう一度、あの場所へと。

　ヨシュアは今、再びあの常闇とまみえようとしていた。


――――……

「――……」

「――やあ。そろそろ来る頃だと思っていたよ、ヨシュア君」

闇の奥底から響く出迎えの声。

ランプの薄明かりに浮かび上がるのは、刃と鎖に縛められし歪な異形。

その声音は穏やかなようでいて、底なしの腐敗と堕落を孕んでいる。……まるで前回の再現だ。

「何日ぶりだっけ？　また会えて嬉しいなあ。できれば、キミの娘さんとも会いたかったんだけどね。ふふふ……ボクはこう見えて、子供が好きなんだよ……」

と、異形は親しい旧友と語るかのように笑う。

ヨシュアはほんの微かに顔を歪めるが、取り合おうとはしなかった。蛇のペースに乗せられるつもりはない。眼前にいるのは悪鬼の形をした常世の深淵。不用意に覗き込めば容易く引きずり込まれてしまうだろう。

「……余計な前置きは必要ない。質問は前と同じ――〝黒犬〟たちとお前の関係を聞きたい」

「〝たち〟か……ふふふ、段々に近づいてきたようだね」

満足気に頷いたカインは、逆に問い返した。

「キミにだって、だいたいの見当はついているんだろう？」

「……古代人は遺伝子を自由に操作することができた。だとしたら、遺伝子の『加工』だけでなく『複製』さえ可能だったとしても不思議はない。そして〝禁書〟と同じく古代技術もまた現存していたとしたら――」

ヨシュアは小さく言葉を切ると、結論を口にした。

「――〝黒犬〟とはお前の変異した天罰因子を元にして、人為的に製造されたイヴリース。恐らくベースは人間ですらない。もっと躾が簡単な動物……犬か何かだろう」

「ふふふ……なるほど、なるほどねえ……」

ヨシュアの推測を聞き終えたカインは、密かな忍び笑いを漏らす。

「……何がおかしい？」

「ふふ、ごめんよ。少し面白くてさ。キミがこんな風に〝禁書〟や〝天罰因子〟を語るなんて。ほら、ちょっと前のキミなら、『それは神への冒瀆だ！』とか言いそうじゃない？」

険しい表情のヨシュアを見て、カインはまたしても笑った。

「ふふふ、冗談、冗談。安心してよ。君の推測はすべて合っているよ。……君たちが〝黒犬〟と呼ぶものを、王族は〝神の御使い〟と呼んでいる。二つの意味で僕の因子を継ぐ存在だね」

「……やはり王族が作り出したものか。お前の後任として、反体制の危険分子を処理させるために。――いや、それだけじゃないな。お前の役目にはカナンのような〝悪魔の子〟の処理も含まれていたはずだ」

〝天墜事件〟のあの日、《原初の大蛇》は出現した時点で既に強力なイヴリースだった。それほど強大な異形が身を隠せていたのも、事件発生後ろくに調査されなかったのも、背後に王族がいたと考えればすべてつじつまが合う。

「ふふ、素晴らしい。花丸をあげなくちゃね」

他人事のように褒めるカインは、「ただ……」と先を続けた。

「厳密には〝カナンちゃんのような〟、というのは違うけどね」

「……どういう意味だ？」

「なに、過程の問題だよ。カナンちゃん……つまりデミウルゴ一族は、最初から天罰因子を持たないがゆえにイヴリース化しない、身体由来の〝悪魔の子〟だ。実はね、このケースは王族限定なんだよ」

と言って、カインは少し別の話を始めた。

「ちょっと話はずれるけど、現在の天罰因子が当初とは別物になっていることは知っているかい？　異形化の目的は自身への生理的嫌悪の喚起……それによる犯罪抑止と刑罰の即時執行だ。だから異形化した肉体はあくまで見かけだけのものだった。けど、今はそうじゃないだろう？　僕らは変異した肉体の力を使いこなせてしまう。罪を犯せば犯すほど強くなってしまうんだ。犯罪を助長しかねないほどにね。これは長い時を経て人体が天罰因子と過剰適合した結果なんだよ。だから人間は聖銀なんてものも作らなきゃいけなくなってしまった。教会は『神の加護を受けた銀』なんて公表しているけど、実際は原子レベルで銀とは違う鉱物さ。含まれる特殊な成分が因子に作用するんだよ」

『抑止のための異形化が新たな罪を生む……願いっていうのはいつだってあべこべに歪んでいくものみたいだねえ』とカインはくすくす笑う。

「なんて、話がそれちゃったけど……大事なのは人体が天罰因子と深く結びついているってことだ。それこそ生体機能そのものに影響するぐらいにね。だから、何らかの原因で天罰因子が不活化した人間はそもそも生存できないんだ。元々因子を持っていない王族を除いて、ね。これが身体由来の〝悪魔の子〟が王族限定である理由さ。……もっとも、天罰因子が異常に活性化してしまう逆のパターンは幾つもあるけどね。ボクやキミのように」

自嘲めいた物言いからして、それが《原罪種》を指していることはすぐにわかった。

「だからね、僕が殺していた〝悪魔の子〟は、カナンちゃんのような肉体由来のとは違うもう一つのタイプなんだ。それは──」

「……心に原因があるケース──精神由来の〝悪魔の子〟か……」

「ふふ……なあんだ、わかっているじゃないか」

カインはヨシュアの答えを肯定した。

「因子のトリガーは犯罪時の身体感覚と、心的状態──良心の呵責(かしゃく)が引金だ。普通の人間は、どんな悪人でもそれを悪事だと深層心理で理解している。けれどごくまれにいるんだよ。一切の呵責を持たず、それゆえ罪を犯しても人であり続けられる人間が。人の心を持つがゆえに獣になってしまうボクらとは真逆にね」

「どっちが化け物なのかねえ」と、カインは小さく笑う。

「こういう人間はね、知恵をつけると嘘を覚えてしまう。普通の人間に〝擬態〟するんだ。だから幼い子供のうちに殺すんだよ。ああ、一年で十人以上殺したこともあったなあ」

平然と語るカインを目の当たりにして、ヨシュアは思わず口を挟んでいた。

「……お前はなんとも思わなかったのか？　幼い子供を手にかけて」

その質問自体が理解できなかったかのように、カインはきょとんとした。

「なんとも思わなかったのか、だって？　ふふっ、おかしなことを聞くなあ。何も考えない人間なんているはずがないじゃないか。うん、思っていたさ、当たり前だろう？　ただ一心に――『人間になりたい』って」

「……なんだと……？」

返って来たのは予想だにせぬ答え。

ヨシュアの心臓が嫌な音を立てて軋み始めた。

「あれ？　キミは違うの？　神の罰を受けない異端者を殺す。それ以上に神への奉仕がある？　あの人だってそう言っていた。だからボクはやったんだ。そうすればボクの罪は許されて、神様はきっと人間の体を与えてくださる。ああ、そうだよ、ボクは願い続けた。人間になりたい。半異形のなりそこないではなく、皆と同じ体が欲しかったんだ。それ以外のすべては、ボクにとってどうでもいいってね。……あれ？　これ、キミの台詞だったっけ？　ふふふ……おかしいね、どこで混じったんだろう？　ふふふふ……」

「……お、お前、どこまで……？」

ヨシュアは思わず後ずさる。命よりももっと大切な何かが穢されていく感触……ヨシュアは無意識に動こうとする左手を必死で抑えていた。

「だけどね、一人だけ殺し損ねた子がいるんだ」

そんなヨシュアを気に留めることもなく、カインは自分の話を続ける。まるで今しがたの問答さえ忘れてしまったかのように。

「これでもボク、何十年も〝悪魔の子〟を狩ってきたからね。一目でわかるんだ。相手の中にいるのが、人間か、そうでないか。……その子を初めて見た時、すぐにわかったよ。中身はからっぽだって。でも、その子はとても賢かった。物心ついた時からもう、人間への擬態を覚えていた。ボク以外、誰一人として気づかなかったよ。そうして大人になったその子が今、どこにいるか知っているかい？　──ふふ、面白いよね。この国の中枢なんだからさ」

「……教えろ、カイン。そいつの名前を！」

ヨシュアはついに核心へ迫る。

王族たちを出し抜くにあたって、〝悪魔の子〟というアドバンテージは無二の武器となる。恐らくはカインがかつて殺し損ねたその人物こそが〝協力者〟なのだろう。

けれど、カインははぐらかすようにヨシュアの詰問をかわした。

「ふふふ、まあ落ち着きなよ。キミが質問するばっかりなんて、不公平じゃないかな？」

「……何を言っている？　今はそんな状況では……」

「ボクだって聞きたいことぐらいあるさ。たとえば――キミがまだ、神様を信じているのか、とかさ」

「……っ！　それは……」

蛇の口から出たのは、前回とまったく同じ問いかけ。かつては何の迷いもなくイエスと答えるだけで良かった。だが、今は――

「……俺にも、わからない」

ヨシュアは呟くように答えた。

「……少し前までは、世界はもっと簡単だった。ただ神に奉仕していればそれで良かった。だが今は、人間に戻る望みは潰え、神の所在すらあやふやだ。何が真実かさえ、俺にはもうわからない……」

「後悔しているのかい？　知ってしまったことを」

「……いいや。後悔があるとしたら……知るのが遅すぎたことだ。多分、俺はもっと早くここにたどり着くべきだったんだ」

「ならキミは今、何を望む？」

「……俺は――」

人間の体への渇望、神への信仰、そして、これまで妄信のまま歩んできた過去。すべてが儚く消え散ったその場所で、最後に残ったもの――ヨシュアの脳裏に浮かんだのは、小さな小さな童女の笑顔だった。

「――俺は、カナンを守りたい。あの子に課せられた重荷を、少しでも軽くしてやりたい」

「まだ出会ってひと月も経っていないというのに？」

「……ああ、自分でも不思議だよ」

ヨシュアは静かに目を瞑る。

「……ただ、何もかもが曖昧な世界で、あの子の手だけは温かかった。だから俺は、そのぬくもりを守りたい。……今考えられるのは、それだけだ」

余計なことを喋りすぎた。ヨシュアは小さく首を振って本題へ戻った。

「……さあ、次はお前の番だ。黒幕の正体を言え」

「うーん、そうだね……」

と首を捻ったカインは、軽い調子で答えた。

「やっぱりやめた。キミにはまだ教えられない」

「……なに？　ふざけるな、俺は答えた！　次はお前だ！」

「気が変わったんだよ。だいたい、キミは本当に良いのかい？　それを知ってしまったら、もう後戻りできなくなるよ」

「……そんなことは構わない！　どちらにせよ、俺に別の道などないんだ！　だから――」

「――だから駄目だって言っているんだ」

カインはきっぱりと言い切った。

声音は依然穏やかなまま。けれど蛇の相貌に浮かぶのは不退転の決意。……なぜ急に心変わりしたかはわからないが、譲る気はないらしい。

これ以上は無意味だろう。ヨシュアは無言で踵を返す。……しかし、扉に手をかけたヨシュアは、不意に立ち止まった。

「……なら、代わりに答えろ。お前はなぜ、あんな事件を起こした？」

「さあ、どうだろう？」

と、カインははぐらかすように首をかしげるだけ。

やはり無駄だったか……とヨシュアが扉を押し開けた刹那、異形の口からぽつりと呟きが漏れた。

「……もう、うんざりだったのかな」

それが本心なのか演技なのか、知る術などない。だがヨシュアは、歪んだ異形の仮面の下に、誰も知らないカインの素顔を垣間見た気がした。

「……また来る」

「そうだね。そしてきっと――次で最後だ」

その言葉を背に、ヨシュアは扉を閉めた。

※※※※※

東刑務所を後にしたヨシュアは、大きく嘆息する。それは蛇の重圧から抜け出した安堵と、そして……落胆でもあった。

これで〝協力者〟への手がかりは完全に断たれた。何か大きな嵐が迫っているというのに、相手の正体すらわからない。それがどれほど危険なことなのか、ヨシュアは良く知っている。

だが考えていたところで仕方がないのも事実。だから、ヨシュアは家へ帰ることにした。そう、昨晩からカナンに会っていない。孤児院に預けたまま一日放っておいてしまった。きっと臍を曲げている頃だろう。

ヨシュアは足早に帰途へ着く。

――だが、帰り着いた我が家はもう、ヨシュアの知っている姿ではなかった。

「……なんだ、これは……？」

到着した自宅前、ヨシュアは眼前の光景に言葉を失った。

家周辺には何重にも規制線が張り巡らされ、周囲には十四、五人の武装した憲兵がうろついている。明らかに家宅捜索を受けている最中だ。

「……一体、何の騒ぎですか？」

フードを目深に被り直しつつ、ヨシュアは規制線の周りに集まった野次馬に尋ねる。

「ああ、なんでもよ、あの家に住んでる《ケルビム》の捜査官が、テロリストどもに情報を流していたらしいんだ。けっ、教会の恩赦を受けてる分際でとんでもねえことしやがる」

「……そうですか、ありがとうございます」

事実を確認するなり、ヨシュアはすぐさま踵を返した。向かう先はナザリィ孤児院。長居できないという事情もあるが、何よりもカナンの身が心配だったのだ。

（……大丈夫、きっと、大丈夫だ……）

ヨシュアは込み上げる嫌な予感を押し隠してひた走る。

そして不幸なことに、その胸騒ぎが本物だったことはすぐに明らかとなった。

「か、カナンちゃんですか……？　二時間ほど前、ニムロドさんが引き取りに……」

「……！　そう、ですか……」

応対に現れたマリアは、ヨシュアが最も恐れていた事態を告げたのだった。

「ヨシュアさんからの頼みだと言われたのですが……ち、違うのですか？」

ヨシュアの顔色を見て何かしら察したのだろう。マリアは不安げに尋ねる。だが今更説明したところでどうなるわけでもなく、何よりこの状況では一刻一秒でも惜しい。

「……いえ、なんでもありません。ありがとうございました」

ヨシュアはそれだけ言うと駆け出す。目指す先は禁書図書館だ。……しかし、走り始めて間もなく、わざわざ出向く必要はなくなった。

「――よお、遅いお帰りだな、ヨシュア」

路地裏の陰から現れたのは、フードを被った男。顔は見えなくとも声だけでわかる――ニムロドだ。

「……説明してもらおうか。これはどういうことだ？」

「どうもこうも、見ての通りだ。憲兵隊の奴(やつ)ら、お前に目を付けたのさ。二、二度も黒犬に手を出してるしな。王族がお怒りになるのも無理もないだろう」

二度目の黒犬戦を知っているということは、昨夜の戦いを仕組んだのが自分だと自白しているも同義。だが、今更そんなことを糾弾している場合ではなかった。

「……密告したのはお前だな？」

「おいおい、言いがかりはよせよ。だいたい、そんなことどうでもいいだろう？　……今重要なのは、これでお前はもう俺たちと来るしかなくなったということだ。さあ、ヨシュア。戦士として俺と来い。共に新しい世界を創ろうじゃないか」

「……新しい世界？　それこそどうでもいい。——答えろ、カナンはどうした？」

「さてなあ、お家で留守番でもしていたんじゃないか？」

ニムロドがなおも白を切ろうとした瞬間、ヨシュアの左手が空を裂いた。

「——もう一度だけ聞く、カナンはどうした？」

「う、ぐっ……」

黒鱗に覆われた鉤爪がニムロドの首を締め上げる。あの〝黒犬〟さえ容易く屠る悪鬼の左腕だ、人間の骨を粉々にするなど造作もない。あとほんの少し力を込めるだけで、ニムロドは二度と口を開けなくなるだろう。……だが苦悶に歪みながらも、ニムロドの唇は嬉々として笑っていた。

「くく……まるで本当の獣だな！　お前にはその表情が一番似合う！」

「……質問に答えろ！」

「さっき言った通りだ。俺は何もしちゃいない。ただカナンをお前の家に送り届けておいただけさ。……ま、あの様子なら、今頃憲兵隊に捕縛されているだろうな」

「……貴様……！」

ヨシュアは歯を食いしばる。

ニムロドが何をしたのかは明らか——カナンを王族へ売り渡したのだ。

「……なぜだ、なぜこんなことを?! カナンは革命の切り札ではなかったのか?!」

「ははは、それは違うな。あれは〝協力者〟にとっての切り札だ。前にも言ったろう? 俺にとっての切り札は――お前だよ、ヨシュア」

「……なんだと……?」

「お前という圧倒的武力! それさえあれば奴らを皆殺しにすることなど造作もない! 俺にとってのカナンなど、お前という猛獣を飼いならすための手綱にすぎないのさ!」

と高らかに笑ったニムロドは、それからヨシュアの耳元で囁(ささや)いた。

「俺は見ていたぞ、ヨシュア。五年前の《原初(げんしょ)の大蛇(おおへび)》との戦いを! 王族殺しの凶獣さえ凌駕(りょうが)するお前の力を! ……なあ、いい加減まともぶるなよ、ヨシュア。お前こそが神を殺すために生まれた獣なのだ! あの時と同じ姿を、もう一度俺に見せてくれ……!」

ニムロドの瞳に獣性が渦巻く。それを見てヨシュアは悟った。絶対的な〝暴力〟への妄信――神を殺そうというこの男もまた、己の中の信仰を捨てきれずにいるのだ。

「……なんと愚かなことを……お前は焦りすぎだ! 昨日の黒犬たちのことは知っているだろう?! お前ならあの意味がわかっているはずだ!」

一頭目とは明らかに違う黒犬が、ニムロドの計略を妨害しに来たこと……それが意味しているのは、王族とは異なる思惑を持ち、かつ革命軍の動きを知る〝飼い主〟がいること。そしてそんな人物として考えられるのは一人だけ――

「〝協力者〟――奴は危険だ! 俺やお前が思っていたよりもずっと! だからここはい

ったん手を引いて立て直せ！」

「いいや、違うな！　危険だからこそ、ここで奴を出し抜くのさ！　お前を使ってな！」

そう、ニムロドは敵を侮っているわけではない。ヨシュアと同じく危険性に気づいたからこそこうして先手を取ったのだ。カナンという切り札を売り渡す、という形で。

「さあどうする、ヨシュア⁈　お前はここで降りるか？　だがわかっているはずだ。カナンは今王族の手中にある。情報源でもあるあの子をすぐに殺しはしないだろうが……まあ一週間後には生きちゃいないだろうな。取り返すには奴らを皆殺しにするしかないぞ？」

悔しいがそれは紛れもない事実。ヨシュアの表情を見てニムロドはにんまりと笑った。

「よし、決まりだな。……決行は三日後。奴らはその日、第一分家当主バフォメド＝デミウルゴの誕生会を行う。バフォメドは王族内においてレヴィアに次ぐ権力者。慣例からして奴の邸宅に王族のほとんどが集まるのは間違いない。まずはそこを血の海に変える。そこから革命の狼煙を上げるのさ」

狙いは理解できる。だが、その作戦の致命的な穴にヨシュアは気づいていた。

「……話にならん。どの王族も警備のために家の骨格を聖銀で組んでいる。それだけの質量の聖銀がある空間では、直接触れずともイヴリースはすぐ動けなくなる。もちろん、俺もな。武力革命など万が一にも不可能だ」

そもそも王族が集まるということは、それだけ警備も厳重になるということ。訓練された正規部隊に対し、寄せ集めの革命軍に勝ち目などあるはずがない。

だが、ニムロドの表情は余裕に満ちていた。

「くくく……そうだな、お前の言う通りだ。イヴリースによる精鋭部隊が動けないのでは、数で劣る俺たちに勝機はない。あっという間に全滅し、王族どもの酒の肴になるのが関の山さ。——本当に奴の家が聖銀製なら、な」

「……どういう意味だ？」

「わからないか？　奴らは自分では何もしない。金をばらまけばなんだって手に入るからな。……だが、そこが弱点だ。奴らの家を建てるのは奴らじゃない、俺たち下民どもなのさ！」

その言葉の意味を、ヨシュアはすぐに理解した。

「……まさか、建築段階から細工を……⁈　バフォメド邸には聖銀が使われていないのか……？」

「くくく……お前は俺に『焦りすぎだ』と言ったが、そいつは逆さ。俺はずっとこの機会を待っていたのさ。ずっと、ずっと、ずっと昔からな……‼」

ニムロドの瞳の奥には、仄暗い執念が渦を巻いていた。

「聖銀に守られていると思い込んだ王族どもは、イヴリース兵など使わない。だったらどれだけ憲兵が多かろうと、イヴリース部隊をぶつければ必ず勝てる。……いいや、部隊すらいらんな。俺たちにはお前がいるのだから！」

そう、すべては計算の内だったのだ。

『〝悪魔の子〟を王族に売る』というたった一手でヨシュアに戦う理由を与え、〝協力者〟の計略を壊し、さらには王族の油断まで誘う。その罠はどこまでも狡猾で、しかし、どこまでも効果的だった。

「もう一度言うぞ、ヨシュア。お前は俺と来るしかない。さあ、わかったら手を放せ。その力を向ける先は俺じゃないだろう？」

もはや選択肢などありはしない。

ヨシュアは静かに左手を降ろした。

「くく……良い子だ。それでいいんだよ」

乱れた着衣を整えながら、ニムロドは不敵に笑う。

「俺が憎いか、ヨシュア？　ならば殺せばいい。すべてが終わった後にな」

ヨシュアにはわかる。世界から王族が駆逐された後ならば、この男は本当に笑って殺されることだろう。それが確信できるからこそ、ヨシュアは問わずにはいられなかった。

「……なぜだ？　お前はなぜ、そこまでする？」

「言ったはずだ。平等で平和な世界のために――」

「――そうじゃない。俺が聞いているのは目的ではなく動機だ」

王族を屠ることへの尋常ならざる妄執……その根源を問われたニムロドはそっと瞑目する。そのまま答えないのではないかと、ヨシュアは思った。

だが少しの沈黙の後、乾いた唇が裂けるように開いた。

「——あの時、俺は家を建てていた」

ぽつりと零れ落ちたのは、嘆息にも似た呟きだった。

「俺は昔、大工だったんだ。八年前、ノアが産まれたばかりの頃も、ある王族の屋敷の設計に携わっていた。あの頃の暮らしは豊かじゃなかったが、不満はなかったよ。愛する女と一緒になり、子供もできた。貧しいながらも、神に見守られた、誰はばかることのない生活だった」

神に見守られ、王族の膝元で慎ましく生きる。それが普通の人間の正しい生き方だ。

「ただ、心配ごとが一つあった。妻の産後の肥立ちが思わしくなかったんだ。産後一週間経っても、妻の体力は戻らなかった。だがまともな薬は買えなかった。大工の給料なんてささやかなものさ。子供も生まれたばかりで、僅かな賃金など泡のように消えていった。そうだ、妻の体調が悪いのはわかっていたんだ。けれど、妻はいつも平気だと言った。私にはフェムドナ神がついているから、と。そして毎朝俺を仕事へ送り出すんだ。王族のために家を建てるあなたが誇らしい、と」

ニムロドは在りし日を懐かしむように笑った。

「あの日もそうだった。妻は朝から顔色が悪かった。仕事を休もうかとも思った。けれど妻はいつものように『行ってらっしゃい』と俺を送り出した。だから俺もいつもの通り働いて、いつもの通り家に帰った。そして妻も、いつも通り床で眼を閉じていた。ただ違うのは、二度と目覚めなかったことだけさ。……神などどこにもいやしなかったよ」

ニムロドは淡々と語る。そこに口を差し挟む余地などない。

「妻は特別難病だったわけじゃない。産後の体調不良に軽い病が重なっただけさ。ちゃんとした薬さえあれば、それで命を落とさずに済んだ。金さえあれば救えたんだ。そして俺は毎日、財宝を見ていた。王族の屋敷でな。運び込まれる調度品の数々。壁に飾る宝石の山。何万とあるそのうちの一番安いものでいい。それがあれば、妻は死ななかった。……なあ、ヨシュア、その宝石がどうやって集められたか知っているか？　すべて俺たち庶民から巻き上げた金だ。その時俺は理解した。俺が奴らに捧げていたものを。金でもない。労力でもない。——妻の命さ」

ニムロドの口調に怒気はない。そんなものはとうに枯れ果ててしまったのだろう。

「そうさ、俺はたくさん間違えた。神など信じるべきではなかった。だから俺は神を殺す。王族など崇めるべきではなかった。だから俺は王族も殺す。そして妻は、俺なんかを選ぶべきではなかったんだ。だから俺は俺も殺さなきゃならない。あの頃の無力で愚かな自分をな。——俺は今度こそ、間違えたりしないのさ」

後悔とも、懺悔ともつかぬその言葉。その感情の行き着く先を、ヨシュアはもう知っている。

「だからこそ革命は、あそこから始めなくちゃならない。俺が妻の骸で建てたあの屋敷から。それが道理というものだろう？　——なあ、ヨシュア。カナンはお前のことを『ヨファ』と呼ぶな？　フェムドナ神の真なる名だ。お前がすべてを救済する神蝶だというのなら、俺にとっての神になってくれよ、ヨシュア」

男の眼に獣性が光る。

そこでようやくヨシュアは理解した。ニムロドに憑りつく力への妄信、その根源を。

「――あの時、俺は家を建てていた。妻の骸を支柱に、髪で屋根を葺き、血で壁を塗って。妻を殺した者たちの家を――それが理由だ」

「……お前は――」

ヨシュアは何かを言いかけて、口をつぐんだ。

語り終えたニムロドは既に、元の狡猾で理智的な復讐者に戻っていたから。

「……くだらん話をしてしまったな。さあ、そろそろ憲兵たちが来る頃だろう。身を隠せ、ヨシュア。三日後、禁書図書館で会おう。それまで捕まるなよ」

それだけ言い残すと、ニムロドは路地裏の闇へと消えて行った。

……聞くべきではなかった。

ニムロドの背を見送ってから、ヨシュアは天を仰ぐ。冷酷な革命家が人間だった頃の話など、今更聞いて何の意味があったというのか。

ぶつけようのない感情を抱いたまま、ヨシュアは歩き出した。

そこへ――

「――ヨシュア！」

通りの向こうから駆けて来る女――それは、息を切らしたイズリルだった。

「司教様が、お前を助けろって！　それで来てみたら、憲兵たちが家の周りに……！」

イズリルはヨシュア以上に動転した様子でまくしたてる。

「い、一体、何があったんだよ！　カナンはどうした⁉」

「……俺は……」

その時、路地に憲兵たちの声が響いて来た。周辺の捜索が始まったらしい。イズリルはすぐにヨシュアの手を取った。

「チッ、とにかく来い！　司教様がお待ちだ！」


「――イズリル、ご苦労様です。それから……災難でしたね、ヨシュア」

王都中央大聖堂――その地下にある司教長個人の私室にて、マルアムは二人のイヴリースと向かい合っていた。

「憲兵隊は本気であなたを捕らえるつもりのようです。一体何があったのですか、ヨシュア？」

「……それは……」

優しく問われたヨシュアは、懺悔するように俯く。

ヘルハウンドについて、革命について、カナンについて――事情を話すとなれば、これらすべてにまつわるリスクまでも背負わせることになる。そんなことできるはずがない。

「……申し訳ありません。ですが、お話しすることはできません」

「おいっ、なんだよそれ！　なんで答えねえ?!　てめえ、自分が今どういう状況か——」

口ごもったままのヨシュアを見て、横から怒声を上げるイズリル。

だが、マルアムがすぐに割って入った。

「イズリル、およしなさい。……言えない事情が、あるのですね？」

「……すみません」

「いいのですよ。あなたは何も悪くありません」

と、黙秘されてなおマルアムは柔らかく微笑む。

「とにかく今は身を隠しなさい。隠れ家は用意してあります。ほとぼりがさめるまでは、そこへ」

「……お、お待ちください司教様。私に加担するのは危険です。もしもその事実が露見すれば、司教様まで——」

「——構いません。あなたは私にとって我が子のようなもの。どんなことがあっても、あなたは守ります」

マルアムはきっぱりと断言した。司教長としてはあるまじき発言だが、そんな彼女だからこそ誰よりも民に愛され、この若さで司教長を務めているのだ。

「あ、あたしもだ！　あたしも護衛としてついて行く！　司教様、いいでしょう?!」

「……いや、この問題は俺一人の……」

「それがいいでしょう。お願いします、イズリル」

「へへっ、お任せを！」

マルアムがそう言うのであれば、ヨシュアにはもう逆らえない。

結局、隠れ家にはやる気満々のイズリルも同行する運びとなった。

「さあ、お急ぎなさい。くれぐれも気をつけて――」


同日深夜。

マルアムから提供された小さな隠れ家にて、ヨシュアは独り武器の手入れをしていた。

ただ、その頭に浮かぶのは連れ去られた少女のことばかり。下手に行動を起こすのは悪手だと理解はしている。それでも、不安にざわめく心だけはどうしようもなかった。

そんな折、隠れ家の戸が静かに開く。けれどヨシュアは何の反応も示さない。……現れた気配に覚えがあるからだ。

「――よお、良い子にしてたみたいだな、ヨシュア」

入って来たのは変装したイズリル。手には食べ物の包みを抱えている。食料品の調達に出ていたのだ。

「ついでに街中の様子も見てきたぜ。憲兵ども、まだそこらじゅううろうろしてやがる。けっ、つくづく暇な奴らだねえ」

ヨシュアを元気づけようとしているのか、イズリルは皮肉っぽく笑ってみせる。けれど、当の本人はカナンのことで頭が一杯だった。

「……ああ、そうだな……」

と、返って来るのは上の空な返事。それがひどく頭に来たらしい。イズリルはわざとらしく大きな音を立てて、買って来た缶詰を机に置いた。

「なあ、おい、カナンのことも心配だろうが、ちったあ自分の心配もしたらどうだ？　たとえば——三秒後に鼻血出してぶっ倒れる心配とかよ！」

「……ん？　何か言って——」

ようやく顔を上げたヨシュアの眼前に、イズリルの握り拳が飛び込んで来た。

「……何をする？」

不意の鉄拳を容易く摑み止め、ヨシュアは不思議そうな顔で問う。

「うるせー！　とりあえず一発殴らせろ！」

と、叫びながら放たれるのは回し蹴り。これでもイズリルは《ケルビム》精鋭部隊の中でも二番手の実力者。その威力はしゃれにならない。……が、イズリルが二番手に甘んじている理由こそがヨシュアなのだ。実力としては数段ヨシュアの方が上。

結果、もみ合いの末に両手首を摑まれたイズリルは、そのままベッド上に押さえつけられてしまった。

「放せっ！　放せってんだよ‼」

イズリルはじたばたもがきながらなおも喚く。

「……放したら殴るだろう？」

「あったりまえだ！」

こうも即答されては放せるはずがない。

「……せめて殴られる理由ぐらいは聞きたいのだが」

「それもわかんねえのか?! やっぱ殴るだけじゃ気が済まねえ！　タコ殴りだ！」

何を言っても逆効果。怒りが頂点に達したイズリルは、激昂のままに叫んだ。

「てめえ、嘘ついたろ！」

「……何のことだ？」

「とぼけんなよ！　あの時、てめえは言った！　無茶はしないって！　やばくなったら逃げるって！　それがどうだ、おもいっきり巻き込まれてんじゃねえか！」

「……それは……」

ヨシュアは返答に詰まる。

まったくもってイズリルの言う通りなのだ。返す言葉もない。

「……すまない」

「謝る気があるなら全部ぶちまけろよ！　何があったのか、全部！」

それが危険を覚悟の上での問いかけだとはわかっている。だからこそ、ヨシュアは同じ言葉を繰り返した。

「……すまない」

「こんの野郎……！」

イズリルの堪忍袋がとうとう限界を迎えた。

強引に手を振り払うと、ヨシュアでさえ反応できない速さでぐるりと体勢を逆転する。

今度はイズリルがヨシュアを押し倒す格好だ。

「……わかった。殴られる。殴られるから、この体勢は――」

「なんで！　なんでだよ……！」

「……い、イズリル……？」

ヨシュアは微かに戸惑った。

目を伏せているせいで表情は読めないが、イズリルの声音には先ほどまでの怒りとは違う感情が籠っていたからだ。

「……なんで、何にも話してくれないんだよ。あたしが……あたしが、醜いからか……？」

震える唇から絞り出されたのは、まったく予想外の言葉だった。

「……な、何を言っている？　俺は一度だってそんな風に思ったことは――」

「――だってそうだろ！」

イズリルは再び激昂した。

「お前は餓鬼の頃から人間になりたがってた！　いつもそればっかりだった！　それって、イヴリースが嫌ってことなんだろ!?　だから自分のことも大事にしないし、あたしにだって何も話さないんだろ⁉　あたしも……あたしもイヴリースだから！　だから……」

　イズリルはためらいながら、ずっと恐れていた言葉を口にした。

「……あ、あたしのことも、嫌いなんだろ？」

「……お、落ち着け、イズリル。そんなことは決して……」

　ヨシュアは懸命になだめようとするが、感情の堰が切れてしまったイズリルは止まらない。

「あるだろうが！　いっつもいっつも、イヴリースには価値がないみたいに言ってさ！　人間が好きってことは、イヴリースのことは嫌いってことじゃんか！」

「……そんなつもりではないと、さっきから……」

「じゃああたしを見ろよ！」

　刹那、二人の視線が交錯した。

　鮮やかな深緑の瞳が、涙で微かに濡れている。その様はまるで朝露を冠した若葉のようで、息をのむほどに美しかった。

　幼少期からずっと隣にいた同僚。一緒にいることが当たり前だった彼女の眼を、ヨシュアは今初めて見た気がした。

「イヴリースの一体何がいけないんだよ！　あたしらは《原罪種》だ！　産まれた時からこうだった！　どうしようもないじゃねえかよ！　前世の業だと？　生まれついての罪だと？　そんなもんは知らねえよ！　あたしには関係ない！　あたしが、あたしらが、一体何をしたってんだよ！」

イズリルは悲痛な声で叫ぶ。

《原罪種》として生まれたのは単なる不運。何の罪もありはしない。そう、イズリルの言う通りなのだ。だがヨシュアは何も答えられなかった。真実を告げてしまえば、罪以上の危険を背負わせることになってしまう。

黙したままのヨシュアに、イズリルは囁いた。

「事情が話せないならそれで構わない。あたしが嫌いならそれでもいい。だから、お願い。――一緒に逃げよう、ヨシュア。すべてを捨てて、どこか遠く、神も王もいない場所へ」

「……滅多なことを言うな。カナンは今、王族の手に囚われている。きっと怖くて泣いているだろう。俺が助け出さなくては……」

「じゃあお前はどうなるんだよ！」

「……俺なら大丈夫だ。これでもそこそこ腕は立つ。心配はいらん」

「またそうやって――！」

イズリルの眼に再燃した怒りは、しかし、すぐに萎んで行く。代わりにその眼を満たすのは、深い悲しみの色だった。

「――少しは、自分が幸せになる道を考えてよ……」

その時、ヨシュアはようやく理解した。

自分にはまだ選択肢がある。最重要機密であるカナンが囚われた以上、ここで王都から逃げ出せば王族も執拗な追撃はしてこないだろう。カナンを斬り捨てたのであれば、わざわざ教会最強の異形と敵対する理由などないからだ。

そう、自分はこれまでずっと状況に流され続けて来た。けれど今、目の前に、一切のしがらみから逃れる道があるのだ。

だが、それでも――

「……すまない。やはり俺は、カナンを置いては行けないよ」

ヨシュアは微笑みながら答えた。

「……だがありがとう、イズリル。お陰で決心がついた」

「け、決心てなんだよ⁈　何する気だ⁈」

「……行ってくるよ」

「待てよ、勝手に決めてんじゃねえ！　どこにも行かせねえぞ！　手足引きちぎってでも……⁈」

両手に力を込めようとしたイズリルは、そこで自身の変調に気がついた。意思に反して全身から力が抜け落ち、視界は徐々にぼやけていく。咄嗟に視線を落とせば、いつの間にか両足には聖銀のワイヤーが絡みついていた。

「て、てめえ……⁉」

倒れ込むイズリルを優しく抱き留めたヨシュアは、その体をそっとベッドへ横たえた。

「……すまない。お前は昔から無茶をするからな」

と、ヨシュアは懐かしげに笑う。そして静かに踵を返した。

「ま、待てよ……待て、ヨシュア……」

薄れゆく意識の中で、イズリルは青年の背中に手を伸ばす。

……けれど、その指先が届くことはなかった。

「……カナンのこと、よろしく頼む」

軋みながら閉まる扉。

イズリルとの決別を終えたヨシュアは、独り虚空を見上げる。

行く先はもう決まっていた。いや、きっと、ずっと前から定められていたのだろう。だが、だとしても構わない。ヨシュアは自らの足で歩み出す。

——三度、あの場所へ。

——……

……

「——やあ、思ったよりも早かったね、ヨシュア君」

深淵なる闇の奥底から出迎える声。

腐敗と堕落を孕んだその仄暗い響きが、今となっては懐かしくさえある。

ヨシュアは初めてここに来た時と同じ距離で、《原初の大蛇》と対峙した。

「……ああ、決めたよ。俺は進むことにした」

「ふふ……そうかい」

カインは頷くと、静かに尋ねる。

「他に道があるとしても？」

「……ああ」

「誰も望んでいないとしても？」

「……ああ」

「それが間違っているとしても？」

カインは三度問う。

ゆえに、ヨシュアも三度答えた。

「……ああ」

「ふふふ、そうか……決まったようだね。間違う覚悟が」

ヨシュアはただ頷いた。

「……そうだ。だから教えろ。お前の背後にいる人物を」

カインは遠い追憶の彼方に目を向ける。

異形として生まれ出でた時から、今この瞬間に至るまで。悪夢のように長く暗い記憶の底で、カインは小さく呟いた。

「……あの人はね、ボクのたった一人の友達だったんだよ。……きっと向こうは、そう思ってはいなかっただろうけどね」

そうしてカインは一つの名を告げる。

それは青年にとって、最も聞きたくない人の名前だった。

「……この世界は、残酷だな」

虚空を見上げるヨシュアに、カインはおずおずと声をかける。

「……ねえ、ヨシュア君。ボクを責めるかい？」

「……いや、逆の立場なら、きっと俺も同じことをした。……お前の言う通りだ。似ているよ、俺たちは」

「ふふふ、そうかな……いや、そうだね」

カインは小さく微笑をこぼした。

「ねえ、だからヨシュア君。あまり自分を責めないでよ。ボクらに与えられた選択肢は、最初から多くはなかった。……そうだろう？」

「……ああ、そうだな」

ヨシュアは素直に頷く。

「……だが、きっとあった。正しい道はあったんだ。俺たちはどこかで間違えた」

その言葉に嘘はない。ヨシュアは本心からそう信じていた。

「ふふふ……今のキミの眼を見ていると、なんだか五年前の戦いを思い出すなあ」

カインは懐かしげに笑う。

「キミは強かった。その強さが誰かを傷つけないためのものだと、ボクにはわかっていたよ。そう、あの時、キミと戦いながら、ボクはキミの美しさに惹かれていたのさ。だけど同時に悲しくもあったよ。脆く儚い、まさしく胡蝶のようなキミがね」

忌まわしい過去を、まるで輝かしい美談のように語るカイン。

だが今日ばかりは、ヨシュアもその回想に付き合うことにした。

「……俺は怖かったよ、お前が。いつか自分の行き着く終着点のようで」

それは、これまで誰にも話したことのない秘めた感情。青年の密かな告白を耳にしたカインは、悪戯っぽく問いかけた。

「ふふ……それは初耳。ねえ、それじゃあ今も怖いかい？」

「……ああ、すごくな」

「ふふふ……ふふふふ……ああ、キミはなんて……！」

カインは感極まったように息をのむ。

そして急に静かになったかと思うと、一つの問いかけを口にした。

「――ねえ、ヨシュア君、教えてはくれないか？」

カインの密やかな囁きが木霊する。

牢獄は無数の蛇のさえずりで満たされ、そして静謐が訪れた。

「この世に神がいないというのなら……人はどうやって罪を償えばいい？」

ヨシュアははっとした。彼だからこそわかる。

たった一つ——この問いかけをするためだけに、眼前の罪人は異形に蝕まれてなお正気を失わずにいたのだ。

だが、青年は答えを持ち合わせてはいなかった。なぜならカインの抱いた疑問は、ヨシュアに課せられた命題でもあったのだから。

「……それは……俺にもわからない」

「ふふ、そうか……」

異形の頬に浮かぶ微かな落胆。……けれど、ヨシュアの言葉には続きがあった。

「……だが、人が人に許される以外にないのではないか？」

「……驚いたよ。キミもあの人と同じことを言うんだね」

嬉しそうな、それでいて悲しそうな、蛇の表情はまったく読めない。本人でさえ、それが求めていた答えなのかわからないのだ。きっとこの牢獄に入るよりもずっと前から、カインは答えの見えない迷宮に囚われていたのだろう。

ヨシュアは哀れな咎人に背を向けた。

「……もう行く」

「そうだね、それがいい。……ねえ、いつかまたどこかで会えたら……」

言いかけて、カインは口をつぐんだ。

「——いや、寂しくなるよ、ヨシュア君」

カインはじっと青年の背を見送る。

二度と現れることのない、その背中を。

深い深い闇の底で、異形は静かに瞳を閉じた。


深夜。

暗澹に沈んだ中央大聖堂に、マルアムの姿があった。祭壇の前に跪き、一心不乱に祈りを捧げている。それは毎日繰り返されている光景であるというのに、彼女の姿はまるで神話の一場面を切りぬいたかのような神聖を放っている。

そんな信仰に満たされた聖堂の中心で、マルアムは唐突に口を開いた。

「イズリルがあなたを捜していましたよ――ヨシュア」

いつの間に入って来たのか、柱の陰にはヨシュアの姿があった。暗闇と同化した青年の体は、もはや真っ黒な影にしか見えない。

「こんな夜更けに何か用事ですか？」

マルアムは驚いた様子もなく問う。すると、ヨシュアもゆっくりと口を開いた。

「……あなたに会いに来ました。――〝協力者〟であるあなたに」

唐突に告げられたその言葉。しかし、マルアムはまるで挨拶を返すかの如く穏やかに頷くだけだった。

「あら、そちらの御用件でしたか」

そしていつも通りの微笑を浮かべながら、若き聖女はヨシュアに向き直る。

「うふふ、あと半日はかかると思っていたのですが……流石ですね、ヨシュア」

「……たどり着くよう導いたのはあなただ」

今のヨシュアにならわかる。

カナンと出会ったあの日から……いや、本当はそれよりもずっと前から、自分が眼にしたあらゆる標識はすべてここにつながるようにできていた。今まではただ、それに気づかなかっただけのこと――

「ええ、その通りです。……けれどヨシュア。あなたでなければここまで来られなかったのも確かでしょう。あなたは必要な情報を正しく読み取り、必要な思考を十分に巡らせ、必要な感情を清らかに育んだ。親代わりとして誇らしいわ」

マルアムは柔らかく微笑する。

王族にヘルハウンドを与えた虐殺の元凶にして、革命軍に禁書を授けた解放の女神。そして、カインが唯一殺し損ねた心のない怪物――眼前のマルアムこそがすべての黒幕であるとわかってなお、ヨシュアには彼女の美しさが眩しくてならなかった。

「……カナンは……無事なのですね？」

「もちろんです。あの子は大切な切り札。今更王族になど渡しはしませんよ。彼らが捕えたと思っているのは偽物です」

恐らくは憲兵が到着する直前に別の子と入れ替えたのだろう。ヘルハウンドさえ生成できる古代技術を以てすれば、女児の肩にほくろを加えることぐらい苦でもない。

「……すべて知っていて、ニムロドを泳がせていたのですか？」

「すべてではありませんよ。必要なことを、必要なだけ。ええ、彼は実によくやってくれました。王都内外の革命思想家を束ね、僅か十年足らずで軍と呼べるほどの集団を創り上げた。私が与えたほんの少しの情報からね。彼は大変優秀です。もちろん、あなたの次に」

マルアムはまるで子供をほめそやすように微笑する。

あの狡猾なニムロドを以てしても、マルアムに脅威と認識させることすらできなかったのだ。

「今回の武装蜂起も私の理想通りのタイミングです。来る日のため、王族の歴々には危機感を持ってもらわねばなりませんでしたから。ただ……彼は少しうまくやりすぎました。〝聖銀をすり替える〟という手法が、特に」

マルアムのその口ぶりで、ヨシュアの中の予想は確信に変わった。

「……あなたの要求は、やはり……」

「ええ。ご想像の通りです」

マルアムはいつも通り莞爾と微笑む。

そして、子供におつかいでも頼むかのような軽い調子で口にした。

「――今回の武装蜂起における首謀者三十三人、全員の抹殺。あなたにお願いしたいのですが、いかがでしょう？」

「……三十三人……それだけの人間を、殺せと……それはあまりにも受け入れがたいもの。?!」

予想していた通りの内容だとしても、ヨシュアは思わず顔を歪めた。

「もちろん、無理強いはしませんよ。あなたが拒否するならそれもいいでしょう。私にはヘルハウンドがいますので。ただ……あの子たちは加減というものを知りません。特定の命令は確実に遂行しますが、その場での細かい思考はできない。……わかりますか？　虐殺はできても、暗殺には本来向いていないのですよ」

実際戦ったヨシュアにはわかる。事前に正確な命令を下せなければ、ヘルハウンドの知能は野生動物並み。通行人を闇討ちにするだけならまだしも、臨戦態勢の拠点で隠密行動など不可能だ。暗殺を命じれば必ず大量の一般兵が巻き添えになるだろう。

「革命軍の過度な弱化は私にとっても本意ではありません。できればヘルハウンドを使いたくないのです。その点、あなたなら最小限の犠牲で警備網を突破できる。そうでしょう？」

「…………」

ヨシュアは固く唇を噛んだ。

確かにヨシュアには、弛まずに磨き上げてきた力がある。けれどそれは、殺しのために培ったものではない。そう、単に殺したいだけならば訓練など必要なかった。

ただ一度左手を打ち振るうだけ――それだけでいかなる敵もたちどころに肉片に変える

ことができる。ヨシュアは生まれた時から知っていた。獅子が最初から百獣の王として生まれるように、そこにくだらぬ鍛錬など要るわけがない。それでもなお技術を磨き続けたのは、殺さないで済むようにするためだ。たとえ相手がどんなに罪深い咎人だろうと、殺さずに更生の機会を与えられるように。

その想いを今、最も認めてほしかった相手に踏みにじられた。それは死ぬよりも苦しく、殺すよりも恐ろしい苦痛。

そしてヨシュアの悲嘆は、哀れなほどマルアムには伝わっていなかった。

「どうしました、ヨシュア？　もしや、人を殺めることに罪の意識を感じているのですか？　なら、こう考えてみたらどうでしょう？　あなたが拒否したところで、彼らは必ず死ぬ。本来死ぬべきではない数千の命と共に。けれど、もしもあなたが勇気を出せば、巻き込まれる数千の尊い命が救われるのです。……ほら、どうですか？　これならばむしろ、あなたは人殺しではなく人助けをすると言えるのでは？」

マルアムは耳に心地の良い言葉だけを囁く。小鳥のさえずるような美しい声音で、優しく穏やかに諭す姿は、ヨシュアがいつも憧れていた司教長そのもの。

だが――

「小を殺すことで大を生かす。これはまさしく我らが神の所業と――」

「……違う」

「あら、何がですか？」

マルアムの言葉を、ヨシュアはきっぱりと遮る。

それは青年にとって生まれて初めてする主への背信だった。

「……殺しは殺しです。どんな言葉で取り繕おうと、たとえ結果は変わらなくとも、罪は罪だ。それを同じと言ってしまったら……俺は心まで獣になってしまう」

それからヨシュアは悲しげに付け加えた。

「……こんなことを言っても、きっとあなたにはわからないでしょうが」

そうやって自分に言い聞かせていないと、相手が感情を持たぬ怪物であると忘れてしまいそうになる。マルアムの所作はそれほどまでに〝まとも〟なのだ。

けれど、そんなヨシュアを余計に動揺させる言葉がマルアムの口から零れ出た。

「あら、ひどいことを言うのですね。私に感情がない、なんて思っているのかしら？」

「……違うのですか？」

「あなたが何と聞いたのかはわかりませんが、私にだって感情はあるのですよ。ただ、幾つか欠落しているだけで。だからあなたと同じように感じたり傷ついたりもします。たとえば――〝孤独〟、とか」

ヨシュアの瞳に疑問が灯る。嘘か真か、彼女の言葉からでは測りきれない。だがマルアムは疑われていることを意に介しもせず、一歩ヨシュアへ詰め寄った。

「……ねえ、ヨシュア。触って確かめてみて？」

言うが早いかマルアムは青年の右手を取る。そしてあろうことか、自らの胸に押し当てた。

「な、なにをするのですか⁈」

生々しい肉の感触、熱い血潮の滾(たぎ)り、確かな心臓の脈動――薄い修道服越しに伝わってくるのは、鮮烈な〝生〟の実感。

そしてマルアムは、突然の奇行に驚くヨシュアへそっと囁いた。

「ほうら、ね？　感じるでしょう？　私のここには穴が開いているの。大きな、大きな空白が。たまらなく寂しいのよ。ここを誰かに埋めてほしくて、私はいつも――」

「……お、おやめください」

ヨシュアは咄嗟に手を振り払う。

マルアムはくすりと嘲弄に似た笑いを浮かべるだけだった。

「ええ、そうね。私のことはどうでもいいわ。……それで、どうかしら？　私のために戦ってくれますか？」

単なる戯れにすぎなかったのか、マルアムは何事もなかったかのようにもう一度問う。

ヨシュアは動揺を胸の内に押し隠して、ゆっくりと口を開いた。

「……対価として、本件に関わった部外者全員の保護を」

「イズリルやナタエルたちのことですか？　いいでしょう。彼らは私の計画の外にいる人間ですからね。手を出さないと誓いましょう。でも……本当に守ってほしいのは、そんな人たちじゃないでしょう？」

「……カナンの身の安全を、保障してください」

それは最初からわかりきった要求。その愚直なまでの素直さは、マルアムの頬をより一層ほころばせた。

「ええ、いいでしょう。少なくとも、彼女が独り立ちするまでは。知っての通りあの子は王族に対する切り札。私にとっても必要な駒ですから。――私の革命のためにね」

ヨシュアの鼓動が微かに逸る。

恐らくマルアムの目的は単なる王政転覆ではない。何か別の狙いがあるのだ。そしてこれまでの言動がすべてその目的のためなのだとしたら……

泡沫の如く浮かんでは消える無数の可能性。その中から、ヨシュアはたった一つ、最も非現実的で、最も身勝手な仮説にたどり着いた。

「……あなたにとって、ヘルハウンドは目的のための副産物にすぎなかった、ということですか」

瞬間、初めてマルアムの表情が揺らぐ。

だがそれは、困惑でもなければ焦燥でもない。マルアムの美貌をあまねく満たしていたのは、恍惚にも似た悦びの表情だった。

「素晴らしいわ……！　ヨシュア、最も優れた私の子！　これだけの情報で、よくぞここまで私を理解してくれました……！　ええ、そうです。私が目指すのは――」

マルアムは厭いもせず、自らの目的を口にする。

それをすべて聞き終えたヨシュアは静かに瞼を閉じると、嘆息と共に開いた。

「……あなたは狂っている」

「ふふ……それが信仰の本質では？」

その言葉をヨシュアは否定しようとはしなかった。

彼女にとっての信仰が狂気の換言でしかないのなら、そこにはもう正道も異端もありはしない。であれば、論駁など元より不可能なのだから。

「さあ、答えを聞かせて、可愛いヨシュア。あなたの口から聞きたいの」

マルアムは両手でヨシュアの頰を包み込むと、柔らかな微笑を湛えたまま覗き込む。

きっともう、返答などわかっているのだろう。だからヨシュアは跪いた。――彼女の望んだ通りに。

「……マルアム様――あなたにすべてを捧げます」

マルアムはけらけらと笑った。妖艶に、淫蕩に。それは先ほどヨシュアの手を胸に当てた時とは比べ物にならない、下品なまでの淫らな微笑。

淫靡な女の匂いを振りまきながら、マルアムは跪く青年にしなだれかかった。

「ああ……あなたはなんて良い子なのでしょう……！」

マルアムはゆっくりと、ヨシュアの左手に五指を這わせる。嫋やかな指の一本一本を絡ませて、恍惚の表情を浮かべながら、媚びるように。

「知っていましたか？　ヨシュア。私はずっと、あなたが羨ましくてならなかったのですよ。この世に生まれ出でし時より神に愛されたあなたのことが……！」

唇が触れ合いそうな距離でマルアムは囁く。彼女の温かな吐息からは、狂おしいほどに甘美な堕落の匂いがした。

「ねえ、あなたも感じるでしょう？　その左手は神の愛の具現。我らの父があなたにだけ与えたもうた恩寵。この雄々しき力に奥深くまで刺し貫かれるのは、一体どれほどの至福なのでしょうか？」

病的なまでの熱情に浮かされて、マルアムは異形の左手に頬をすり寄せる。そして娼婦のようにねっとりと、その掌に口づけをした。

「ああ、ヨシュア。可愛い私の子。愛しているわ」

それは、青年時代の恥ずべき夜に、そっと閨の中で夢想したこともある言葉。それは悲しいほど虚ろにヨシュアの胸で木霊するのだった。

「……最後に、お願いがあります」

「あら、何かしら？　私にできることならなんでも叶えましょう」

「……あの子に……カナンに、会わせてください」

「ふふふ……いいでしょう。ついて来なさい」

そうしてマルアムは、ヨシュアを聖堂の地下へと誘う。向かう先は司教長室のさらに下に設けられた隠し部屋。ヨシュアでさえ知らなかったその場所には、幾つもの書架が立ち並んでいる。恐らくはいずれも禁書なのだろう。

そんなマルアム個人の禁書図書館の奥に、一つの扉がたたずんでいた。その向こう側に待っていたのは、部屋の半分を占める聖銀製の牢屋と、番犬役のヘルハウンドが数頭。そして獄中のベッドに眠る一人の少女――

「……カナン……！」

思わず呟いて、ヨシュアは聖銀製の格子に歩み寄る。その途端、格子の内側にいるヘルハウンドたちがむくりと体を起こした。

もしもヨシュアが不審な行動を取れば、ヘルハウンドたちは寸刻の間隙もなくカナンを食い殺すだろう。だが今のヨシュアの眼には、そんな異形の姿など映っていなかった。

「……カナン」

囁くような声で、ヨシュアは再び呼びかける。静かに、おずおずと。いつもそうしていたように。童女の甘い夢を邪魔するのは、それだけで罪だと青年は思っていたのだ。

そして青年のためらいがちな声は、ちゃんと少女に届いていた。

「……ん……よふぁ？」

むくりと起き上がったカナンは、眠たげに瞼をこすりながら寄ってくる。周囲のヘルハウンドを恐れる様子はない。変な形の犬程度の認識なのだろう。図太いというか鈍感というか、ある意味で大物な少女の姿に、ヨシュアは思わず顔をほころばせた。

「……ごめんよ、カナン。帰りが遅くなってしまって」

ヨシュアは檻越しに頭を撫でる。こそばゆそうに笑った少女は、こくりと頷いた。

「いいよー」

少女にとってはなんてことのない赦し（ゆる）の言葉。それがどれほど青年の救いとなっているか、カナンが知るのはずっと先の話だろう。そしてその頃には、ヨシュアはもういない。

……でも、だからこそ、青年には今この時、伝えなければならないことがあった。

「……カナン、よくお聞き」

ヨシュアは膝をつくと、少女と同じ目線で話す。ちょうど、初めて出会ったあの日のように。

「よく食べて、よく寝て、よく学びなさい。それから、良い友達を見つけるんだ。カナンを大切にしてくれて、カナンが大切にしたい子を。決して一人になろうとしては駄目だ。みんなを助け、助けられて生きていくんだ」

今の王都で生きるのは楽なことではない。だが本来、人が生きるということは複雑なものではないはずだ。多くの思惑から生まれた存在であるからこそ、少女にはしがらみではなくつながりを感じて生きてほしかった。

「だけどね、カナン。周りに流されてはいけないよ。人を頼るのと人に依存するのは似ているようで違う。いつでも自分の頭で考え、自分の心で感じるんだ。——本当に迷った時は、自分自身を信じなさい」

カナンはまだほんの八歳。この言葉の意味を一割も理解できていないだろう。この先理解する日が来るかもわからない。だが、それならそれでいい。理解する必要すらなく安穏と過ごせたのならば、それに勝る幸福はないのだから。

「……よふぁ？」

きっと若き養い親の異変に気づいたのだろう。カナンは少し不安げに首をかしげる。

ヨシュアは詰まりかけた言葉を無理矢理吐き出した。

「……ごめんよ、カナン。また出かけなくちゃいけないんだ」

「……なんで？」

少女は不服そうに唇を尖らせる。

「……必要なことなんだ」

「みんなのため？」

「……それは……わからない」

ヨシュアは微かに下を向いた。

「……でも、帰って来るよ。必ず」

「やくそく？」

「……ああ、約束だ」

青年の言葉に、カナンはにかっと笑った。脆く儚い約束を信じて疑っていないのだ。ヨシュアはその無垢な笑顔を見て、初めて手を握られた時のことを思い出した。

ただ戦うためだけにあった左手――生まれた時から嫌いで嫌いで仕方がなかったその手に、少女はぬくもりを教えてくれた。それは青年にとって、もう一度生まれ直したに等しい奇跡。そしてもう一つ、ヨシュアにはカナンからもらった大切なものがある。

「……そういえば、ずっと言い忘れていたな」

ヨシュアは鉄格子の隙間から両手を差し入れる。それから少女の頰をそっと包むと、その瞳を覗き込んだ。──丸く縁どられた世界に広がる、果ての無い青空。それは何者にも縛られぬ自由の色。

ヨシュアは優しく微笑みかける。

願わくは、そこに映る景色が美しいものばかりでありますようにと、祈りを込めて。

「──素敵な名前をありがとう。カナン」

そうして、扉は閉ざされた。

「──もう良いのですね、ヨシュア？」

「……ええ、ありがとうございました」

決別を終えた青年に、外で待っていたマルアムは一つの問いかけをした。

「あの子が憎くはないのですか？」

「……なぜ、憎む必要が？」

「カナンはあなたからすべてを奪う者です。あの子とさえ出会わなければ……いえ、あの子さえこの世に生まれてこなければ、あなたは神も己も失うことはなかった。私のことは当然として、あの子も憎しみの対象となって然るべきでは？」

すべての元凶がマルアムであることに間違いはない。けれど、彼女の計画の根源がカナンの存在そのものにあることもまた事実なのだ。

だが、青年の答えは簡単だった。

「いいえ、まったく」

一抹の迷いもなく、ヨシュアは言い切る。

「たとえカナンとの出会いがあなたの計略で、すべてが仕組まれた夢だったとしても……それでも、この想いだけは私のものです。それはあなたにも、王族にも、神にだって、否定させはしない」

「ああ、あなたという子は……！」

マルアムは感極まったように青年の頰へ手を伸ばす。

彼女の繊細な指先は、氷と紛うほどに冷たかった。

「さあ、行きなさい、ヨシュア。その左手で多くの命を救って来てください」

恋人を見るようにうっとりと、マルアムは青年の左手に視線を送る。

けれど、青年は頑なに首を振るのだった。

「……左手を使う気は、ありません」

今からしようとしているのは虐殺だ。それは人間の道から外れた獣の所業。であれば、左手こそが相応しい。……だがそれでも、ヨシュアは異形の腕に逃げたくはなかった。罪とは、人間だけが背負えるものなのだから。

たとえ明日には獣に堕ちる身だとしても——最後の時までは、せめて人として。

それは無垢なる信仰か、それとも浅ましき自己弁護か。これから異形に変わろうとしている青年のあまりに無意味な抵抗を見て、マルアムはまた、恍惚に身を震わせるのだった。

「——それでは、ヨシュア。あなたに神のご加護があらんことを」


——……

——……


その夜、眠りの帳の内側で、それはひっそりと繰り広げられた。

気づく者はおらず、叫び声もない。静かで、密やかな——殺戮。

〝天墜事件〟以来の凄惨極まる虐殺事件は、まるで葬儀の如くしめやかに遂行された。

……ただ一つ、夜明け間際に王都を揺らした、長い長い獣の咆哮を除けば。

それは、深い悲しみの慟哭であった。


死者、三十三。

行方不明者、一。

人々は後に、この悲劇の夜をこう呼ぶことになる。

——〝狂獣事件〟、と——

間章　――手紙――

ナザリィ孤児院三階、廊下の左端に位置する教導者用の寮スペース。今となってはマリア専用の個室となってしまったその部屋で、若き院長は机に向かっていた。

机上に広げられているのは一枚の便箋。未だ白紙のそれを前にして、しばしペンを持て余していたマリアは、それから少し悩んだ後に書き出した。

『拝啓　ヨシュア様

日増しに肌寒さを覚える今日この頃、ヨシュア様におかれましてはいかがお過ごしでしょうか？　さて、きたる来月末、当ナザリィ孤児院では恒例の演劇会を催す運びとなりました。児童・職員一同、この日のために精一杯準備して参りました。ご多忙のこととは存じますが、是非ヨシュア様にもご観覧いただければ――』

と、そこまで書きかけて、不意にペン先が止まる。そして机上の暦をちらりと見たマリアは、小さく溜め息をついた。

あの凄惨なる〝狂獣事件〟から、今日で二ヵ月が過ぎた。

あれだけの騒ぎであったというのに、王都には既に日常が戻ってきている。変わったことといえば少しだけ。庭の並木に枯葉が目立つようになったこと。外出時にもう一枚上着が必要になったこと。路傍の花に集まっていた蝶たちが、いつの間にかどこかへ去ってしまったこと。

王都には夏を通り越して秋が訪れようとしていた。そんな季節の移ろいと重なるかのように、この街から消えたものが幾つかある。

ここ二ヵ月、革命軍からの連絡が途絶えた。と同時に、〝黒犬事件〟の被害も聞かなくなった。そしてもう一つ――あの事件以来、ヨシュアの姿を見ていない。

王族と革命軍……末端とはいえ革命に関わっていた身、マリアとて王都を巡って大きな策謀が渦巻いていたことには気づいていた。だがその結末がどうなったのか、一介のシスター風情に知る術はない。結局何もわからないまま、すべては闇に消えた。まるで最初から存在しなかったかのように。……だが、そんな彼女にも一つだけ残されたものがある。

――きぃ、と軋みながら扉が開く。その隙間から現れたのは一人の童女だった。

「……こんばんは、カナンさん」

とてとてと入って来たのは、愛らしい金髪の少女――カナン。今は夜も深まった午後十時。八歳の少女ならとうに眠っているはずの時間だ。けれど、カナンは眠たげな瞼をこすりながらも、何かを捜すみたいにきょろきょろと部屋中を見回している。

そんな奇妙な行動の理由を知っているマリアは、小さく首を振った。

「残念ですが、ヨシュアさんならここへは来ていませんよ」

そう優しく教えると、カナンは目をぱちくりさせる。そして少しだけしょんぼりした様子で唇を尖らせた。

あの惨劇の夜。カナンは一人ぼっちで門の前にたたずんでいた。一体何があったのか、誰が少女をここまで連れてきたのか、幼い彼女の口からでは答えは得られなかった。だがそれでも、ここは孤児院だ。マリアは温かく少女を迎え入れた。

そしてその日からずっと、カナンはあの青年を捜している。食事をしている時も、勉強をしている時も、遊んでいる時も――きっと、夢の中でさえ。彼女は養い親の背中を捜しているのだ。路傍の木陰に、廊下の曲がり角に、宵闇の向こう側に。いつまでも、いつまでも。

マリアはそんな少女へそっと手招きをする。そしてトコトコ寄ってきた少女の手に、懐から取り出した飴玉を一つ載せた。孤児院に代々伝わる秘密のご褒美だ。けれどカナンは食べようとはせず、なんともう片方の手も差し出す。強欲……というわけではない。マリアはその理由を知っていた。

「そうですね、では……こちらはヨシュアさんの分です」

そう言ってもう一つ飴玉を載せてやる。すると、カナンは今度こそ嬉しそうに飴玉を頬張るのだった。

「さあ、今日はもうお休みなさい。ヨシュアさんが来たらすぐに知らせますので。……あ、それから、くれぐれも歯磨きを忘れてはいけませんからね？」

わかっているのかいないのか、童女はくるりと踵を返して駆けていく。その背中を見送ったマリアは、そっと窓の外へ視線を遣った。

ガラスの向こうに広がっているのは、ただひたすらに空虚な宵闇。思えばすっかり日が落ちるのも早くなり、夜は一層濃さを増した。王都の秋は短い。じきに冬が来るだろう。そして今年の冬はきっと、いつもよりもずっと厳しい寒さになる。そんな気がした。

ふぅ、と嘆息して、マリアはカーテンを閉める。そして届くあてのない手紙にそっと書き加えると、蠟燭の灯をふっと吹き消すのだった。

『拝啓　ヨシュア様』

『あなたは今』

『どこにいますか？』

第二部
擬人抄
bestia voluit
hominem esse.

序章　──少女の一日──

「──えー、なので《裸王の洗礼祭》というのは、王様がみんなのために頑張ってるよ～、ってことを示すとーっても大切な王室行事なの。いーい？　ここテストに出るからね～？　はあい、それじゃあ次は、その《裸王の洗礼祭》が行われる時計塔の歴史について──」

ナザリィ孤児院の大教室に、若いシスターの声が響く。どうやら今は授業の時間らしい。ただ、熱心に教鞭を執るシスターとは対照的に、子供たちはどこか上の空。大事な何かを待っているかのようにそわそわしている。……そして、彼らの待ち望むものはすぐにやってきた。

ぼーん、ぼーん。

遠くから響いて来る十二時の鐘。瞬間、子供たちは弾けるように立ち上がった。──今日は土曜日。半日授業なのだ。

「おわったー！　遊び行くぞー！」

「俺、ドッヂボールやりたい！」

「お人形遊びしよ～！」

「こ、こら～！　飛び出しちゃだめっていつも言ってるでしょー！　終わりの挨拶は～？」

「「先生さようなら～!!!」」

と、子供たちはおざなりな挨拶を残して飛び出していく。あっという間に教室はからっぽ。残されたシスターは両手を腰に当てて膨れ面だ。そんなシスターに向けて、一人だけのんびり片付けをしていた童女がふわふわと手を振った。

「ばいばぁ〜い、カナンせんせぇ〜」

若いシスター——カナンはにっこりと微笑んだ。

「はーい、エーニャちゃん、気をつけてね！」

※※※※

「お疲れ様でした、カナンさん。もうすっかり慣れたようですね」

「はい！　子供たち、みーんないい子なので！」

ナザリィ孤児院の南廊下を、二人のシスターが並んで歩いている。

一人は授業を終えたばかりのカナン。そして幾分年上と思しきもう一人は……

「でも、まだまだうまくはいかないです——マリア先生」

「もう、今は〝先生〟じゃないでしょう？」

シスター・マリアはにこりと微笑んだ。

「えへへ、すいません。つい昔の癖で」

「それにしても、もう八年ですか。早いものですね。まさかあなたと同僚になるだなんて」

「はい！　育ててもらったこの場所で働けるなんて、すっごい幸せです！　今度は私の番、頑張りますっ！」

「きゅ、休日ぐらいは休んでくださいね……」

と、張り切る後輩をなだめてから、マリアはふと尋ねた。

「そうそう、今日はこちらに泊まっていくのですか？　それとも自宅に？」

「今日は家に帰ろうかと」

「そうですか……子供たちはさぞ残念がるでしょう」

「あははは、すみません。今日はお墓に寄って行きたいので。それに……集会もありますから」

〝集会〟という言葉が出た途端、マリアの表情が曇った。

「カナンさん……くれぐれも、無茶だけはしないでください」

「ふふ、大丈夫ですよ。……それでは、失礼します」

カナンはそう言って歩み去って行く。その背中を、マリアは心配そうに見送るのだった。

ここはウィアリス大通り——王都南部に位置する寂れた商店街だ。かつてはそれなりに栄えていたものの、昨今の不況から人足は途絶え、道を往くのは痩せこけた野良犬ばかり。もっとも、それはここだけに限った話ではないのだが。

そんな人気(ひとけ)のない表通りを、鼻歌混じりに歩くカナンの姿があった。やたら上機嫌な少女は、ふわふわとした足取りのまま一軒の花屋へ。そして店主に会釈すると、そのまま店の奥に備えられた扉を開ける。……だがその先に待つ部屋には、花屋の雰囲気とは似ても似つかない厳粛な空気が漂っていた。

「――遅いぞ、カナン」

部屋の中央にそびえる大きな円卓。そこに居並ぶ面々の中でもひと際厳しい顔をした若い女は、カナンを見るなり言い放った。

「一分遅刻だ」

「えへへ、ごめんね――ノア」

カナンはにへっと笑うが、〝ノア〟と呼ばれたその女は一層眉根に皺(しわ)を寄せる。

流れるような黒髪に、凜(りん)とした切れ長の瞳。年齢的にはカナンと同じぐらいだが随分と大人びている。ナイフのように研ぎ澄まされた少女の風貌は、同性でさえドキリとするほどに美しかった。

「まったく、お前には自覚が足りないのだ。私たちは革命軍――すべての民の明日を背負う存在。その幹部がそんな調子でどうする。そうでなくても、今は〝黒犬事件〟の再来が世を乱しているというのに」

カナンの笑顔にも惑わされずビシッと叱咤(しった)するノア。……が、その内容は徐々にずれていく。

「だいたいだな、お前はいつもいつも適当なんだ。朝は自分で起きられないし、下着は畳まないし、風呂上がりにちゃんと拭かずに出てくるし……」

「……ノア様、お話が逸れております」

と、横から眼鏡の秘書にたしなめられて、ノアはようやく我に返った。

「こほん……と、とにかく、これより定例会議を始める。全員心して臨むように。ではまず、地下坑道の掘削状況報告から――」

そうして幾つかの報告を終え、定例会議は無事お開き。参加していたメンバーは各自時間をずらして去って行く。そんな中、カナンはぴょこぴょことノアに近づいた。

「ノア、今日もお疲れ様！」

「ふん、疲れるのはお前のせいだぞ。わかっているのか？」

「うふふ、ご迷惑かけます」

「まったく……」

ノアは呆れ顔を浮かべるが、カナンは気にした様子もなく楽しげにじゃれつく。

「ねえねえ、今日は家に帰って来る？　来るよね？」

「……ああ、そうだな。そうしよう」

「やったぁ！」

歓声を上げたカナンは、くるりと踵を返した。

「それじゃあ先に帰ってて！」

「お、お前は？　一緒に帰らないのか？」

少し残念そうにノアが問うと、カナンは笑って答えた。

「うん――お父さんのとこ、行かなくちゃ」


昼と夜の狭間（はざま）――黄昏時（たそがれどき）。

あらゆるものが疲弊の色に塗り潰され、空も大地も老人のように見える頃。

王都中央大聖堂の裏手に広がる墓所もまた、虚（うつ）ろな黄金色に染まっていた。

「――また来たよ、お父さん」

無人の墓場にて、カナンは独り呟（つぶや）く。少女の視線の先にあるのは、二つ並んだ慰霊碑。

一つはかの有名な〝天墜（てんつい）事件〟のもの。そしてもう一つは、八年前に起きた〝狂獣事件〟のものだ。

刻まれた死者の名前は三十三。そこにヨシュアの名は含まれていない。――それでもカナンは祈る。ここが唯一、父とつながる場所だから。

「お父さん、あのね。今日は半日授業だったんだけどね――」

と、カナンはいつものように話し始める。平和で、くだらない、当たり前な日々の話。

父にとってはそれが何よりの鎮魂歌になると彼女は知っていたから。

だがその時、一陣の風が巻き起こった。季節外れの春一番か、それとも天の神様の悪戯（いたずら）

か、不意の突風はカナンの髪を撫でて吹き抜けていく。……それは墓所の献花を揺らすと共に、不思議な兆しを運んで来た。

「……っ⁉　誰……⁉」

何者かの気配を察し、咄嗟に振り返るカナン。墓地に人の気配はないが、確かに感じる。ぎらつく視線、乱れた吐息、荒ぶる鼓動――獣の息遣い。

けれどカナンは、自分でも不思議なほどにそれを恐ろしいとは思わなかった。それどころか、どこか懐かしささえ覚えるような――

「お父……さん？」

カナンは半信半疑で呟く。だが背後からかけられた声は、彼女の求めていたものとは違った。

「――来ていたのですね、カナン」

墓所の入り口から歩いてくる一人の淑女――マルアム。

女司教長たる彼女の姿は、今なお八年前と同じ若々しさと美貌を保っている。それはまるで、彼女だけが時間の流れから切り離されているようにさえ思えた。

「今日もご苦労様で……カナン？　どうかしましたか？」

いつもの挨拶をしようとしたマルアムは、少女の異変に気づく。けれど、カナンは首を振った。マルアムに気を取られた一瞬のうちに、先ほど感じた気配は消えてしまったのだ。

「いえ……なんでもありません」

「そうですか、それならよいのですが……」

と言って、マルアムはカナンの隣に歩み寄る。

「今日もお墓参りですか？」

「はい。父が殺めた人たちに。……ここへ来られない父の代わりです」

〝狂獣事件〟——ヨシュアの犯した大罪は、公には下手人不明の無差別虐殺事件として処理された。なにせ、体制側の人間であるヨシュアが、革命軍の幹部を皆殺しにしたのだ。もしもこの事実を公表などすれば、政府による粛清と思われていらぬ陰謀論を助長することになるのは明白。秘匿されるのも半ば当然と言えよう。……結果として、一般市民にはひどく不気味なだけの事件として記憶されている。

「あれは本当に……残念な事件でしたね」

〝狂獣事件〟当時を思い返すマルアムは、ひどく口惜しそうに頭を振った。

「もっと早くに、私が〝協力者〟であると明かしてさえいれば、こんな悲しいすれ違いは起きなかったのですが……」

「そんな、マルアム様のせいじゃありませんよ！　お父さんを巻き込みたくなかった、だから父に何も言わなかったんですよね？　それは父だって同じだったはずです！」

カナンが必死で慰めると、マルアムは懐かしそうに微笑んだ。

「ふふ……あなたは本当に優しい子ですね。ヨシュアそっくりだわ」

マルアムの手が、そっとカナンの髪を撫でる。その温かな感触がこそばゆくて、カナンはえへへと笑った。

「あっ、そうだ。ところでマルアム様もお父さんの？」

「ええ。彼の好きだった花が手に入ったので」

そう言って、マルアムは提げていた籠を差し出す。中では小ぶりな純白の花が揺れていた。

「胡蝶蘭……ですか？」

「あら、よくご存じで」

本来、胡蝶蘭は大輪の花をつける種として知られている。だというのに、その中でも一番慎ましいものをわざわざ好むとは、カナンはなんだかおかしくなって笑ってしまった。

「えへへ、なんだかヨファお父さんらしいや」

と、ついつい呟いたカナンは、慌てて訂正した。

「あ、いや、よ、ヨシュアお父さん……」

「ふふふ、いいじゃありませんか、その呼び方。とても可愛らしいですよ」

「うぅ～……つい、癖で……」

そう、昔は舌っ足らずだったせいで発音が難しく、〝よふぁ〟としか呼べなかった。その名残のせいか、正式な名前を覚えた今でもまだ、彼女の中のヨシュアは『ヨファお父さん』のままなのだ。……もちろん、恥ずかしいので人前では呼ばないよう注意しているが、ちょっと気を抜くとこのざまである。

「それにしても、本当にヨシュアらしい花ですね。驕らず、慎ましく、それでいて美しくて……あの子もとても強い力を持っていました。けれど決してそれをひけらかすことはなかった。暴力を好まず、草木や動物を愛し、穏やかな日常の大切さをよく知っていた……」

と、在りし日に思いを馳せるマルアム。その傍らで、カナンもまた昔日を思い出していた。何てことのない散歩の道すがら、いつも花や虫の名前を教えてもらっていたっけ。

『蛇殺しの鉄杭』、『教会最強のイヴリース』、『忌むべき狂獣』——父を語る者は皆、いつだってその獣の力ばかりを見ている。だが彼女にとってのヨシュアは違う。不器用で、口下手で、だけど、いつでもまっすぐ目を見て語りかけてくれる人。誰よりも愛すべきかけがえのない父——

そんな面影を思い描きながら、カナンは束の間祈りを捧げる。そんな彼女の肩に、マルアムは優しく手を載せた。

「あの子の犠牲に報いるためにも、すべての元凶である王族を打倒する……それがあの子にとって何よりの手向けになるでしょう。共に頑張りましょうね、カナン！」

「……はい」

と頷きながらも、カナンは内心で思っていた。

きっとそれは違う。誰よりも強く、誰よりも温厚だった父は、革命など望んではいない。だって、あれだけの強さを持ちながら、戦い方だけは一度たりとも教えようとはしなかったのだから。

だがそれでも、自分には守りたい子供たちがいる。彼らの明るい未来のためにも、王都の現状を見過ごすことなどできない。ゆえに、この手で世界を変革する——数年前にノアからすべての真実を知らされた時、そう心に決めたのだ。……たとえそれが、父の遺志に背くことになろうとも。

カナンは胸に疼く罪悪感を押し隠し、小さく囁いた。

「……私、頑張るからね、お父さん」

その夜。

帰途へとついたカナンは、足早に夜道を歩いていた。食材を買い込んでいたら思いのほか遅くなってしまったのだ。

——そんなカナンの後をつける人影が一つ。フードに隠されたその顔は、男か女かさえわからない。

正体不明の影は徐々にカナンの背後へ忍び寄る。最初はゆっくり、徐々に速く。猫のように密やかに。カナンが振り向いた時にはもう、その手は既に首筋へ……

「——はあっ！」

振り向き様に大きく一声。裂帛の気勢を込めたカナンは、背後からの不意打ちを容易くいなした。……相手の勢いを利用した合気の動きである。

だが、謎の襲撃者もまたカナンに劣らぬ早業だった。崩されかけた体勢を即座に立て直し、続けざまに連撃を繰り出す。息もつかせぬ猛攻と、それらをすべて受け流す少女の細腕。どちらの技も明らかに熟練のそれ。瞬きすら許さぬ不断の攻防は、まるで完成された演武のよう。……しかし、その結末は意外にもあっけなかった。

「うひゃあっ⁈」

と間抜けな声を上げて、カナンが唐突にすっ転んだ。見れば、襲撃者のコートから伸びた猫のような尻尾が、カナンの足首に絡みついている。

「ちょ、ちょっとタイム……！」

なんて言葉が聞き入れられるはずもない。馬乗りになった襲撃者の拳が無慈悲に振り下ろされ——カナンの顔面を捉える寸前でピタリと止まった。

「——まだまだだな、カナン」

「もー、尻尾はずるいですよ〜——イズリルさん！」

襲撃者が静かにフードを持ち上げる。その下から現れたのは半獣半人の美しい相貌——八年の歳月を経て、幾分大人びたイズリルだ。

「へへっ、『ずるい』なんて言葉、お前を狙う輩にとっちゃ褒め言葉だぜ！」

と、性格だけは相変わらずらしいイズリルは、カナンの手を取って助け起こす。

「だいたいお前、武器はどうした⁈　銃は？　ナイフは？　ワイヤーは？　変質者にでも狙われたらどうする気だ⁉」

イズリルはぐいぐいとまくしたてるが、カナンはいつもの笑顔で一言。

「えへへ、家に忘れてきちゃいました」

「こいつぅ……！」

一通り呆れ返ってから、イズリルは急に真面目な顔になった。

「……カナン、嫌な話になるけどな、お前なら相手が人間だろうと異形化することはねえ。危険を感じたら、ためらわずやれ。そのために八年間鍛えてやったんだから。頼んでもいねえ厄介な重荷背負わされてんだ、そんぐらい利用してやらなきゃ不公平だろ」

自分が〝悪魔の子〟――すなわち、王の血族にして王権打倒の切り札であるという事実を、カナンはイズリルとマリアにだけは打ち明けていた。自分を育ててくれた二人に対して、それぐらいしか報いる手段を持たなかったのだ。

だからカナンには、イズリルの言葉が自分を心配してのものだということがよくわかる。そして理解してなお、カナンは首を横に振るのだった。

「……ごめんなさい。異形化するとかしないとか、関係ないんです。人を傷つけるのは、良くないです」

「お前なぁ……」

とイズリルは何か言いたげに口を開くが、そこから漏れたのは溜め息だけだった。

「……はー……ま、そうなるわな。あたしの言葉なんて聞きやしねえ。あいつとそっくりだ」

「えへ、本当ですか？」

「喜ぶなっての！　……強情っぱりなのは百歩譲っていいとする。でもな、だったらせめて危機感ってやつを持て。お前だって知ってるだろ？　〝黒犬〟がまた動き始めた。それも、八年前よりずっと速いペースで無差別に殺し回ってやがる。とにかく気をつけろ！」

「ああ……それ、今日の集会でも言われて……あっ！」

『しまった』と口を押さえるも、もちろん既に手遅れ。

イズリルはまたしても溜め息をついた。

「ったく、お前、まだあんな奴らとつるんでやがるのか……」

「だ、だって……」

「っつーことはあれだな、この前の〝ベツェル村無血解放事件〟、あれもお前が噛んでんだろ？」

「そ、それは……山賊に占拠されてみんな困ってたし……辺境警団までグルになってたし……私がやるしかなかったから……」

「ほーん、じゃあ〝西刑務所政治犯大量脱走事件〟もだな？」

「だって、ひどいじゃないですか！　生活の不満を漏らしただけで終身刑だなんて！」

「まさか〝王族用食糧貯蔵庫丸ごと消失の怪〟もお前じゃないだろうな？」

「いや〜、子供たちに『ごはんを粗末にしちゃダメ』って教えてる手前、腐るだけの食べ物は見過ごせなくて……これでも私、先生ですから！　えへへ〜」

イズリルの口から挙げられるのは、いずれも王都を騒がせた一大事件ばかりだ。

「はぁー、こいつはまったく……やっぱりろくでもねぇことに利用されてるじゃねぇか！」

「ち、違いますよ！　これは強制されたわけじゃなくて、むしろ革命軍のみんなに手伝ってもらったっていうか……」

「へん、〝革命軍〟ねぇ……！　胡散臭い連中だぜ。最近噂になってる陰謀論とかもそいつらが広めてるんだろ？　王族の歴史改竄だとか、黒犬事件は人造イヴリースの仕業だとか。いいか、とにかく危険なことに首突っ込むな！　お前みたいな甘ちゃんは、ただのんびり平和に暮らしてりゃいいんだよ！　……きっと、あいつだってそう望んでる」

乱暴な言葉遣いではあるが、彼女の不器用な本心はカナンが一番よく理解している。

――だからこそ、誤魔化すわけにはいかなかった。

「……たとえそうだとしても、やっぱり私は、何も知らない振りはできません」

「……ふん、お前ら親子はいつもそうだな。周りに心配ばっかかけやがる」

「てへへ……ごめんなさい」

「へん、今更何言ってんだ！」

そう言って、イズリルはそっと腕を差し出した。

「……ほら、行くぞ。家まで送ってく」

「大丈夫ですよ～、もう子供じゃないんですから」

「うるせえ、そんぐらいはさせろってんだ！」

ぶっきらぼうな物言いは、彼女流の照れ隠し。

まったく隠せていない赤い頬が可愛くて、カナンはくすりと笑った。

「それじゃあエスコート、お願いします」

「お、おうっ！」


「ただいま～」

王都のはずれにある小さな一軒家。心配性なボディーガードに送り届けられたカナンは、元気にその玄関ドアをくぐった。わちゃわちゃと靴を揃えると、几帳面に整えられたもう一足の靴を見てにっこり。そうして居間の戸を開ければ、案の定、凜とした叱咤の声が出迎えた。

「──遅いぞ、カナン。五十三分遅刻だ」

居間で待ち受けていたのは、むすっとした表情のノア。ただ、昼間のキッチリした装いとは随分と違う。可愛らしい刺繡のついたエプロンに身を包み、長い黒髪は後ろでまとめられ、右手にはちんまりとしたおたままで装備している。……実に家庭的な格好だ。

「いつも言っているだろうが！　七時には必ず家に帰れと！」

などと厳しい言葉を浴びせてくるが、格好が格好だけにまったく怖くない。

その可愛らしいギャップに、カナンは思わず顔をほころばせてしまう。

「えへへ、ごめんねノアちゃん」

「ごめんで済んだら革命軍はいらん！　もっと自分の体を大切にしろ！」

本日二度目となるお小言。カナンはうんうんと聞き流しながら食卓につく。一日の疲れが溶けていくこの瞬間が、カナンは大好きなのだ。

「わー、おいしそうなシチュー！　早く食べよう！」

カナンがにかっと笑うと、ノアのお小言はあっという間に尻すぼみ。どうやらカナンの笑顔に弱いのはイズリルだけではないらしい。

「し、仕方がない奴だな……今回だけだぞ」

もちろん『今回だけ』という台詞を聞くのは、これで何千回目である。

リーダーと一幹部――革命軍においては上下関係にある二人だが、こうして一つ屋根の下に帰ってしまえばただのルームメイト。カナンが困らせ、ノアが許す。十六歳の少女たちによる気ままな二人暮らしでは、これがいつもの日常だ。

そうして一緒に食事を済ませ、食後の紅茶を楽しんでいたところで、ノアは思い出したように切り出した。

「それでだ、カナン。明日の予定はどうするんだ？　仕事は休みなんだろう？」

「うーん、掘削作業のお手伝いかなぁ」

「そうか、それは助かる。あれは計画の根幹を成す大事なものだからな。お前が行けば士気もあがるだろう。……特に、男連中の」

と、言葉尻に棘を含ませつつ、ノアはカナンに視線をやる。

嫋やかな金髪に、可憐な相貌。若々しい肢体は童顔にそぐわぬほど良く発育し、おまけに無防備で人懐っこい性格だ。男受けするのも頷けるというもの。

ただ、当の本人には自覚がないらしい。ノアの視線を感じてこそばゆそうに体を揺らす。

「うふふ。なあに、ノアちゃん？　そんなに見つめられたら恥ずかしいよ～」

「お前がお気楽すぎて不安なんだ。さっきも言ったが、あの掘削作業は計画に欠かせぬピース。手落ちがあってはだめなのだ。気を引き締めろ」

「え～、そんなこと言われても……何の穴かも教えてくれないし、緊張しようがないんだもん」

「お前は口が軽い。教えるわけにはいかん」

「むー！」

と、抗議の意思を込めて唇を尖らせるカナン。

そんな無邪気なルームメイトに、ノアはなだめるように言った。

「とにかく、もう少し待ってくれ。――すべては、もうすぐ動き出す」

第一章　──蛇の妄執──

　王都中心部よりやや東、古くからの工房が連なる工業地帯。その地下深くには、誰も知らぬ広大な坑道が走っている。……旧世紀時代に造られた地下トンネルの残骸だ。

　そして現在、もはや朽ち果てるのを待つだけだったその空洞に、数千年ぶりに人間の声が木霊(こだま)していた。

「おーい、押し車、こっちにも一台頼む！」

「そこの壁だいぶ脆(もろ)くなってんぞ！　きーつけろー！」

「いいかあ、安全第一！　だけども急げ！　そんで極力静かにな！」

　坑道内に響く男たちの声。イヴリースも人間も、皆一様に汗を流して働いている。ここにいる者は全員が革命軍。反王政の意志さえあれば、姿かたちなど関係ない。

　そんな喧噪(けんそう)の中、作業員の一人が来客に気づいた。

「あっ、こ、これはカナンさん！　お疲れ様であります！」

　その名前が響いた途端、作業員たちの手がピタリと止まる。

「カナンさんって……一人で山賊の本丸に乗り込んだ、あの?!」

「へへへ、新入りは生で会うの初めてか。俺なんかサインもらったことあるぜ！」

「ああ、いつ見ても麗しい……なあ、おい、俺の髪型変じゃないか？　変じゃないよな?!」

作業の邪魔にならぬようにこっそり来たのだが、こうなっては仕方がない。カナンは持ってきた大きな籠を掲げた。

「お疲れ様でーす！　これ、どうぞ！　お昼代わりにでも！」

籠の覆いを開けると、そこに並ぶはおいしそうなサンドイッチ。芳しいパンの香りに引き寄せられ腹を空かせた作業員たちが怒濤の勢いで群がって来た。

「うおお、カナンさんのお手製っすか⁉」

「ごちそうさまです‼」

「ああ～、生き返る～！」

「ふふふ、ちゃんとみなさんのぶんありますから、ゆっくり食べてくださいね！」

暗い穴倉に和やかな空気が流れる。美女と美食という組み合わせはどんな場所でも華やかにしてしまうらしい。

だが、それも束の間。短すぎる休憩を終えた作業員たちは、すぐに持ち場へと戻っていく。その表情はみな真剣そのもの。彼らはちゃんと知っているのだ。日の当たらぬ地道なこの坑道掘削が、決して失敗の許されぬ計画の要であることを。

……ただし、トラブルというものはそういう時に限って起こるもの。恐れていた『不測の事態』がまさにそこへ訪れた。

「――カ、カナンさんっ！」

息せき切って駆けて来たのは一人の作業員。『どうしたんですか？』と振り返ると、作業員は歯切れ悪く用件を告げた。

「実は……第八十七番地下道の点検作業中に、おかしなものを見つけまして……」

「おかしなもの？」

「我々以外の何者かが作った通路です。それも、この時代に。丁寧に塞がれていたため最初は見落としていたのですが、先ほどの点検作業中に偶然……」

「横道、かあ……」

カナンはうーんと頭を捻る。第八十七番地下道は元々埋没していなかった部分だ。革命軍より先に誰かが見つけていたとしてもおかしくはない。

「いかがいたしましょう？　現在探索隊の編成を行っておりますが、どこに続いているかもわからないものでして。一応上層部のご意見を伺いたいのですが……」

カナンは少し考えた後、頷いた。

「それじゃ、とりあえず案内してくれるかな？　見てから判断するわ」

百聞は一見に如かず。作業員に連れられてカナンは件の第八十七番地下道へ。

現場に着くなり、案内役の作業員は周囲の仲間たちに声をかけた。

「おうい、カナンさんがいらっしゃったぞ！　ほらほら道を空けてくれ！　……こほん、どうぞカナンさん。こちらが例の横道です」

と通された先は何の変哲もない壁の一画。だがそこには確かに、大人一人が入れるだけの狭い横道が口を開けていた。

「ご覧の通り、どこへ続いているのか見当もつきません。一体誰が掘ったものやら……」

カナンはまじまじと横穴を覗き込む。

スプーンでくり貫いたように滑らかな古代地下道とは違い、人力で掘ったであろう粗い穴だ。恐らくはこの時代に掘られたものだろう。だとしたら、どこかに続いている可能性が高い。

「放置しておくわけもいきませんし……とりあえず先遣隊を送りましょうか？」

「うーん、そうね……」

穴の横には武装した数人の作業員が控えている。全員確かに屈強で、イヴリースも交じってはいるが、この掘削作業にあたっている人員は皆非戦闘員。そんな彼らを危険な場所に送り込むわけにはいかない。そう、戦闘訓練を積んだ適役は、この場にたった一人だけ。

「……よっし、私が行ってみるわ！」

「な、何をおっしゃるんですか⁈」

周囲は当然ざわめくが、カナンはその声を押しのけて笑う。

「あははは、心配しなくても大丈夫よ。これでも私、訓練してるんだから！」

「で、ですが……」

「えーっと、こういう時なんて言うんだっけ？　『上官命令』？　ですっ！」

こうも強引に押し切られては周囲も黙るしかない。

「みんなはちょっと待っててね。もし、三時間以内に私が帰ってこなかったら……ここは埋めちゃって」

そして先遣隊の一人からランプを借りると、カナンはひょいと横道に入った。

「それじゃ、行ってきまーす！」

元気な挨拶と共にいざ出発。カナンはずんずんと一人で進んでいく。

どこへ続くとも知れぬ狭い道。頼りになるのはランプの灯りだけ。だがカナンの顔に恐怖はない。……幼少期からの怖いもの知らずである。

（うーん、この埃っぽい感じ……ここ何年かは使われてないみたい……）

などと穴の正体に考えを巡らせながら進むこと、およそ一時間。流石のカナンもこの無味乾燥な洞窟探険に飽きてきた頃、とうとう終着点に行きあたった。だがそれは……

（げげっ、これって……行き止まり⁈）

ランプが照らし出したのは、無慈悲にそびえる岩の壁だったのだ。

「そんなあ……」

カナンはがっくりと肩を落とす。

けれど、来た道を引き返しかけたその時、ふと異変に気づいた。

（……ん？　この壁、なんか……変、かも？）

暇さえあれば掘削作業の手伝いをしているカナン。そんな彼女だからこそわかる。眼前の岩壁は綺麗すぎる。不自然なほどに。

（……よしっ！）

思いついたら即実行。それがカナンの信条だ。少女は二、三歩後ろに下がって助走をつけると、硬い岩壁に向かって思い切り飛び蹴りをかました。すると……

ギギ、と鈍い音がして、岩壁がまるでドアのように開いた。――行き止まりだと思っていたのは、岩壁にカモフラージュされた扉だったのだ。

(やった、大当たり！　探険続行！)

そうして隠し扉を開けた先、待っていたのは長い長い回廊。それもただの廊下じゃない。左右の壁にはずらりと独房が並んでいる。……どうやらここは古い監獄らしい。

かくしてあてずっぽうに廊下を進み始めたカナンだが、その行く手は再び扉によって阻まれることになる。ただ、その扉はこれまで彼女が眼にしてきたどんな扉とも違っていた。

(これ……聖銀でできてる……？)

好奇心に突き動かされるがまま、カナンは聖銀の扉を押し開ける。

――その先に待っていたのは、奈落と見紛うほどの暗闇。

停滞の臭いが澱のように充満し、空気までもが錆びついているかのように重い。ただ不思議なのは、その暗闇をどこか懐かしく思う自分がいること。

そんな時間さえ止まった牢獄の奥底から、カナンを出迎える声がした。

「――やあ……キミが来るとは思ってもみなかったよ――カナン君」

まるで昼下がりの公園で交わされる挨拶のような、場違いなほど穏やかな声音。だがその向こう側では、この地下牢の闇よりなお暗い何かが渦巻いている。……が、それさえ気にした様子もなく、カナンは無邪気に問うた。

「あなたはだあれ？」

「ボクかい？　ボクはカイン――カイン＝イストエデン。もっと知られてる名前だと……《原初の大蛇》って名乗った方がわかりやすいかな？」

暗闇に慣れた視界に浮かぶのは、磔にされた一匹のイヴリース。

肉という肉が捻じれ、骨という骨が歪んだ、あまりにもいびつな姿。世界中の獣をごちゃまぜにしたかのようなおぞましき異形だ。辛うじて人型を保ってはいるものの、人間だった頃の名残など欠片も残ってはいない。

だがもう一度口を開きかけた獣は、唐突に咳き込んだかと思うとドス黒い血を吐き出した。

「だ、大丈夫っ⁈」

咄嗟に駆け寄って、カナンはハンカチでその口元を拭う。汚らしい血糊で手が汚れることなどまるで気にしてはいないらしい。

「何かの病気なの⁈　お医者さん呼ぶ⁈　お薬は⁈」

「ごほっ、ごほっ……い、いや……ただの寿命さ。ボクは長く生きすぎたから。……それよりも――」

荒い吐息をつきながらも、カインは不思議そうに尋ねた。

「キミはボクが怖くないのかい？」

と問われたカナンは、逆にきょとんとした表情を浮かべる。

「怖がるって……どうして？」

「どうしてって……ボクは大罪人だし、こんな異形だ」

おぞましく捻じ曲がったカインの肉体は、もはや生理的嫌悪感を催す領域にある。まともな人間ならば、好き好んで近寄ったりは決してしないだろう。

だがそんな問いかけを、カナンは「ああ、そんなこと？」と笑い飛ばしてしまった。

「私のお父さんもね、イヴリースだったわ。でも、ぜーんぜん怖くなかったよ。おいしい料理作ってくれたし、不器用だけど遊んでくれた。……本当に短い間だったけど、たくさん、たくさんね」

カナンは懐かしそうに思い返す。そしてそれはカインも同じだった。

「ごほっ、ごほっ……ふふ……彼はキミにぞっこんだったからね」

「えへへ……」

と浮かぶ照れ笑い。が、カナンはすぐに気づいた。

「って……あれ？　カイン、もしかして、お父さんのこと知ってるの⁈　お友達⁈」

「友達……とは違うな。単なる知り合いとも違うと思う。強いて言うなら……共犯者、かな」

今のカナンにはその言葉の真意がわからない。けれど浅からぬ関係にあることだけは確か。だとしたら、カナンにはどうしても尋ねたいことがあった。

「ねえ、カイン。教えてほしいの。……どうして、お父さんはあんなことを……？」

〝狂獣事件〟――あの日のことを、カナンはほとんど覚えていない。唯一記憶にあるのは、どこかよくわからない場所で父と交わした言葉だけ。結局後から教えられたのは、革命軍と教会との間で板挟みになったヨシュアが、最後には教会のためを思って革命軍を潰したという事実。ヨシュアは革命軍の協力者がマルアムだとは夢にも思っていなかったという。

だがどうしても、カナンにはそれが真実だとは思えなかった。革命軍を裏切るにしても、あの優しい父が皆殺しという手段を取るとは思えなかったのだ。

「あなたなら何か知っているんでしょ⁉　私は知りたいの、お父さんのこと……！」

カナンは切実な思いを込めて詰め寄る。けれど、カインはただ首を横に振るだけだった。

「……ごめんよ、カナン君。キミはまだ、それを知るべきではない」

「なんで⁉　自分のお父さんのこと、どうして知っちゃいけないの⁉」

「ヨシュア君が望まないからさ」

「どういう、こと……？」

「ごほっ、ごほっ……世の中には知らない方が幸せなこともある。キミのお父さんは、それをよく理解していたよ」

カナンとて表の世界でだけ生きているわけではない。カインの言わんとすることは嫌というほど伝わった。

「……わかったわ。ごめんね、無理に聞こうとして」

「いいや、こっちこそごめんよ、カナン君。答えてあげられなくて」

俯く少女を慰めるようにカインは言う。

「キミは知らないかもしれないけど、キミ自身の立場もひどく複雑だから……」

「私の立場って……〝悪魔の子〟のこと？」

とカナンがあっさり答えると、カインは面食らったように目をしばたたかせた。

「……キミ、怖くはないのかい？」

「うーん、少しは怖いよ。……でも、もしも私が〝悪魔の子〟だからこそできることがあるのなら、やっぱり嬉しいかな。私はみんなを守りたいの。この世界には大切な人が一杯いるし、今は顔も名前も知らなくても、いつか大切になるかもしれない人たちはもっとたくさんいるから」

「いつか大切になるかもしれない……？」

「そうよ。私とあなたが今日友達になったみたいに、ね！」

カナンはにかっと笑う。もうすっかり友達になったつもりらしい。

そうして勝手な友達認定を終えた少女は、返事も聞かないうちに「あっ！」と叫んで飛び上がった。

「忘れてた、時間！　通路が塞がれちゃう！　ごめんね、カイン、私もう行かなくちゃ！」

「そ、そうだね、そうした方がいい」

慌ただしい背中を見送りながら、カインは微かな逡巡の後に付け加える。

「……カナン君、もうここへは来ない方が――」

「――それじゃ、また来るね！」

カインの言葉を遮る満天の笑顔。なんとも強引な少女は、大きく手を振り振り駆けていく。その背中を見送るカインは、不思議な感覚に苛(さいな)まれていた。

「〝友達〟……か……」

その言葉の響きに、カインは遠い昔を思い出す。かつて一度だけ、そう言って自分に近づいて来た者がいた。ちょうどカナンと同じ隠し通路を通って。その女は心のない化け物で……だからこそカインは喜んで彼女の嘘(うそ)を受け入れた。だって自分は化け物だから。化け物同士でなら、本当の友になれると信じていたから。

だけど、あの少女は違う。ごく普通の人間として、人間である自分に向けて言っている。無論、自分はただの怪物だ。人間としてのカイン＝イストエデンなどというものは最初から存在していない。だからそれは実に愚かな勘違いだ。……でも、だけど、なぜだろう？　彼女の言葉を思い出すだけで、熱いような、苦しいような、奇妙な痛みに胸が疼(うず)く。どきどきと鼓動が高鳴って、世界の色さえ違って見える。

この異変が一体何なのか、しばし考え込んだ後、カインは気づいた。

――これは〝楽しい〟という感覚だ。

そう、もはや死を待つだけの体が、生きることを思い出したかのように燃えているのだ。

そんな自分を自嘲的に笑いながら、蛇は小さく呟いた。

「ごほっ……ふふふ……ヨシュア君、キミの娘さんは、キミよりずっと手ごわそうだ」

「――ふあー、いいお湯だった～」

純白のバスタオルに身を包んだカナンは、鼻歌交じりに寝室の戸を開けた。髪先から滴る雫も気にせず、カナンはふかふかのベッドへ飛び込む。年頃の娘にあるまじきあられもない格好である。これが一人きりの時ならば問題はないのだが……ベッドには既に先客がいた。

「は、はしたないぞ、カナン！　そんな格好で！」

と赤面しているのは、ふわふわのパジャマを着たノア。若々しくも艶めかしい肢体をこうも堂々と晒されては、同性といえど何やらおかしな気分になるらしい。

「だって～、シャワー気持ち良かったんだもん。旧世紀の技術ってすごいね～！」

「そういう話をしているんじゃない！　とにかく、服を着ろ！　髪を乾かせ！　風邪でも引いたらどうするっ！」

「もー、心配性だなあ。……あっ、それなら～、ノアちゃんが乾かして～」

「ま、まったく、お前という奴は、仕方がないな……！」

口ではそう言いながら、ノアはどこか嬉しそうにカナンの世話を焼き始めた。

パジャマを着せ、頭を拭いてやり、最後は自分の膝の上で優しく髪を梳かす。まるで本物の姉妹のような、二人にとってはいつもの光景。

「……それでだ、カナン。地下通路の進捗はどうだった？」

「ん～？　順調だってさ。みんな頑張ってたよ～」

柔らかな膝枕でうとうとしながら、カナンは夢見心地で答える。だが不意に何かを思い出したのか、ぱちりと目を開けた。

「あ、そういえばね、カインに会ったよ」

「カイン……？　誰のことだ？　――ま、まさか、彼氏とか……!?」

「違うよ～、カインっていうのは……」

とカナンが説明するより前に、ノアは答えに気づいたようだ。

「ま、待てよ……まさか、カイン＝イストエデン――《原初の大蛇》か?!」

「そうそう。そのカインだよ。なんかね、穴があってね、そこから刑務所につながってて……」

「馬鹿もの！　なぜそんな危険なことをした!?」

「へ？」

なおも危機感のないカナンに向かって、ノアは血相を変えた。

「お前、あれがどんな化け物か知らんのか?!　お父様でさえあいつを引き入れようとはしなかったのだぞ！　あの男は危険すぎる！」

と、ノアは必死でまくしたてる。……が、カナンは相変わらずにこにこするばかり。

「えー、そんなことないよー。……だいたいあの子、男じゃないよ」

「……は？」

「女の子だよ。私たちと同い年ぐらいかな。体の方はわからなかったけど」

「な、なぜそんなことが言える？」

「さあ、なんとなく？」

カナンの感性は相変わらず他人に伝わらない。ただ、往々にしてその勘が正しいことを、ノアはよく知っていた。

「ええい、性別などどっちでもいい！　とにかく、もうあそこへは行くな！」

「えー、駄目だよ。また行くって約束したもん。穴もそのままにしておいてもらったし」

「ほ、本当に、お前という奴は～！」

ノアの眉間にいつもの皺が寄る。すると、カナンはむつかしい顔をしたルームメイトの頬をぺたりと両手で挟み込んだ。

「んもー、心配しすぎ。ノアちゃんは真面目すぎなんだよー。ほら、スマイルスマイル！」

と無理矢理笑顔にさせてから、カナンは悪戯っ子の顔でにやりと笑った。

「むーん、まだ硬いなぁ。……ここはこーんなに柔らかいのに～！」

言うが早いか、カナンは猫のようにノアの胸へと飛び付いた。

「うわひゃあっ⁉　な、何をするのだ！」

「うふふ、マッサージだよぉ～」

「ンも～、またでっかくなって～、けしからんですな～」

「こ、こらっ、やめ……んっ……！」

「お、お前の方が大き――ひゃあぁ!!!」

と、そんなこんなで数分後……

「んふふ……満足、満足！」

「うぅ～、い、いつもいつもお前はぁ……」

はあはあと荒い吐息をつくノアと、すっかり堪能した様子のカナン。この光景も、いつも通りといえばいつも通りである。

「……どう、ノアちゃん。リラックスできた？」

と、カナンは少しだけ真面目な声色で問う。

革命軍の長という心労の多い立場。このスキンシップはそれを少しでも和らげようというカナンなりの気遣いだ。ノアもそれは理解しているのか、にっこりと笑う。

「ああ、そうだな。ありがとう、カナン」

「えへへ……お礼なんていいよぅ……」

カナンはくすぐったそうに身をよじるが、対するノアの表情はすぐにこわばった。

「……でも、駄目なんだ。私が気を抜いちゃ。私は革命軍を率いる者。いつ何時もその立場を忘れるわけにはいかない。――お父様の遺志を継ぐために」

ノアははっきりと己の意志を示す。この混迷の時代において、それこそがリーダーに必要な資質――

けれどカナンにだけは、その言葉が別の意味に聞こえた。

「……ごめんね、ノアちゃん」

「何がだ？　思い当たる節が多すぎてわからんぞ」

「……私のお父さんが、やったこと」

いつになく神妙なカナンを見て、ノアはふんと鼻を鳴らした。

「……お前に謝られる筋合いなどない。お前に罪などないのだから」

「でも……ごめんね」

カナン＝ルクスフェローとノア＝エルヴァヴェル。

どちらも革命軍を率いる者にして、両親親族不在の天涯孤独の身。幼少期からの親友である二人は、似通った境遇に育った。

けれど、二人には決定的な違いがある。――奪った者の娘と、奪われた者の娘。両者を結ぶつながりは、触れれば砕けるガラス細工のように危うかった。

「――お前は綺麗だな、カナン」

「――ノアちゃんも、綺麗だよ」

カナンの手が、そっとノアの頬をなぞる。繊細な指先は舐めるように首筋を這い、その先の双丘へと伝っていく。それからゆっくりと背中へ回って――

「……シャワー、浴びてくる」

そう言って、ノアは急に体を離す。

カナンはただ、寂しそうに微笑(ほほえ)むだけだった。

「うん、待ってるね」

溺れたような音を立てて排水口に流れ込む水。その透明な脈動を見つめながら、ノアは独りシャワーに打たれていた。

剝(む)き出(だ)しの少女の指先が、無意識にカナンの撫(な)でた跡をたどる。頬から首、それから胸。軌跡をなぞるように、不思議なぬくもりが残っている。それは湯よりももっと優しくて、全身を甘く包み込むような——

「——くそっ」

指先が背中へ届きかけた時、ノアは急に頭を振った。

「……私が綺麗だと？　そんなわけがあるか！」

流れ落ちる水がノアの背中を伝う。大人と子供の狭間(はざま)にある彼女の柔肌は、扇情的でありながら穢(けが)れを知らぬ無垢(むく)の美しさを孕(はら)んでいる。……けれど、それは途中まで。水滴の滑り落ちる先、白珠(しらたま)の肌は見るも醜く異形化していた。——硬く冷たい蛇の鱗(うろこ)だ。

彼女は革命軍のリーダー。当然、他人には言えない汚いことだってやってきた。それが導く者の務めだと、父にそう教わったから。そこに迷いなどありはしない。……だが、それでも、十六という年頃の少女にとって、己の歪さはどうしようもなく重い十字架だった。

「……そうだ、汚れるのはいつも私だ。失うのも私だ。お前に何がわかる？ 仇の娘であるお前に、一度だって汚れたことのないお前に、愛だけをもらってきたお前に――一体何が……！」

ノアは苦悶の表情で吐き捨てる。そして血が滴るほど固く唇を噛み締めた末、凄絶に笑った。

「……だが、いいさ。王族どもを駆逐するまでは、お前とのままごとに付き合ってやろう」

誰にともなく少女は呟く。他でもない自分自身に言い聞かせるように。

「『使えるものは何でも使う』――そうだよね、お父様」

鏡に映る少女の眼には、復讐の灯が燃えていた。

「待っていろ、醜い豚ども。私がすべて食い潰してやる――！」

「――いやあ、この豚は実に絶品ですなあ」

シャンデリアに照らされた大広間には、無数の咀嚼音が響いていた。

荘厳な名画、雄々しい立像、敷かれた絨毯に至るまで、広間に存在するすべての調度品が最高級品。それもそのはず。ここは王族・バフォメド＝デミウルゴの屋敷。そしてテーブルに居並ぶ面々こそが王家の血統――すなわち、この世界の頂点に君臨する者たちなのだから。

「いやはや、脂の乗り、赤身のしまり、どこをとっても極上ですな」

「ええ、ワインによく合いますこと」

「これも遺伝子改良の力か。古代技術様々だな。……いや、それを蘇(よみがえ)らせたあやつの手柄、と言ってやるべきかな？」

　そう呟いた王族の一人は、壁際に控えている女へグラスを傾けた。

「実に良(い)い働きだ。褒めてつかわそう」

「――もったいなきお言葉、光栄でございます」

　恭(うやうや)しく頭を下げながら、壁際の女は一歩進み出る。

　シャンデリアの灯りに浮かび上がったのは、真っ黒な礼服に身を包んだマルアムだった。

「マルアムよ、そなたの手腕には驚かされた。蘇らせた遺伝子操作技術をかようなことにまで転用できるとは、まこと見事。――無論、ヘルハウンド量産の件も含めてな」

「お待たせしてしまい申し訳ございません。皆様の命令だけを聞くよう調整するのに手間取ってしまいまして。私の無能ゆえの不手際でございます」

「わははは、謙遜することはないぞ、マルアム君！　あれは大層良いものだ！　私もすっかりはまってしまったよ――猟犬(ヘルハウンド)を使っての人間狩りにね。まったく、こんな楽しい遊びを独占していたとは、アヌドラも薄情なものだ！」

「そうおっしゃらないでくださいよ、ナーイム伯父さん。八年前のあれは仕事ですし、憲兵隊管理者としての役得というものでして」

「わははは、アヌドラもだいぶ様になってきたな。父上にそっくりだ！」

「伯父さんのご薫陶の賜物ですよ」

「はは、こいつめ、口も達者になりおって！」

仲睦まじげなやりとりに、王族たちは揃って笑い合う。ここにいるのは固い血の絆で結ばれた親族だけ。自然、会話も弾むというもの。

そんな団欒の中へ、マルアムはそっと割り込んだ。

「皆様、御食事中のところ大変恐縮ですが……そろそろ本題に……」

「おお、そうだった。そなたはそのために来たのだったな。……よいぞ、話せ、マルアム」

「寛大なご慈悲に感謝いたします、エルゴール様」

深々と頭を下げてから、マルアムは単刀直入に切り出した。

「本日ご相談申し上げたいのは、王立聖カルワリオパーティホールの建設計画についてでございます」

「ああ、カルヴァリー区に建設中のあれか。……して、進捗は？　そろそろ完成予定であったな？」

「はい、現在九割九分完成しております。洗礼祭前にはお披露目できるかと。本パーティホールの建設理念につきましては、前々よりお話しさせていただいているように……」

マルアムは説明を加えようとするが、その言葉は強引に遮られた。

「待て、マルアム。計画の意義などわかっておる。私は長い話は好かぬ。……端的に言って、何が欲しいのだ？　単なる進捗報告のために来たのではあるまい？」

「……ええ、おっしゃる通りでございます」

マルアムは一呼吸置くと、言われた通り本題に移る。

「実を申しますと、内装の最終調整段階において少々資金が不足しております。つきましては追加の予算を……」

「なんだ、そんなことか。……で、いくら足りんのだ？」

「金貨一万五千枚ほどいただければ、と……」

「ははは、そんなはした金の許可を取るつもりだったのか？　お前は生真面目がすぎるな。よいよい、好きなだけ使え」

呆れたように笑って、エルゴールは周囲に問いかけた。

「皆もそれで良いな？」

「もちろんよ。むしろ、その十倍はあげるから余計なことで煩わせないで頂戴」

「まったくだ。どうせ金などいくらでも湧いてくるのだから」

口々に承諾を唱える王族たち。金貨一万五千枚といえば王都全戸を丸一年養えるほどの大金であるが、ここでは金の価値があまりに違いすぎた。

「ご厚情感謝いたします。完成の暁にはきっと皆様にもご満足いただけるかと」

と、おざなりな謝辞を述べたマルアムは、恭しく後ろへと下がった。

「それでは、私めはこれにて失礼させていただきます。本日はお時間をいただき、ありがとうございました」

そうしてマルアムが退室した後、王族たちは好き勝手な談話に興じ始める。

「ふむ、あの女、堅実なのは良いが……少々心配性が過ぎるな」

「よいではありませんか、あれぐらい臆病な方が御しやすいというものです。万が一にも我々にたてつくような真似はしないでしょうし……何より、あの女は使えますよ」

「まったくですな。〝天墜事件〟後の混乱のスケープゴートとしてすぐに処分するつもりでしたが……まさかこうも役に立つとは。遺伝子操作技術の復活にヘルハウンドの量産、先日配備した例の長距離用銃火器もマルアムの設計だとか。あれは警備の常識が変わる代物ですよ。それに……そうそう、武装蜂起を未然に防いだ功績もありましたな」

「ああ、八年前の〝狂獣事件〟か。もっとも、その必要はなかったがな。……聞いたか？　革命軍の愚か者どもは、よりにもよってイヴリース部隊を用意していたそうだ。我々の居城が聖銀製であるとも知らずにな。無知というのは哀れなものよ。貴公もそう思われるであろう、バフォメド卿？」

「おいおい、それは困る。大事な新居を異形どもの悪臭で汚されたくはないのでな」

おどけた答えが返って来ると、広間はまたしても笑いの渦に包まれた。

「しかしなあ、冗談はさておいても、私は無知蒙昧な下民どもが人の形をしていることが許せんのだ。実に忌まわしいではないか」

「おやおや、福祉大臣ともあろうお方が、穏便ではありませんなあ。『国民は皆神の下に平等』があなたの決め台詞ではないですか」

「ふん、事実は事実だ。できることならば今すぐにでも根絶やしにしたいぐらいだ」

「あら、でもそうなっては困りますわ。私たちに奉仕する者がいなくなってしまいますし……何より、遊び道具がなくなってしまっては退屈ですもの」

と無邪気に笑う女は、不意にテーブルの一番奥の人物へ意見を求めた。

「そうは思いませんか？　――我らが王よ」

瞬間、皆の視線が一斉に集まる。その向かう先に座っているのは、齢五十を越えた威風堂々たる男。気品溢れる様でフォークを動かし、一人静かに食事を楽しんでいる。

レヴィア＝デミウルゴ二十七世――彼こそがこの世界を統べる唯一にして絶対の王。デミウルゴ王家の総当主である。

話題を振られたレヴィアはゆっくりとナフキンで口元を拭うと――至極優しく微笑んだ。

「うむ、その通りである。民も、富も、世界そのものさえ、すべてはあまねくお前たちのものだ。存分に遊び、愉しむがよい」

ゆったりとした王の言葉には、聞く者すべてを魅了するような不思議な響きが込められている。王族たちは子供のように顔を輝かせた。

「おお、我らが王は寛大でいらっしゃる！」

「王の世よ、とこしえなれ！」

にわかに上がる歓声の嵐。その中で、女はふと提案した。

「そうですわ、遊戯といえば……王も賭け事などいかがでしょう？」

「賭け事、であるか？」

「こら、お前、はしたないぞ！」

「あら、いいじゃありませんの、あなた。……聞いてくださいませ、王！　私たち、毎晩飼い犬を一匹放すことにしておりますの。夜のうちに一人だけ殺すよう命じて。それが男か女か当てるのですわ。今、私と主人とではまっていて」

「ははは、と言っても賭けになどなりませんよ、王。死ぬのはいつだって女に決まっています。女というのは馬鹿な生き物ですからね」

「あら、ひどい。そう言ってこの前負けたことをお忘れ？　もしも男なら、例のダイヤモンド、私がいただきますからね」

「ああいいだろう。女だったらあのワインは私のものだからな」

と、子供のような他愛ない夫婦喧嘩（げんか）。

その様子を眺める王の眼元は、ひどく幸せそうにほころんでいた。まるで愛（いと）しい我が子を見守る親のように。

「——ああ、どちらか楽しみであるな」

「うっ……文字通りのバラバラ、ですね……男か女かもわかりゃしない……うっぷ」

「ああ、大半を食われてやがる。骨までぺろりだ。随分と大食いなこって」

石畳にしみ込んだ、夥しい量の血痕。

否――ただの〝痕跡〟と呼ぶには、それはあまりにも生々しい。辺り一帯にはまだ、すえた臓腑の臭いが漂っている。

そんな凄惨な事件現場に屈み込む、二人の捜査官。

働き盛りの青年と定年間近のベテラン、というややちぐはぐな組み合わせだ。

「あぁ……朝っぱらから最悪だ……今日は一日、食事が喉を通りそうにありませんよ……」

「馬鹿、朝一で助かったってもんだ。じゃなけりゃよ、ルカ。お前のゲロで大惨事だ。

……というか、おめえ、今年で八年目だっつうのにまだ慣れねえのかよ」

「し、仕方ないじゃないですか、ジョセフさん！　慣れないものは慣れないんですから！」

と、二人して現場の検証にあたっていると、規制線を越えて二人の少女が現れた。どちらも全身を黒衣で覆い隠しているため、あからさまに怪しい。

「あー、君たち、ここは立ち入り禁止――」

と警告されるが、少女たちは心ここに在らずといった様子で事件現場にしゃがみ込む。

「あー、もしもし、聞こえてます？　あのねお嬢さんたち、ここは立ち入り禁止で……」

「バッカ野郎、ルカ！　もっとがーっとつまみだせ！」

「んもー、おっさんのノリやめてくださいよー！　っていうか、いつ引退するんすか～！」

「バッカ野郎!!　生涯現役だこの野郎！」

そんな捜査官たちのやりとりの傍ら、少女の片方――ノアはそっともう一人の肩を揺すった。

「カナン、もういいだろう。行くぞ」

そう、二人はたまたまこの場を通りかかっただけ。カナンがどうしてもと言うので足を止めたにすぎない。……だが、カナンはまだ凄惨な現場から目を逸らせずにいた。

「こんなの、ひどいよ……」

昨日まで普通に生きていた人間が、今は漂う悪臭と血肉の欠片になっている。人としての尊厳などどこにも見当たらない。理解しようとするには、それはあまりに残酷すぎた。

「どうして、こんなことが……？」

カナンはただ呆然と呟く。……その声に反応する者がいた。

「――理由なんてねえのさ」

「え……？」

カナンの隣にしゃがみ込んだのは、先ほどまで後輩をどやしていたジョセフだった。

「八年前のあの頃もそうだった。悲劇に理由なんてねえ。運が悪かった、ただそれだけだ」

そう呟いたジョセフは、ちらりとカナンの外套に視線を遣る。少女の体には大きすぎる宵闇色のマント――ヨシュアが愛用していたものだ。

「あんたのその服を見てると、いつかのあいつを思い出すよ。……ま、八年前からとんと行方知れずだがな。一体どこ行っちまったのやら」

と遠い目をするジョセフに、横からルカが突っ込んだ。

「あれ、ジョセフさん？　あの人のこと、散々に罵倒してなかったですか？　イヴリースは嫌いだーとか。なんでちょっと寂しそうなんすか？」

「バッカ野郎！　寂しそうになんてしてねえよ！　俺はイヴリースってもんが大っ嫌いだし、あいつのこともちろんそうだ！」

いつもの調子で吠えたジョセフは、それから小さな声で付け加えた。

「……だけどな、あの時、あいつは捜査官の眼をしてた。……そんだけだ」

しみじみと語るジョセフを見て、カナンは少し気分が晴れた。人々の中で父がまだ生きていることは、それだけで喜ばしいことなのだ。

けれどその一方で悲しくもある。――父はずっと、こんな悲劇を見てきたのだろうか。

「ほら、もう行きな、嬢ちゃんたち。じきにうるさい憲兵どもが来る」

そうしてノアに手を引かれ、カナンは路地裏へと下がった。

ようやく平静を取り戻したカナンは、おずおずと謝る。

「ごめんね、ノア。……私、何も考えられなくなっちゃって……」

こんな悲劇などそこらじゅうに転がっている。一々動転するなど革命軍の幹部としては失格だ。

けれど、ノアはそれを咎めようとはしなかった。

「いいんだ。お前はそれでいい。こんな世界を変えるために、私たちは戦っているんだ。悲劇を悲劇として悲しめる者がいなくては、我々は何のために戦っているのか忘れてしまう」

そう言って、ノアはどこまでも穏やかに微笑む。それはカナンが大好きな、ツンツンしているけど本当は誰よりも優しいルームメイトの顔。

……だが、奇しくもその折だった。

「――ノア様、火急のご連絡が」

いつの間にそこにいたのか、背後に現れたのはフードを被った人影。……革命軍諜報員の一人だ。

そして諜報員は一言だけ耳打ちした。

「〝墓穴〟の準備が整いました」

「……！　そうか、ようやくか……！」

高揚の声を漏らしたノアは、そのまま諜報員へと命じる。

「王都中の全同志を招集しろ。今すぐに、だ」

「承知いたしました」

命令されるがままに立ち去る諜報員。

その背中を見送ったノアは、再びカナンへと向き直る。

だがそこに浮かんでいたのは、優しいルームメイトの微笑ではなく……使命に燃える革命家の表情であった。

「すべての準備は整った。最後の計画が動き出す。さあ行くぞカナン、世界の変革を始めよう――！」

――――……

――――……

「――よく集まってくれたな、皆。知っている者も多いだろうが……私がノア＝エルヴァヴェル。〝革命軍〟のリーダーだ」

広大な会議場に、ノアの声が響き渡った。

王都西部・アトス墓所の地下。革命軍が保有する秘匿集会所の中で一番大きなその議場に、数百名を越える革命家たちが集結していた。大半は革命軍の人間だが、中には別の反政府組織から来た者もいる。……ノアの挨拶を受けて立ちあがった色黒の男も、どうやらその類らしい。

「どうも、ノア殿。お初にお目にかかります、『国民解放党』のバプテマスと申します」

バプテマスと名乗った男は礼儀正しく会釈する。だがそれは見かけだけ。バプテマスの口調からは、ノアに対するあからさまな不信が滲み出ていた。

「恐縮なのですが、挨拶は抜きに本題へ移っていただきたい。どうしてもとの要請で集まりはしましたが……我々とて暇ではありませんので」

バプテマスの言葉に、周囲も同調するように頷く。彼らは確かに革命軍と協調関係にあるが、それはあくまで前リーダーだったニムロドに協力していただけ。間違ってもノアのような小娘に忠誠を誓ったのではないのだ。

だが、それはノアとて先刻承知。ニムロドの跡を継いでから八年、革命軍内部でもそうした不信の眼と戦い……実績によって信頼を勝ち取って来たのだから。ゆえに、ノアは臆することなく告げた。

「そうだな、バプテマス殿の言う通りだ。端的に行こう。――来週の《裸王の洗礼祭》にて、我々革命軍は総力を以て王族を襲撃する」

たったそれだけの短い言葉で、会場中がどよめいた。外部組織だけではない。革命軍幹部たちのほとんども、今の今までそんな計画を耳にしたことはなかったのだ。

そんな混乱の中でも、ノアは動揺することなく先を続ける。

「諸君らも知っての通り、《裸王の洗礼祭》において王は一人で時計塔の頂上に立つ。警備の者さえいない、完全な孤立状態だ。奴を捕らえるのにこれ以上の好機はない」

「す、少し待っていただきたい！　確かに王は孤立する！　……が、それには当然理由があります！」

ざわめきの中、バプテマスが大慌てで声を張り上げた。

「式典中、時計塔の周囲には常に憲兵隊が張り付いています！　地上には三千を超す大部隊、空中には飛行型イヴリースの騎兵隊、襲撃などとても不可能だ！」

憲兵隊とて馬鹿ではない。洗礼祭が王にとって最も危険な場であることなど当然理解している。だからこそ毎年最高の警備体制で臨むのだ。そして事実、歴史上一度たりとも《裸王の洗礼祭》が異端者に冒されたことなどなかった。

「……ああ、確かにその通りだ。塔周辺の守りは固く、正面突破は不可能。暗殺しようにも塔の出入り口は完全に閉鎖されている。間者どころか蟻の子一匹潜り込めないだろう」

素直に認めたノアは、それでもなお涼しい顔を崩さない。

「……だが、今回ばかりはそれこそが好機なのだ」

「つまり、あなたは何が言いたいのですか⁉」

「——地下だよ。我々は地下から時計塔へ侵入する」

注目する群衆の前で、ノアは堂々と言い切る。……だがそれに対する反応は……冷ややかな嘲笑だった。

「ははは、何を言うかと思えば……！　時計塔は非常に硬質な岩盤上に建っている。地下から掘り進もうとすれば百年はかかるでしょう！　まったく、話になりませんね」

「ああ、そうだろう。一から掘ろうとすれば、な。……だが、道なら元からあったのさ。それも百年よりもずっと前から、我々の足元に」

そう言って、ノアは懐から一枚の紙を取り出した。それは何の変哲もない王都の地図。だが、いたるところに謎の線が書き加えられている。

「ここに記してあるのは旧文明が利用していた地下トンネル網だ。そのうちの一本が時計塔のすぐ脇を通っている。我々は極秘裏にここから掘削を始めたのだ。そして先頃、それがようやく時計塔直下までつながったよ」

「旧文明の地下通路……?! そんなもの、今まで一度も……」

「〝見たことがない〟? ああそうだろう。だからこそ価値があるのだ。通路を知るのは私と直属の掘削部隊だけ。王族も憲兵隊も知りはしない。ここを通れば簡単に時計塔に入り込める。そしてその先に待っているのは……我らが麗しの王ただ一人だ」

会議場が再び囁き声で満たされた。だが今度は不信のざわめきとは違う。とうとう数百年来の悲願を達成できるかもしれないという、期待のざわめき――

「――一つ、よろしいでしょうか」

そんな空気の中でも、バプテマスはなお冷静だった。

「王は良いとして、他の王族たちはどうするおつもりですか? 洗礼祭において、王族は特設の観覧場にて式典を見守るのが慣例。王を捕らえたとしても彼らには逃げられてしまう。そうなれば、一時間後には大規模な討伐軍が動くでしょう」

王族にとっては世界の真実を隠蔽することがすべて。王が人質となれば、口封じのため王もろとも潰しにくるのは目に見えている。

「無論、王族への襲撃も同時に行う予定だ。……ただし、警備の固い時計塔広場では襲わない。奴らの逃走ルートへ先回りするんだ。向かう先は既にわかっているからな。――王立聖カルワリオパーティホールだ」

「ぱ、パーティホール？　あの、カルヴァリー区に建設中の、ですか？　一体なぜただの娯楽施設なんかに王族が避難を？　いやそれ以前に、どこからの情報ですか？」

「信頼できる情報源だよ。八年前、〝狂獣事件〟により我々が総崩れになりかけた時に手助けしてくれた者だ。信憑性に関しては問題ない」

そう断言したノアは、それからもう一方の問いに答えた。

「もう一つ、なぜ王族がパーティホールに、という疑問についてだが……簡単な話だ。あれはパーティホールではない。セーフティシェルター、すなわち有事を想定して作られた要塞なのだ。……これを見ていただこう」

と言って、ノアは懐から取り出した図面を広げる。そこには単なるパーティ会場とは程遠い堅牢な砦の設計図が描き込まれていた。

「感圧式落とし穴、帯電隔壁、フルオート機関銃――ホールを守っているのはいずれも旧世紀技術を使った最新鋭の警備システム。おまけに兵団の精鋭部隊も常に駐屯している。そして言うまでもないことだが……ホールはすべて聖銀製だ。なにせこいつの建設が決まったのは〝狂獣事件〟の後。未遂に終わったとはいえ、武力革命の危機を目の当たりにした上で作られたシェルターだ。かなりの手間と予算がかけられている。はっきり言って、我々の戦力では攻略不可能だろう」

と、ノアは虚飾なく素直に認める。……が、それは諦めの言葉ではなかった。

「だからこそ、奴らは必ずここへ逃げ込もうとする。であれば先んじてルートに兵を配置しておくだけのこと。どれだけ堅牢な要塞だろうが、たどり着けなければ意味がない」

目的地が一つに絞られるのなら、むしろやりやすいことこの上ないのである。

「そう、実際問題やることは簡単だ。王と王族を捕らえる。そして国民すべてを奴隷から解放する。……以上、何か質問は？　ないのであれば詳しく話を進めたいのだが――」

「――もう一点だけ、よろしいでしょうか？」

ノアの言葉に反応して、大人しく傾聴していたバプテマスが再び腰を上げた。

「あらましについては理解しました。おおむねの賛同も表明します。……ですが、ただ一つだけ疑問が。あなたは先ほどから王族を〝捕らえる〟、という言い方をなさっていますが……これは〝殺す〟の間違いではないのですか？」

バプテマスの声が響いた瞬間、会場の空気がぴんと張り詰めた。恐らくは、この場にいる全員が疑問に思っていたことなのだろう。

「言うまでもありませんが、『捕縛』と『殺害』では難易度がまるで違います。リスクとリターンを天秤にかければ、生け捕りにするのは王一人だけで十分かと」

バプテマスの冷静な意見に対し、頷きを以て肯定の意を示す聴衆たち。

それに応えるようにして、ノアも再び口を開こうとする。……だがそれよりも早く立ち上がったのは、ずっと背後で控えていたカナンだった。

「――殺すなんて、そんなの駄目だよ！」

凛と響く少女の大声。あまりに場違いなその台詞に、皆の視線が突き刺さる。

だが衆目に曝されながらも、カナンは一歩も怯まなかった。

「私たちは明るい未来のために戦っているんでしょ⁉　殺すことでしか未来が創れないなんて……そんなの、そんなの……悲しすぎるよ……！」

居並ぶ面々の目を見ながら、カナンは懸命に思いを口にする。……だがその言葉に返ってきたのは、革命家たちの冷ややかな視線。その中には侮蔑を通り越して困惑したものさえある。そう、ここに集っているのは革命の意志を共有する同志だけ。今更子供じみた不殺論を聞かされるなど思ってもみなかったのだ。

そんな空気の中、ノアだけはただ一人カナンに微笑みかける。そして不安げなカナンの前で、すべての者たちに宣言した。

「彼女の言う通り……命令は〝捕縛〟だ。一人たりとも殺すな。我々が目指すものは一つ――無血革命のみ」

その瞬間、会場全体が固まった。

「……は？　わ、私の聞き間違いですか？　私には、あなたが捕縛と言ったように……」

「ああ、そうだ。何度でも言おう。我々が目指すのは無血革命だ。我々はあくまで国民に問いかけるために本作戦を行う。王族を捕らえるのも世界の真実を明らかにするための一過程にすぎない。ゆえに、殺しは必要ない」

再び迷いなく言い切るノア。その発言に、今度は会場中がざわめいた。

「何を言っているのだ⁉　血迷ったか⁉」

「馬鹿げたことを！　小娘のたわごとだ！」

「甘すぎる！　そんなやわな思想で奴らを倒せるものか！」

口々にあがる非難の声が、洪水の如く押し寄せる。

だがノアは、それさえはねのける一喝を轟かせた。

「──我々は奴らと同じにはならない‼︎!」

たった一声で会場を黙らせたノアは、その残響が鳴りやまぬうちに畳みかける。

「そのために今日まで地道に噂を流してきたのだ。王政への疑念は確実に民の心に芽生えている。あとは少し揺さぶってやればいい。洗礼祭という舞台で私とカナンがすべての真実を暴きさえすれば、きっと国民たちとてわかってくれるはずだ」

そして最後に、ノアは殺し文句を放った。

「この作戦に乗る気がないのならば降りてもらう。一切の例外は認めない。以上だ」

会場のあちこちでは、微かな囁き声が交わされている。だが、誰も面と向かって反論しようとはしなかった。革命軍は王都最大の勢力を誇る反王政組織。そして今回の作戦が最も有効であることは事実。誰しも王族打倒の志が同じであるからこそ、この場で船を追い出されることだけは避けたかったのだ。

　こうして一応の決着がついたところで、ノアはカナンに向かって微笑みかけた。

「さあ、話は終わりだ。あとは細々とした調整だけだから、もう行っていいぞ。今日は孤児院でお菓子作りがあるんだろう？」

「で、でも……」

「いいから、行ってくるんだ。子供たちも喜ぶだろう」

と、ノアは優しく送り出す。

　促されるがまま席を立ったカナンは、最後にもう一度だけ振り返った。

「ノア……一人で大丈夫？」

　いくらおおっぴらな反論がなくなったとはいえ、会場の空気は険悪そのもの。不服げな表情をしている者も多い。彼女一人だけを残していくのはあまりに心配だ。

　だがノアは明るく笑うだけだった。

「ふふ、お前も存外心配性じゃないか。……お前と私で、新しい世界を創ろうな」

「……うん」

　そう言われてしまえば頷くしかない。何度も何度も振り返りながら、後ろ髪を引かれる思いで立ち去るカナン。

　そんな親友を心配させないようにか、ノアは優しい微笑みで見送る。……ただ、カナンの背中が扉の向こうに消えた時にはもう、その表情には笑顔の欠片も残ってはいなかった。

「――すまないな、皆。くだらぬ茶番に付き合わせてしまって」

ノアの口から放たれたのは、とても少女のものとは思えぬ冷たい声。その奥に垣間見える暗い闇が、不満げに囁き合っていた面々を一瞬のうちに黙らせる。

『『小娘のたわごと』――先ほどお前たちはそう言ったな？　くく……確かにその通り。だがな、私に言わせれば甘いのはお前たちの方だ」

不敵に言い放ったノアは、ぐるりと全員を見回した。

「王族どもを殺す……お前たちはそれだけで満足なのか？　お前たちの中に積もった復讐心など、その程度で晴らされるものなのか？　……私は違う。王族の首だけでは満足できん。私は欲しい。奴らのさらに上に立つ、もう一人の首が」

「あ、あなたが言っているのは、まさか……！」

ノアの言っている『もう一人』、それが誰を指しているのかに逸早く勘付いたバプテマスは、慄くように言葉を切る。……その続きを、ノアは何の躊躇もなく口にした。

「〝終末に羽ばたく翼〟、〝唯一神フェムドナ〟、そして、〝神蝶ヨファ〟……ふん、呼び方などどうだっていい。私は神を――支配者という概念そのものを殺す!!　そうでなければ死んでいった同志たちが浮かばれん！　違うか、お前たち!?」

言葉の端々から滲み出る狂乱にも似た執念。目的を同じくする革命家たちでさえ、その深く暗い怨嗟を前にして鳥肌を禁じ得ない。

「ならば……その方策がある、と？」

今や震える声で問うことしかできないバプテマス。

そんな彼に向かって、ノアはにやりと唇の端を持ち上げた。

「なあに、簡単なことさ。必要なのはただ一つ。馬鹿な民衆にもわかるシンプルで具体的なやり方だ」

いつの間にか、その場にいる全員がノアの声に聞き入っていた。もはや革命軍も外部組織も関係ない。誰もが魅了されたように少女の一挙手一投足から目を逸らせなくなっている。――その様はまるで、往年のニムロドそのものであった。

「これより作戦の詳細について話す。さっきの甘ったれた子供の空想ではない、本物の革命だ。――一同、心して傾聴せよ」

――……

――……

王都東刑務所。

収容者たった一人のこの施設は、いつも死んだような静寂に閉ざされている。

だがこの日、地下最奥部にそびえる扉の内側では、まったくもって場違いな少女の声が響いていた。

「――それでね、マリア先生がお砂糖と間違えそうになってね、ピノちゃんが慌てて止めたんだけど――」

と楽しげに口を動かしているのは、すっかりくつろいだ格好のカナン。ごつごつした床にハンカチを敷いて、傍らには可愛らしいバスケット。まるでピクニックにでも来ているかのよう。

そんな少女は急に言葉を切ると、唯一の聞き手に向かってむっと唇を尖らせた。

「んもう、聞いてるの――カイン？」

ふくれっ面の向けられた先は、東刑務所唯一にして最悪の囚人――《原初の大蛇》。

無数の聖銀器によって磔にされた異形と、花も恥じらう美少女。お喋りの組み合わせとしてはかなり不自然だ。……けれど少女にはまったく気にした様子は見られず、むしろ異形の方が困惑しているようだった。

「ごほっ、ごほっ……き、聞いてはいるけどさ……」

「けど、なあに？」

「……どうしてまた来てしまったんだい？」

小さく咳き込みながら、蛇の相貌に戸惑いを浮かべるカイン。ただ、少女の答えは呆れるほどに簡潔だった。

「だって、また来るって約束したでしょ？　ふふっ、カインって変なこと聞くのね」

まるでカインの方がおかしいとでも言わんばかりの返答。そして言葉を失っているカインをよそに、カナンは平然と次の話題へ移る。

「それよりも、ほら見て！　今日はお土産があるんだよ！」

ドヤ顔で差し出されたバスケットの中には、甘く香る焼き菓子の山が。

「これは……クッキー、かい？」

「ふふ、昨日の調理実習の成果だよ！　さっき話したでしょ？　ナザリィ孤児院は毎年《裸王の洗礼祭》の前夜祭に屋台を出してるの！　そこの商品にするのよ！」

と張り切るカナン。もちろん洗礼祭当日も参加はするが、王の演説前には帰るのが毎年の恒例になっている。なにせ裸王の儀式は洗礼祭の目玉であり、当然最も混雑するタイミング。そんな雑踏に子供たちを連れて行くというのは色々とリスクが大きすぎるのだ。

……特に今年は革命軍が動く手筈になっている。詳細は明かせなかったものの、くれぐれも長居しないようマリアにお願いしておいた。なので、子供たちにとっては前夜祭こそが本番と言っても過言ではないのである。

「洗礼祭はもう来週だし、本番前にカインに試食してもらおうと思ってね！」

「こほっ、こほっ……じ、事情はわかったけど……試食にしては少し多すぎないかな？」

籠に詰められたクッキーは文字通りの山盛り。見ているだけでおなか一杯になってしまいそうなほどだ。

「あはは、マリア先生が張り切りすぎちゃって……だから、食べるの手伝って？」

と小首をかしげながら、カナンはそっとクッキーを差し出す。

こうもねだられては断れるはずもない。カインは蛇の触手を伸ばすと、クッキーを一枚だけ摘んで口へ運んだ。

「えへへ、そうでしょ！　これなら屋台も繁盛間違いなし！　それにね、今年は秘密兵器もあるんだ！　ふふっ……みんな絶対喜ぶぞっ！」

子供たちの笑顔でも想像しているのか、カナンはわくわくと瞳を輝かせる。……だがそこでふと、カインの手が止まっていることに気がついた。

「どうしたの？　もしかして……やっぱり口に合わなかった？」

とカナンは不安げに窺う。だがカインは首を横に振った。

「いいや、そうじゃない……すごくおいしいよ。本当に。こんなに素敵なものを、ボクは生まれて初めて食べた」

「それじゃあ、どうして……？」

「……ボクには、少し甘すぎる」

カインの呟きに込められているのは、押し殺した一抹の自戒だった。

「……ボクはね、キミの生徒たちと同い年の子供を、何人も殺したんだよ。何人も、何人も」

〝悪魔の子〟の疑いがある――たったそれだけの理由で、幼い命を幾つも摘み取った。この感情が罪悪感というものなのか、カイン自身にもわからない。だが少なくとも、拭い去れぬ過去は束の間の休息さえカインにためらわせる。

……そんな《原初の大蛇》の胸に、カナンはそっと手を置いた。

「確かにあなたは罪を犯した。でも、だからこうしてここにいて、自分に罰を与えているんでしょ？」

カナンは知っている。この罪深き咎人が、その気になれば容易く脱獄できることを……そして、それでもなお自らの意志で暗い穴倉に閉じこもっていることも。

「だったら、あなたも傷ついた子供の一人。少しぐらい親切にされても、ばちは当たらないと思うな。……それとも、優しくされる方が辛い？」

カナンの言葉に込められたのは、誰隔てることのない慈愛。虚偽も虚飾もそこにはない。

だがそれゆえに、カインは底知れぬ寒気を覚えていた。

「……キミの考え方は、とても危ういよ」

日常と非日常、人と獣、善と悪……本来隔たっているべき境界を、カナンはひどく曖昧なものと捉えている。そんな少女の姿が、カインの目には危うい綱渡りをしているようにしか見えなかった。もしもひとたび踏み外せば、少女の小さな体は真っ逆さまに奈落へと堕ちていくだろう。

「こほっ、こほっ……どうか気をつけて、カナン君。キミは優しい。でも、優しさというのは利己的でなくちゃいけないんだ。キミの博愛はとても歪だよ。その歪みはいつか、キミをボクと同じにしてしまうかもしれない」

この世で最も醜い異形であるカインだからこそ口にできる、最大限の警告。

けれど、少女はけろりとして笑うだけだった。

「ふふ、私のこと心配してくれるの？　ありがとう。……でも怖くはないわ。だって、あなたは醜くないもの」

そうしてカナンはうーんと伸びをすると、いつものように柔らかく微笑んだ。

「さてとっ、そろそろ帰らなくちゃ。クッキーここに置いていくから、ちゃんと全部食べてね？」

無敵の笑顔でそう言い残して、カナンは元気に去って行く。……が、その間際、何かを思い出したように振り返った。

「あっ、そうだ！　前夜祭、もしよかったらあなたも見に来て！　きっととても良いお祭りになるから！」

『見に来て』とは、なんとも簡単に言ってくれるものだ。

少女の背中を不安げに見送りながら、カインは呆れたように吐息をつく。ただ、心のどこかで考えてもいた。――この牢獄を抜け出し、自由になること。いつでも脱獄できると知ってはいても、今まではそれを実行しようと想像したことさえなかったのに。

(外の世界、か……)

明るい太陽をイメージしようとしたカインは、またしても自嘲的に笑う。

日々死へと向かっているこの体。今更外に出たところで何をしようというのか。

カインは自身の体調をよく自覚していた。恐らく、後夜祭が終わる頃にはもう、自分は生きてはいないだろう。もはや死を待つだけの身というのなら、わざわざ墓穴から這い出る必要もあるまい。誰にも看取られず、ここで静かに朽ち果てる。それでいい。いや、自分はそうでなくてはならないのだ。

そしてそう思えば思うほど、カインは少女が振りまく見えない力に感嘆する。たとえるならば、それは穏やかな春風。この消えかけた命の燐火を、なんと優しく揺さぶっていくことだろう。

カインは何十年ぶりかに祈った。

願わくは、少女の柔らかな風が、冷たい嵐に呑み込まれることのないように、と。

間章――朧火の下で――

《裸王の洗礼祭》――王都で最大規模を誇るこの式典は、前後三日にわたってそれぞれ前夜祭と後夜祭が執り行われるのが習わしだ。そして前夜祭の最終日であるこの日もまた、広場にはたくさんの屋台が立ち並んでいる。……が、前二日に比べると人影はまばら。なぜなら、前夜祭最終日は先祖の霊が帰ってくると伝えられる日。ゆえに家で家族と過ごす者が多いのだ。

……だが、しおらしく立ち並ぶ屋台の中、周囲の雰囲気をぶち壊すほどの人だかりができているものがあった。――他でもない、ナザリィ孤児院の屋台である。

「あまーいクッキーはいかがですかー?」

「やすいよー、おかいどく? ですよー!」

「はやくしないとうれちゃうよー!」

と、売り子役の子供たちから渡されるのは、毎年お馴染みのクッキーセットにプラスして、入道雲のようにふわふわした不思議なお菓子。恐る恐る一口舐めれば、甘さが舌の上でとろけだす。子供たちにより『わたあめ』と名付けられたそれは、珍しさもあって飛ぶように売れていった。

「いらっしゃいませー!」

「えーっと、おつりは、うーんと……あっ、わかった！」

「ありがとうございましたっ！」

接客にあたる子供たちも元気一杯。出店は毎年の恒例行事だが、ここまでの大繁盛は初めてのこと。楽しくないわけがない。

そして、子供たちに交じってひと際興奮しているのは……

「あははは！　カナンさん、見てください！　運営資金が！　運営資金が増えていきます！　あははは！　あはははははは!!!」

と、すっかり変なテンションになってしまっているマリア。超がつくほどの繁盛っぷりに比例して、ざくざくとお金が舞い込んでくるのだ。普段から資金難に頭を悩ませているマリアにとっては刺激が強すぎる光景である。

そんな大混乱の中、生徒の一人がくいくいとカナンの袖を引いた。

「カナン先生もわたあめつくる？　たのしいよー？」

わたあめ作りは一番人気の役職。それゆえに子供たちは順番で作り手に回っていたのだが、カナンだけは特別らしい。子供たちに背中を押され、あれよあれよという間に製造機の前に座らされる。

子供たちの優しさに心打たれたカナンは、にっこりと微笑んだ。

「先生一人じゃ難しいから、誰かに手伝ってもらおうかな～」

と言って、カナンは自分の膝をぽんぽん叩く。すると、子供たちは一斉にカナンの元へ殺到した。

「お、俺が手伝う！」

「あたしがやるっ！」

「ボクだって！」

大好きな先生を巡って展開されるおしくらまんじゅう。その間をすり抜けて、マイペースな童女がちゃっかりカナンの膝を占拠する。

「わ～、カナン先生のおひざ、あったか～い」

「「あー、エーニャちゃんずるーい！」」

そんな騒ぎを傍から見ていたマリアは、羨ましそうに呟いた。

「み、みなさーん、私のおひざもあいてますよ～……」

――――……

――――……

「――それではカナンさん。お店の方はお任せしますね！」

と、そんなこんなで一時間後。屋台巡りの時間がやってきた。子供たちにとっては、自由に買い物ができるお楽しみタイムである。

もっとも、この時間を一番心待ちにしていたのは子供たちではなかったようだ。

「ふふふ……院長として、私が責任をもって子供たちを楽しませてきます！　院長として！」

「は、はい……お気をつけて……（どうして二回言ったんだろう……？）」

と、やたら張り切っているマリアに率いられ、子供たちは屋台巡りの旅へと出発する。

カナンはにこにことその背中を見送るのだった。

それからしばらく、カナンは店番として忙しく働いた。クッキーもわたあめも大好評、道行く人の手には必ずふわふわの菓子が握られているほどだ。

そうして三十分ほどが経とうとしていた折、不意に客足が途絶えた。

（うーん、お客さん、来ないなあ……）

谷間の時間、とでも言うのだろうか。先ほどまで大繁盛だったはずなのに、誰一人屋台を訪れる客はいない。

唐突にできた空白を持て余して、カナンはぼんやりと往来に眼を遣った。提灯のあかりに照らされた通りは、どこか浮世離れした異界のよう。そこを行き来する人々は、皆おぼろげな影に見える。

カナンは静かに瞳を閉じた。――この曖昧な世界では、きっと耳の方が役に立つ。

「あー、やっぱ屋台の飯は最高っすね！　あっ、あそこの店なんてどうっすか？」

「バッカ野郎！　鉄板焼きの次は焼きもろこしと相場は決まってんだよ！　ほら、ついてこい！」

「えー、なんか親父(おやじ)くさいっすよ～」

「くぅ～、やっぱ祭りで飲む酒はうまいぜ！」

「ほ、ほどほどにしなきゃ、だ、ダメですよ……！」

「いいじゃねえか今日ぐらいは！　ほら、お前も飲め飲め！」

「あめー」

「……ああ、飴(あめ)だな。りんご飴だ」

「おさかなー」

「……ああ、お魚だな。金魚すくいだ」

「うふふ」

「……楽しいか？」

「うんー！」

聞こえて来る幾つもの会話。その中の一つを聞いた途端、カナンはハッと目を見開いた。

霞(かすみ)がかった幽鬼の群れの中、唯一はっきりと見える父娘(おやこ)の背中。幼い娘の奔放な足取りに合わせて、父親は不器用にその手を握っている。少女はまだ気づいていないのだろう。

そこに込められた虚しいほどの愛情に。この世界において、小さなぬくもりを守るのがどれほど難しいことか。父はそれを知っている。だがそうだとしても、握らずにはいられないのだ。脆く儚い娘の手を、せめて今だけは、壊してしまわぬようにと……

「――よお、カナン。やってるみてえだな！」

その時、不意にかけられる声。

反射的に振り返ったカナンは、ぱあっと顔を輝かせた。

「あ、イズリルさん！　来てくれたんですね！」

「ま、まあな、たまたまな！　たまたま通りかかったからな！　ついでな！」

と、何度も偶然を強調するイズリル。けれどカナンはちゃんと知っている。彼女が毎年一生懸命仕事を片付けて屋台に来てくれていることを。反抗期に入りたての少年みたいな、素直になれないところが可愛くてカナンは思わず笑ってしまう。

そんな視線にも気づかぬまま、イズリルは興味津々でわたあめ製造機を覗き込んだ。

「へえ、こいつが前に言ってた秘密兵器か！」

「はい、わたあめ製造機ですよ。旧世紀の文献にあった技術をちょこっと真似して作ってもらったんです。加熱と回転だけの機構なのでそこまで複雑じゃないですから」

「へええ、よくわかんねえけどすげえな！」

なんて、イズリルは無邪気に感心する。ふわふわファンシーが大好きな彼女のこと、わたあめなどさぞや趣味に合うのだろう。

「へへへ、しっかしお前も大したもんだ！　発明の才能に商売の素質まであるなんてよ！　さっすがあたしの娘だぜ！」

と、心から誇らしげに笑うイズリル。それが虚飾のない本心であることは、ちぎれんばかりに振られている尻尾がよくよく証明している。まるで我がことのように喜んでくれるその姿が、カナンには何よりも嬉しかった。

……ただ、なぜだろうか。そんなイズリルの尻尾が唐突にしゅんと萎えてしまった。

「？　イズリルさん？　どうしたんですか？」

「あー、いや……そのだな……」

いつでも明朗快活なはずのイズリルが、珍しく口ごもる。そうして歯切れ悪く口をついたのは、予想もしない謝罪の言葉だった。

「……悪い、軽はずみだったな……あんなこと言っちまって……」

「あんなこと？　って……何のことですか？」

カナンが首をかしげると、イズリルはおずおずと呟いた。

「だから、その……『あたしの娘だ』とか勝手なこと……」

「何も間違ってないじゃないですか。お父さんがいなくなって私が孤児院に入った後も、いつも様子見に来てくれて、休日にはお出かけにも連れてってくれて……」

「そうじゃねえ！　……そうじゃねえんだ……」

イズリルはひどく苦しげに遮る。そして、おずおずと謝罪の理由を口にした。

「あ、あたしは、一度……お前を捨てようとしたんだよ！　八年前のあの日、全部捨てて一緒に逃げようって。ヨシュアにそう、言ったんだ……」

それはこの八年間、イズリルの胸につかえていた悔悟の想い。ずっと言い出せなかった臆病な真実。――けれど、カナンの反応はイズリルが思ってもみないものだった。

「そっか……良かった」

「は……？　な、何が良いんだよ?!　あたしは最低な奴で、とても母親だとか……」

「お父さんのことをそんなに想ってくれている人がいた。私はそれが嬉しいんです」

そう言ってカナンは優しく微笑む。だがイズリルは、なおも納得できないといった様子で首を振った。

「あ、あいつのことは関係ねえよ！　あたしは、お前に悪いと思って、ずっと……」

己を偽ることを知らない不器用さ。イズリルのそんな性格は子供の頃から知っている。

そしていつだって、カナンはそんな彼女が大好きなのだ。

「んー、そうですねえ……じゃあ今また、私を捨てるかどうか、って選択を迫られたらどうします？　やっぱり捨てちゃいますか？」

「んなわけあるかっ！　そうさせねえために、あたしはこの八年間で強くなったんだ！」

「なら、何も問題ないですね」

きっぱり断言してから、有無を言わさぬウインク。そしてイズリルの耳元へ唇を寄せると、こそっと囁いた。

「――ありがと、〝お母さん〟」

「あ、あうぅ……」

言葉に窮したイズリルは、おもむろに竹串へ手を伸ばす。そして猛烈な勢いで超大盛りのわたあめを作ったかと思うと、顔を隠すようにしてかぶりついた。

「……へ、へん、なんだよ、この菓子。ちょっとしょっぱいぜ！」

イズリルがどんな表情をしているか、わたあめの陰で見えやしない。けれど真っ赤になった耳がぴょこんと出ているのを見て、カナンはまた愛おしげに笑うのだった。

「じゃ、じゃあよ、あたしは見回りがあるからよ、もう行くからなっ！」

「ふふ、また来てくださいね」

鼻声になりながらなお強がる母親の背を、カナンはにっこりと見送る。

それから店番に戻りかけたところで、またしても意外な来客が訪れた。

「――やっているようだな、カナン」

耳元で小さく囁かれたのは、ハスキーな女の声。

それを聞いた途端、カナンは嬉しそうな歓声を上げた。

「あっ、ノア！　来てくれたんだ！」

「ああ、明日の下見ついでに、な」

そう言って、ノアはちらりと広場の中央へ視線を向ける。

鋭利な一本の槍の如く、天を突き穿つ巨大な時計塔。明日の今頃はその頂上で王と対峙し、全国民に世界の真実を知らしめているはず。文字通り世界を根本から覆すほどの革命を起こすのだ。……けれど、感慨深げなノアとは対照的に、カナンの方は今そんなことを考える気はなかったらしい。

「うんうん、そうだよね、ノアちゃん甘いもの大好きだもんね！」

「……おい、聞いていたか？　私は下見に来ただけだと……」

「ほうら、わたあめだよ！　ふわふわで甘々なんだよ！　食べるでしょ？」

「ふわふわ……甘々……ごくり」

と、ノアはあっさり誘惑されそうになるが、どうにか理性を取り戻して首を振る。

「ふ、ふん！　子供ではあるまいし、そんなものいらん！」

「えー⁉　そんなあ……」

しょんぼりと唇を尖らせたカナンは、仕方がないので奥の手を使うことにした。

「……私、ノアちゃんに食べてほしいなぁ？」

「うぅ……」

愛らしい上目遣いで軽くおねだり。……たったそれだけで、ノアはころりと堕ちた。

「ま、まあ一応な、これも一つのシミュレーションであるからして……」

何やら言い訳を重ねつつ、ノアは渡された綿菓子を一口。その瞬間——

「んん～！　ふわあまだぁ！」

ノアの顔が太陽のようにぱぁっと輝く。

童女さながらのリアクションに、カナンもにこにこだ。

「ハッ……こほん、とにかく、あまり遅くなるなよ！　八時までには帰って来い！」

「ふふ、はーい、そうしまーす」

我に返ったノアは、どうにか厳しい表情を取り繕って去っていく。だがわたあめ片手に歩くその足取りは、今にもスキップを始めそうなほどに軽やかだった。

「うふふ……やっぱりノアちゃんは可愛いなあ」

うきうきな親友の背中をにんまりと見送って、再び店番へと戻るカナン。

しかし、二度あることは三度ある。

一息つきかけたカナンの前に、またしても予期せぬ来訪者が現れた。

「──こんばんは、カナン」

穏やかな声に釣られて目線を上げれば、立っていたのはフードで顔を隠した女性。だが、声だけでわかる。それは紛れもなく聖十字教を統べる若き司教長だ。

「ま、マルアム様⁉」

「しー、今日はお忍びですので」

フードを外したマルアムは、そっと唇に指を当てる。

信仰心に篤い国民たちにとっては、司教長など一種のアイドルと同義。見つかればちょっとした騒ぎになるのは目に見えている。カナンは声を潜めて尋ねた。

「一体どうしてこちらに？」

「そうですね……私も伝承にあやかろうかと思いまして。もっとも、私は孤児院の出なので、会いたいのは祖先の霊ではありませんけどね」

それからマルアムは、どこか寂しげに呟く。

「……まあ、今となっては生きているのか死んでいるのかも定かではない人ですが……」

それがヨシュアのことを指しているのだと、カナンにはすぐわかった。だがカナンは何も言わない。自分には自分だけの父と過ごした時間があるように、マルアムにはマルアムだけのヨシュアと過ごした時間があるのだろう。

そうして過去に思いを馳せていたマルアムは、おもむろに口を開いた。

「……カナン、あなたにずっとお伺いしたいと思っていたことがあります」

「なんですか？　私でよければなんでも聞いてください！」

快くそう答えると、マルアムはひどくためらいがちに問う。

「その……神を持たぬというのは、どんな気持ちですか？」

「え……？」

「人は誰しも、子供の頃に些細な悪戯によって軽い異形化を負うものです。そこで初めて、自分を見守る神の存在をその身で感じるのです。けれど、あなたにはそれがない。大いなる神の存在を感じることができない。それは、それはとても……孤独、ではないですか？」

問いかけるマルアムの頬にはいつもの微笑がない。というよりも、表情そのものが消え失せてしまっている。

カナンには質問の意図が理解できなかったが、だからこそありのままに答えた。

「んーっと、そうでもないですよ。確かに私には神様はいないのかもしれませんが……その代わり、子供たちも、イズリルさんも、マリア先生もいます。それからノアに、お父さんだって、思い出の中にいるんです。寂しいなんて思ったことありません。……それに、マルアム様だっていてくれますよね？」

カナンはそう言って微笑む。

けれどマルアムがその笑顔に応えることはなく、ただ僅かに俯くだけだった。

「……あなたとなら、わかり合えると思ったのですが」

「え……？　すみません、聞こえませんでした。何か言いました？」

「……いいえ。隣人を慈しむ……素晴らしいことですね、カナン」

再び顔を上げたマルアムの表情は、いつも通りの慈愛に満ちた笑顔。

カナンもにっこりとそれに応えた。

「えへへ、ありがとうございます！　……あっ、そうだ！　マルアム様もわたあめ、いかがですか？　とってもおいしいんですよ！」

しかしマルアムは、差し出された綿菓子を受け取ろうとはしなかった。

「……すみません、それはまたの機会にいただきますね」

そうして去っていく司教長の背中を、カナンは不思議な気持ちで見送っていた。

教会で見るマルアムはいつだって威厳に溢れている。だがこうして修道服を脱いだ彼女からは、存在感というものをまるで感じない。亡霊のように揺れる女の背中は、いつしか人波の合間に消えていった。

――そしてまた、次の客が訪れる。

（寒くなってきたなあ……）

店番に戻ったカナンは、ぶるりと体を震わせた。明日には本格的に天気が崩れるだろう。夜が深まるにつれて大気は徐々に冷たい湿気を帯び、心なしか風も出てきた。

カナンはそっと、自分の荷物から黒い外套を取り出した。数少ない父の形見であるそれは、いつでも不思議と温かい。こうして纏うたびに父のぬくもりを思い出すのは、カナンだけの小さな秘密だ。

そんな折、新しい客がやって来た。

「――あの、わたあめを一つ」

今度の客は顔も知らないごく普通の男。年齢としては二十代後半ぐらいだろう。

今の父も、これぐらいの歳なのだろうか。

束の間、そんなくだらないことを考えていたカナンは、向こうもこちらを見つめていることに気がついた。

「あの……どうかしましたか？」

わたあめを用意しながら尋ねると、男は我に返ったように謝罪する。

「ああ、いえ、すみません。じろじろ見てしまって。……その、あなたの着ている外套に見覚えがあったもので、つい」

それはいつかの刑事たちと同じ反応。カナンはもしやと思って尋ねた。

「父の……ヨシュアの、ご友人ですか？」

だが、返って来た反応はひどく曖昧だった。

「友人……ではないでしょうね。彼はきっと、私の名前も知りません。ですが、私にとってはかけがえのない恩人です。命を救っていただきましたから。……私も昔は活動家だったんですよ。といっても、何も知らない馬鹿な子供でしたけどね」

男はそう言って中途半端な笑みを浮かべる。

「彼に言われた通り、私は街を出ました。それから妻と結ばれ、子供が産まれた。世界よりも大切なものが、幾つもできてしまった。……私はもう、あの頃のように戦うことはできないでしょう」

だとしたらなぜ、今この王都にいるのだろう？

カナンの抱いた疑問を察したかのように、名もなき男は答える。

「ここに戻ってきたのは、見届けるためです。今、王都は変わろうとしている。何か大きなことが起きようとしている。誰もがそれを感じています。末端とはいえ、私もその流れに関わった一人。だから、見届けなければならないんです」

それから少し照れ臭そうに肩をすくめた。

「つまりは、まあ、ただの傍観者ですね」

見届けねばならぬ、という使命感にも似た意志がどこから湧いてくるのか、恐らく本人にもわかってはいないのだろう。だがそれでも、時代の流れに翻弄されるだけの無力な〝その他大勢〟の一人として、男はそっと付け加えた。

「――決して忘れないでください。僕らはいつもあなたたちを見ています」

雑踏に飲み込まれていく男の背中。その手に握られたわたあめを眺めながら、カナンは思う。

あのわたあめを、彼は食べてくれるだろうか。

食べてくれたらいいな、とカナンは願う。あの甘さにはきっと、この世の怖いものをみんな消してしまう力があるから。

洗礼祭前夜。それは死者が帰って来る不思議な夜。果たして王都に住む名もなき人々は、会いたかった人に会えたのだろうか。

賑やかな騒ぎ声と共にマリアと子供たちが戻って来た。と同時に、客足もぞくぞくと増え始める。

狭間の時間はもう終わり。カナンは忙しく応対を始めた。

第二章　――共犯者たち――

前夜祭の夜も更け、日付が変わろうとしている頃。カナンは一人、東の無人街を歩いていた。子供たちを孤児院まで送った後、革命軍の技術者へわたあめ製造機を返却しに寄った帰り道だ。

(明日は雨かなあ……)

帰路を急ぎながらも、カナンはふと天を仰ぐ。黒雲に覆われた夜空に、星の光など一つもない。……けれど、幼少期から暗闇に慣れているカナンに恐怖はなかった。むしろ、脳裏に浮かぶのは温かな記憶。――そういえば、父と初めて出会ったのも洗礼祭の夜だったっけ。

幸福な思い出にふっと頰をほころばせていた折……見上げる視界の端で何かが蠢いた。

(コウモリ？　ヨタカかな？)

それにしてはいやに大きな羽音だ。カナンはきょろきょろと辺りを見回す。

すると、道端に蹲る小さな影を見つけた。

「どうしたの、僕？　迷子かな？」

ぶかぶかのボロ衣で全身を覆った人影。恐らくは孤児だろう。カナンはそっと屈み込む。

「帰るところがないなら、お姉ちゃんと一緒に来る？」

返答はないが、小刻みに震えている。死んでいるというわけではないはずだ。

「ここ、少し寒いよね。うちならごはんもあるし、お布団だってふかふかのが――」

と、カナンはフードの下を覗き込む。怯える子供が相手ならまず目を見て話すことが大事。カナンはちゃんと知っている。……だが、ボロ布の下から見つめ返してきた目は、真っ赤に血走った獣の眼だった。――孤児などではない、イヴリースだ。

そして無防備なカナンの首筋に、鋭い鉤爪が振るわれて――

「おっとっと……良かった、元気そうね」

突如見舞われた不意の一撃。にもかかわらず易々とかわしたカナンは、むしろ安堵したように微笑んだ。

「大丈夫、落ち着いて。私はあなたの敵じゃない。何も怖くないからね」

暴れ狂う異形に向けて、カナンは優しく呼びかける。たとえ人間の部分が見当たらないほど重篤なイヴリースだとしても、その内面まではわからない。カナンは僅かな可能性に賭けたのだ。――けれど、その声はついぞ届かなかった。

（ああ……この子、もう完全に……）

何度対話を試みようと、返って来るのは唸り声と鉤爪のみ。獣性の虜となったソレに、もはや人間の言葉は通じない。

殺意に満ちた攻撃をかわしながら、カナンは悲しげに呟いた。

「……ごめんね。私に力がなくて」

瞬間、カナンの体がふわりと宙へ浮いた。——いつの間に仕掛けたのか、袖口から伸びたワイヤーが屋根の煙突に絡みついている。

無力な自分にできるのは、せめて罪を重ねさせないよう逃げることだけ……

けれど、この数奇な夜はまだ終わりではなかった。

屋根に逃げたカナンを待ち受ける、二つの歪な影。どちらも完全なイヴリースである。

そこでようやくカナンは気づいた。——これは計画された襲撃だ。

「あなたたち、一体——?!」

問答無用で迫り来る獣の爪。その合間を縫って、カナンはひらりと跳躍した。そして二体が上方に気を取られた瞬間、足元に仕掛けられていたワイヤーが唸りを上げる。……カナンが着地した時にはもう、聖銀ワイヤーに絡め取られた獣たちは身動き一つできなくなっていた。

「ごめんなさい……今はこうするしかないの……」

息をのむほどの鮮やかな腕前。それを誇ろうともせず、カナンはただ悲しそうに顔を伏せる。……けれど、その美技に魅せられた第三者が、そこにはいた。

「——ん〜〜〜ブラッボー!!!」

頭上から降りかかる奇声。思わず天を見上げると、そこには蝙蝠に似た巨大なイヴリースが羽ばたいている。——希少種とされる飛行型イヴリースだ。

そして声の主は、その背中に乗っていた。

「すんばらしいわ、お嬢ちゃん。二体同時に、それも無傷で捕らえるなんて。アタシの〝サーカス団〟にスカウトしたいぐらいよん！」

不気味な厚化粧に、奇抜な服装。蝙蝠型イヴリースの手綱を握る小男は、上空から惜しみない喝采を送る。悪趣味な格好と気色悪い口調が相まって見るもおぞましい相貌だ。……だがカナンには見た目など関係ない。道化師じみた奇怪な男へ、カナンは素直に尋ねた。

「えーっと……どちら様ですか？」

「あら、アタシとしたことが。自己紹介がまだだったわね。うっかりしてたわあ！」

とおどけてみせるや否や、小男は大仰に名乗りを上げる。

「アタシはポティパ。パロールサーカス団を率いる団長よ！　親しみを込めて〝ポティパ団長〟って呼んでちょ～だい」

そうしてポティパと名乗る小男は、思い出したかのように付け加えた。

「ああ、ちなみにアタシのお仕事は……あなたみたいなプリティーな女の子を売りさばくことなのよね。だから……ちょーっとおとなしくしてて頂戴ね！」

その言葉を合図に、辺り一帯そこらじゅうからイヴリースが姿を現した。

三つの頭をうねらせるヒドラ型、サーベルのような牙を誇る獅子型、大木ほどの巨腕を振り回す猿人型……いずれも完全な異形化を果たした危険種だ。どうやらポティパは獣化したイヴリースたちを完璧に手なずけているらしい。その姿はまさしく猛獣使いそのもの。

カナンは悲しげな眼でイヴリースたちを一瞥すると……即座に踵を返した。

「あーら、いきなり逃げるわけ？　まっ、いいけど。鬼ごっこは嫌いじゃないしね～！」

そこから長い長い逃走劇が幕を開けた。

舞台は無人の廃墟街。誰に助けを求めることもできず、カナンはたった一人で逃げ回る。襲い来る鉤爪をかわし、時にはワイヤーで動きを封じながら、ひたすらに敵のいない方へ。けれど、それはあまりに無謀な抵抗だった。相手は圧倒的身体能力を誇る数十体ものイヴリース。その集団がポティパの命令の下、組織的に追跡してくるのだ。カナンの体力が尽きるのは時間の問題だった。

「――いやー、ほんと器用ね、お嬢ちゃん。一応そこそこのメンツ揃えてきたつもりだったんだけど～、こんなに手間取るとはね～」

戦闘開始からおよそ四半時。相変わらず不気味な顔にニヤニヤ笑いを張りつけたまま、ポティパは独り言のように呟く。その下方では、また一匹、ワイヤーによってイヴリースを拘束したカナンの姿が。その体には細かい傷が無数に刻まれ、息はすっかり上がっている。限界が近いのは誰の目にも明らかだった。

「っていうか、本気で戦ってれば全部倒せてると思うんだけどねえ。わかってんでしょ？　そんな足止め意味ないってさ」

聖銀ワイヤーは確かに有効な対イヴリース用の武器だ。だが、それはあくまで一対一での話。これほどの数が相手となれば、一度拘束したところで後続の個体がすぐに切ってしまう。これではっきり言って何の意味もない。

……しかし、それがわかっていてなお、カナンの答えは一つだった。

「……人を傷つけるのは嫌。そんなことするぐらいなら、死んだ方がましよ」

カナンは毅然として言い放つ。

彼女は単なる戦術の一つとしてワイヤー術を学んだのではない。好きだったのだ。かつて父が扱った戦闘技術の中で、唯一他者を傷つけないためのこの道具が。だから、たとえ無意味と詰られようとカナンはワイヤーを手放すつもりはなかった。この細い糸の先はいつだって父とつながっている気がするから。

そんな少女を、ポティパはただ嘲るように笑った。

「ふぅん、こいつらをまだ人間扱いするのねえ、ご立派ご立派！　殊勝すぎて涙が出ちゃいそうだわん！　……でも、それって周りにとっちゃあいい迷惑かもしれないわねえ？」

「ど、どういう意味……?!」

意味深な物言いに、思わず問い返してしまうカナン。

その反応を待っていたかのように、ポティパは意地悪く口角を上げる。

「あんれ～？　そんなようなこと、誰かに言われたことない？　あら～、それは随分とみんなに愛されてたのね～、羨ましいわ～」

「だ、だから、なにが言いたいのかって……！」

カナンの焦燥を存分に楽しんでから、ポティパはもったいぶるように告げた。

「つーまーりー、あんたが他人を傷つけなくたって、結局他の誰かが代わりをするって言ってんの。お嬢ちゃんがやってるのは単なる自己満足。自分以外の誰かに手を汚させて、自分は聖女ぶってるだけってこと。おわかり？」

「そんなこと——」

「ない？　本当に？　自分のお胸に手を当ててよーく思い出してみなさいよ。お嬢ちゃんのために犠牲になった誰か。——心当たり、あるんじゃないの？」

カナンの心臓がドキリと脈打った。

「ち、違う……お父さんは……」

自分を拾ったばかりに革命軍の思惑に巻き込まれ、殺人鬼として歴史の闇に消えた父。どんな経緯であの凶行に至ったかは未だ謎だが、それが愛情ゆえの選択だと信じてはいる。一度たりとも疑ったことはない。……けれどももし、本心から望んでのことではなかったとしたら。そして同じことを、自分が今また周りに強いているのだとしたら……

「わ、私は……」

動揺したカナンはふらふらと後ずさる。……その瞬間、突如背後に冷たい気配が現れた。

「っ——!?」

振り返ったカナンが目にしたのは、壁と半分同化したイヴリース。カメレオンのようなその眼がカナンを捉えるや否や、重い瘤のついた尻尾が空を裂いて飛んできた。

（壁に擬態を——?!）

驚愕を押し込めて、カナンは咄嗟に身をかわす。だが思考に集中していた分、回避も間に合わなかった。

パキン——と鳴り響く不快な金属音。

カナンの右腕をかすめた尻尾の一撃は、腕に装着していたワイヤーの射出機を粉々に打ち砕いたのだ。

「くっ……！」

カナンは再び逃走に舞い戻る。けれどワイヤーという移動手段を失ったカナンに、もはや逃げ道など残されてはいない。——数分と経たぬうちにカナンは狭い袋小路へと追い詰められていた。

「あら～、とうとうどんづまりにはまっちゃったみたいね～」

勝利を確信したのか、ポティパは今日一番の笑顔でカナンを見下ろす。

そして蝙蝠型イヴリースに命じると、ひょいっと地上へ降り立った。

「よっこらしょっと……さて、お嬢ちゃん？　絶体絶命なわけだけど～……これでもまだ『傷つけたくな～い』なんて甘っちょろいこと言うのかしらん？」

カナンは微かに唇を噛む。

確かに追い詰められはした。……が、実のところ、打開するのは簡単だった。腰に備えたナイフを引き抜き、全員まとめて切り払ってしまえばそれで終わり。まともに戦えば容易く倒せる相手であることは、先の逃走劇から十分わかっている。そう、こんな窮地を抜け出すなど、その気になれば容易いことなのだ。

しかし──

「──やっぱり、できないよ……」

イヴリースは人間ではない──誰もが当然のようにそう語る。事実、完全に異形と化したイヴリースに理性などなく、ゆえに彼らの言葉は正しいのだろう。

だけど、人でないから傷つけて良いなどと誰が決めたのか。イヴリースにだって、かつては家族がいたはず。守りたいものがあったはず。誰かの大切な人であったはず。たとえ今は獣に堕ちたとしても、その事実はあまりに尊い。

──ナイフに伸ばしかけた手を、カナンはゆっくりと降ろした。

「ふうん、そう。それがあんたの結論なのね」

戦意を失ったカナンを見て、ポティパはがっかりしたような顔になる。

「じゃ、まあ頑張んなさい。辺境の村で、慰み者のアイドルとして」

刻々と迫ってくるポティパの靴音。

カナンは顔を伏せたまま、抵抗しようとはしない。

だが、少女の肩にその手がかかる間際、背後で見張りをしていたイヴリースが悲鳴を上げた。

「ああん？　一体何事ぉ⁈」

振り返ったポティパが目にしたのは、見張り役を蹴散らしながら進む四体の屈強なイヴリース兵。そして兵士たちを率い、美しい黒髪を揺らして闊歩するその女は、カナンが誰よりも良く知る人物だった。

「――だからいつも言っているのだ。門限は守れ、と」

「の、ノア……！」

怒りの形相を浮かべて現れた少女。その懐から抜き放たれたのは、聖銀より造られし二振りの半月刀。月光を浴びて舌なめずりするその凶器を携えて、ノアは一切の迷いなく路地を駆け始めた。

「チッ、あんた、一体何なのよぉ!!!」

予期せぬ乱入者を目の当たりにし、ポティパは焦ったように鞭を振るう。命令に従って立ちはだかるは、十数体ものイヴリース。しかし、ノアの速度は微塵も緩まない。そよぐように薙ぎ払い、流れるように切り伏せる。清浄な水流の如き剣技を前に、カナンは思わず見とれてしまう。――そして気づけば、残っているのはポティパただ一人になっていた。

「次はお前だ。カナンに手を出したこと、地獄の底で後悔させてやる」

背後にはカナン、前方には怒気に満ちたノア。さらにその向こうには四体のイヴリース兵。もはやポティパに逃げ場などない。完全な形勢逆転だ。

けれど、窮地に立たされてなおポティパは不敵な笑みを崩さなかった。

「んん～、かっくい～！　ヒロインのピンチにナイト様登場ってやつね！　アタシ、そういうベタな展開嫌いじゃないわよん？　……でもいいのかしら？　これでもアタシは百パーセント、まじりっけなしの人間なのよね～。この意味、おわかり～？」

その言葉を聞いた瞬間、ノアの足がぴたりと止まった。

「……なるほど、お前は吐き気を催すほど醜悪だが、確かに体だけは人間のようだ」

「うふふ、そうそう、そういうこと。頭の良いお嬢ちゃんで良かったわ～。……ってことで、ね、見逃して？　そうすれば、アタシは今まで通り商売ができて、あんたたちも今まで通りキレイな体でいちゃいちゃできる。これでウィンウィンでしょ？」

ノアのためらいを見抜くなり、ポティパはさらに畳みかける。既に色よい返答を確信しているのだろう。浮かんでいるのは余裕の表情だ。

けれど、返って来たのは予想外の答えだった。

「魅力的な提案だが……その気はない」

「……は？　あ、あんた何言って……?!　わかってんの⁉　アタシは人間！　アタシに手を出せばあんたが異形化すんのよ！」

「わかっているさ。〝私がやれば〟、な」

にやりと唇の端を持ち上げたノアは、ポティパを通り越してその後ろの人物に言った。

「──やれ、カナン」

「え……？」

「こいつは危険だ。ただの人攫いならいいが、王族から差し向けられた刺客かもしれん。どちらにせよ、ここで殺しておくべきだ」

「こ、殺すだなんて、そんな……」

「これも明るい未来のために必要な犠牲だ。それに……お前なら、問題ないだろう？」

カナンは〝悪魔の子〟。たとえポティパが純粋な人間だとしても異形化することはない。けれど……

「で、できないよ……どんな人でも、やっぱり傷つけられない……」

無二の親友の言葉に対し、それでもカナンは同じ答えを繰り返す。

そして頑なまでの少女の憐憫は……誰よりもポティパを喜ばせた。

「ほんと、お嬢ちゃんって優しい子ね！　……そういう子、だーいすきよん!!!」

凄絶に笑うなり、ポティパは踵を返してカナンに襲い掛かる。カナンさえ人質に取ることができれば、再び優位に立てると判断したのだろう。

だが、そんな浅慮を許すノアではなかった。

闇夜を引き裂いて短剣が唸る。寸刻の間断もなく投じられた鋭利な牙は、今まさに少女を捕らえようとしていたポティパの右肩を穿った。

「は――あ？」

自分の体に突き刺さった白刃。ポティパは束の間、わけがわからないという様子で短剣を見つめ……それから大きく絶叫した。

「いったぁあああああ!!!　いだいいだいいだいいだいいだい!!!　クソッタレェ！　こいつマジでやりやがったチクショーがァ!!!」

口汚い罵りを吐きながら、ポティパは激痛にのたうち回る。――だがそれは、彼だけではなかった。

「——う、くっ……」

苦痛に顔を歪め蹲るノア。

明確な敵意を持った傷害罪——因子が作動しないはずがない。少女の顔の右半面が、みるみるうちに醜い異形と化していく。

己の肉体が歪み捻じれる感覚。それは、想像を絶する苦痛だった。

「ノア——!!!」

カナンは思わず親友の元へ駆け寄る。

そんな少女の足首を掴み止めたのは、地べたを這いずるポティパの手。

「——へ、へへ、ほうら、言った通りでしょ？　あんたがやらなければ、他の誰かが代わりにやるって……！」

肩の傷が効いているのか、手にはほとんど力が入っていない。けれど、その表情だけはなお嬉々として笑っていた。

「——これがあんたのしてきた現実よ！」

告げられる悪魔の囁き。

動揺するカナンの隙をついて、ポティパは大きく叫ぶ。

「てっしゅ———う!!!」

その声に反応し、既に回復していた蝙蝠型イヴリースがポティパを掴んだ。そしてあっという間に闇夜へと飛び去って行く。だがもはやそんなことはどうでもいい。カナンは脇目もふらずにノアへと駆け寄った。

「ノア、ノア！　大丈夫⁉」

「……ああ、問題ない」

顔を押さえて蹲ったまま、ノアは心配するカナンを制止する。

「……それよりも、お前は平気か？」

「う、うん、うん！　私は大丈夫だから！」

すっかり狼狽しきったカナンは、どうしていいかわからずただぎゅっとノアに抱き着くばかり。まるで幼い子供に戻ってしまったかのようだ。

そんな少女の頭を撫でながら、ノアは耳元で囁く。

「それならばいい。……だが、もしも次があったら――」

けれどその先を言いかけたところで、ノアは思わず言葉を切った。

「ごめんね……私のせいで……ごめんね、ごめんね……」

カナンの美しい瞳から零れる大粒の涙。

異形化したノアの頬に自分の頬を擂り寄せ、少女はぽろぽろと泣いていた。まるで泣き方を忘れた親友の代わりをするかのように、ノアの頬をカナンの涙が伝い落ちる。その優しい熱を感じた瞬間、不自然なほど冷静だったはずのノアが、初めて動揺を見せた。

「わ、私は大丈夫だ、離れろ」

「待って、でも……」

「いいから！」

強引にカナンを押しのけて立ち上がると、ノアは視線を逸らしながら告げる。

「……奴の配下がまだ潜伏しているかもしれん。念のため私は周囲を探索していく。お前は護衛たちと一緒にすぐに帰れ」

「それなら私も……！」

「いや、一人で十分だ。……お前は帰って休んでおけ。明日は大事な決戦なのだからな」

「……うん……」

有無を言わさぬ命令を前に、憔悴したカナンが抗えるはずもない。四体のイヴリース兵に伴われた少女は、覚束ない足取りで遠ざかっていく。

その背中を見送ってから、ノアは独り路地裏へと足を踏み入れた。だが敵の残党を捜そうとはせず、むしろ何かを待っている様子。……そして彼女が求めていた〝何か〟は、気味の悪い女声と共にやって来た。

「――やっほー、数分ぶりね～、革命軍のナイト様～」

暗がりから現れたのは、つい先ほど撃退したはずのポティパ。負傷した肩には痛々しく包帯が巻かれているが、ノアに対する敵意は微塵も感じられない。

そしてノアもまた、この不気味な小男の再登場に驚きはなかった。

「時間通りだな。……傷は大丈夫か？」

「あ～ら、心配してくれるのん？　へーきよこんなの。それよりもあんたの顔の方が心配だわぁ。それ、戻るまでに三年はかかるわよ？　お年頃だってのに、かあいそうねえ」

「ふん、心にもないことを。興味があるのはこれだけだろう。……ほら、約束の金だ」

と言いながら、ノアは懐から取り出した巾着袋を投げ渡した。

「あーい、まいどありがとん！　革命軍とはそこそこ長い付き合いだけど、あんたら親子って金払いがいいからだあ～いすきよ！」

袋に詰まっていたのは大量の金貨。一般市民では一生かかっても目にすることのできない大金だ。

その枚数を上機嫌で数えながら、ポティパはぺちゃくちゃといらぬ口を動かす。

「しっかしあんた、本当に酔狂なことしたものね。言われた通り演技はしたけどさぁ、あれ、なんか意味あんの？　あのお嬢ちゃん結構がっつりショック受けてたみたいだけど？」

「ああ、あれでいい。計画遂行に必要な手順なのだ。……そう、すべては革命のために。父の遺志を継ぐことこそ、私の使命だ」

「なーるほど。よくわかんないけど、お父さんのためにってことね。ファザコンもここまでくると大したもんだわ」

興味なさげに肩をすくめたポティパは、それからぼそりと呟いた。

「まっ、アタシに言わせりゃ、あんたら親子って全然似てないけどね」

「なんだと⁈」

その言葉を聞いた瞬間、ノアが血相を変えて食って掛かる。

「そんなはずはない！　私は父の教えを余さず受け継いだ！　知識、目的、計画、思考、すべてをだ！」

「あらぁ、そうかしら？　何が目的かは知らないけど、作戦はうまくいったんでしょ？　——少なくともあんたの父親なら、成功した時そんな顔はしなかったけどね」

「なに……？」

ノアは思わず自分の頬に手を伸ばす。

半分だけ異形化したその顔は、達成感とは程遠い悔悟の苦悶(くもん)で塗り潰されていた。

「ば、馬鹿を言うな！　私はあいつのことなんかどうでもいい！　すべては革命のために——」

「あー、はいはい。あんたがそう思うんならそれでいいんじゃない？　アタシ的には～、思春期少女の葛藤（笑）とか心底どうでもいいから。つっかかんないでよね」

否定しようと詰め寄って来たノアを、ポティパは面倒くさそうにあしらう。それからくるりと踵を返して笑った。

「ウフフフ、あんたも言ってた通りよ。アタシが興味あるのはお金だけ。革命とやらで世界が変わろうが変わるまいが、これだけは絶対にアタシを裏切らない。……あんたにも見つかればいいわね、そういうもの。それじゃあ、バイバ～イ！」

そうしてポティパは去っていく。

怒りの矛先を失ったノアは、吐露しきれない胸の靄を抱えながら、誰もいない虚空に向かって独り呟いた。

「――私が後悔しているとでも？　……そんなはずない！　そうさ、明日になればわかる！　すべてが終わる、明日になれば――！」

――……。

……。

前夜祭最終日から一夜明けた朝――《裸王の洗礼祭》当日は生憎の曇り空だった。

重く頭をもたげた黒雲が王都全体に影を落とし、道行く人々の表情もどこか暗い。

そんな王都の地下深く。東刑務所の最下層には、天気とは対照的な明るい声が響いていた。

「――それでね、次はリナちゃんが挑戦したんだけどね、やっぱり全部当たりでね――」

「……うん」

「――店主さんもびっくりしちゃって、それで次はマリア先生がやることになって――」

「……うん」

楽しげに口を動かす少女と、遠慮がちに相槌を打つ異形。少し異常な、いつもの光景。

けれど、この日は何かが違った。

「──そしたら今度は全部はずれで、またまた店主さんもびっくりしちゃって──」

「……カナン君」

「──それで……え？　何か言った？」

不意に少女の話を遮るカイン。そんなことは今まで一度もなかったこと。戸惑うカナンに向けて、異形は囁くように問うた。

「……何か、あったのかい？」

「ど、どうしてそんなこと聞くの？」

「ボクには……キミが無理しているように見える」

「そ、そんな、私は、無理なんて……」

と、カナンは慌てて笑顔を繕おうとする。けれど少女の頬に浮かんだのは、微笑に似た別の何かだけ。今まで自分がどうやって笑っていたのか、カナンにはもう思い出せない。

偽りの笑顔を諦めた少女は、ただ悲しげに頷いた。

「私、友達を傷つけちゃったの……すごくすごく大切な人なのに……私のせいで……」

こうして違う場所にいても、少女の眼前に映るのは昨夜の光景。網膜に張り付いて離れない大罪が、彼女の心を片時たりとも休ませない。

そんな少女の苦悩を前にして、カインはかける言葉を見つけられずにいた。

「カナン君……」

「えへへ、ごめんんね。格好悪いとこ見せちゃって」

「そ、そんなことは……」

なおも気丈に振る舞おうとするカナンは、ひょいっと腰を上げた。

「さてと、そろそろ行こっかな。……遅れたらまたノアに怒られちゃうし」

明るく語る少女の行く先を、カインはすべて知っている。

時計塔での革命のこと。王族との決戦のこと。そして、弱り切った少女にとって、それが過酷すぎる戦いになるであろうことも。

だからカインは、一つの提案をした。

「この空気の匂い、午後からはきっと嵐だ。……ねえ、カナン君、ずっとここに居てもいいんだよ？　――ここなら、どんな嵐もキミを傷つけない」

それが自分を思っての精一杯の提言だとわかったからこそ、カナンは微笑んで首を振る。

「ふふ、ありがとう。……でも、ごめんね」

そしてカナンは背を向けて、いつかの続きを問うた。

「ねえ、カイン……お父さんは、私のためにあんな事件を起こしたんでしょう？」

唐突な問いかけのようでいて、それは彼女がずっと前から考えていたこと。本当はカインと出会うよりも昔から、うすうす気づいていたのだ。自分の存在が父を凶行へ駆り立てる引金となった事実に。昨夜のポティパの言葉は単なるきっかけにすぎない。そう、すべては自分のせいで――

「それは違うよ、キミのせいじゃない。ボクが真実を教えさえしなければ……」

「違うわ、カイン！　あなたのせいじゃない！」

互いに視線を交わしたカナンとカインは、それからすぐに黙り込んだ。

二人はどちらも同じ悔悟に囚われた者。そんな二人で慰め合うなど共犯者が互いを弁護し合うようなもの。なんの意味もない不毛の極み。愚かしいだけの空虚な行為だ。

「……ごめんよ、カナン君……ボクは怖いんだ……また、繰り返してしまうのが……」

カナンの知らない真実を、カインは幾つも知っている。だが彼女にそれを口にするだけの勇気はない。……そんなカインに、少女はそっと微笑みかけた。

「私も怖いわ。……だけど、だからこそ私が自分で変えなくちゃ。だって、この世界には神様なんていないんだもの」

カナンは毅然として立ちあがった。その姿はまさしく革命の乙女と呼ぶに相応しいもの。だがカインにはむしろ、少女の勇敢さは胸の傷を隠そうとする強がりに見えてしまう。

ゆえに、カインは迷った。これから口にしようとしている問いかけは、きっと少女を追い詰めてしまう。だがそれでもカインは問わずにはいられない。彼女はそのためだけに、異形に蝕まれてなお正気を失わずにいたのだから。

「――ねえ、カナン君、教えてはくれないか？」

カインの密やかな囁きが木霊する。

牢獄は無数の蛇のさえずりで満たされ、そして静謐が訪れた。

「この世に神がいないというのなら……人はどうやって罪を償えばいい？」

カナンははっとした。彼女だからこそわかる。それが眼前の罪人にとって最も大切な問いであることが。

だが、少女は答えを持ち合わせてはいなかった。なぜならカインの抱いた疑問は、カナンに課せられた命題でもあったのだから。

「そうね、私にもわからないわ。……でも、多分、人が人に許される以外にないいんじゃないかな？」

「……驚いたよ。キミもお父さんと同じことを――」

嬉しそうな、それでいて悲しそうな、蛇の表情はまるで読めない。本人でさえそれが求めていた答えなのかわからないらしい。……だが、彼女の落胆は早計だった。カナンの言葉には続きがあったのだ。

「――けどね、大事なのは正しい答えじゃなくて、自分で考えることじゃないかな」

「じ、自分で……考える……？」

「うん。どうしたらいいか自分で考えることが大事……なのかも。私も、あなたもね」

傷を抱えた少女は自信なさげに頷く。彼女もまだ迷っているのだ。そしてそれはカインも同じこと。

途方に暮れたように黙した二人を、時は無情に引き裂いた。

「……あっ、時間……じゃあ、今度こそ、もう行くね」

いつもの「またね」の言葉もなく、カナンはただ振り向き際にぎこちない笑顔を見せるだけ。

そんな少女の背中がいつか別れた青年と重なった時、カインは自分でも意識しないままに叫んでいた。

「──カナン君！　その言葉、キミも忘れないで──！」

蛇の声を背中に受けながら、カナンは静かに扉を閉ざす。

空虚な回廊を抜け、狭い地下道を通り、その先に穿たれた坑道へ。そこに待っていたのは武装した革命軍兵と──冷たい仮面によって半分顔を隠したノア。右半面を欠いたその顔は、まるで別人のように見える。

「今日は時間通りじゃないか、カナン。──準備はいいな？」

「……うん」

目を伏せたまま、カナンは頷いた。

その逡巡(しゅんじゅん)に気づかないからか……いや、気づいているからこそ、ノアは不敵に微笑む。

「ふふ、それでいい。ならばゆくぞ。世界を変革しに、な」

第三章　――愛しき邂逅――

「――総員、止まれ」

暗い地下道にノアの指示が響いた。と同時に、彼女の後ろを行軍していた百余人の兵士たちが一斉に足を止める。到着したその場所は、円形にくり貫かれた広場のような地下空間。天井の中央には狭い縦穴が穿たれ、上へと続く梯子がかけられている。――そう、ここが彼らの目標地点。時計塔の真下に掘られた空洞だ。

「予定通り、我々はここで機を待つ。各自、指示があるまで体を休めろ」

時計を確認しながらノアが命ずる。今はまだ午前。裸王の儀式が開始されるまで数時間はある。休息も大切な戦いのうちだ。……もっとも、世界の命運を担う一大決戦を前にして気を抜くことのできる者など誰一人としていなかったが。

そんな緊迫した空気の中、ノアは壁際に座り込んだ少女へ歩み寄った。

「疲れてはいないか、カナン？」

「うん……私は大丈夫だけど……」

と答える少女の視線は、無意識にノアの仮面をなぞる。

親友の柔肌に刻んでしまった罪。それが自分のせいだとわかるだけに、カナンの胸はどうしようもなく罪悪感に痛んだ。

「はあ……まったく、何度も言っているだろう。そんな顔をするな。異形化のことなど気にする必要はない。さあ、お前も休んでおけ」

ノアは優しく微笑んでから、人員や装備の点検のために立ち去った。カナンもまた、赦されれば赦されるほどに痛む心を抱えたまま腰を下ろす。

……だが世界は、束の間の小休止さえ与えてはくれなかった。

「――の、ノア様！　伝令です！」

ようやく各員が腰を落ち着け始めた頃、一人の伝令兵が息せき切って転がり込んで来た。郊外の入り口からここまで全速で走って来たらしく、文字通り血相が変わっている。

「……何事だ」

ノアが進み出ると、伝令は息を整えるのもそこそこに告げた。

「さ、先ほど広場で告知が！　午後からの嵐を避けるため、洗礼祭の予定が繰り上げられました！　裸王の儀式は午前――これから間もなく行われるとのことです！」

兵たちの間をさざ波のように動揺が駆けていく。作戦開始前から生じた思わぬ誤算。それも天候というままならぬ要因によっての不運は、大きく士気に影響を及ぼす。

……だがその中でなお、ノアは不敵に笑った。

「そうか……それは朗報だ」

明らかに状況にそぐわぬ喜びの言葉。無論、計画の遅延や前倒しは数ある想定の中の一つではあるが、決して望ましい展開ではないはず。だというのに、ノアの笑い声は心の底から響いていた。

「世界の真実を暴き、奴らを玉座から引きずり下ろす――私たちは今日まで、そのためだけに戦い続けてきた。ならば何を狼狽える必要がある？　我々はずっとこの時を待ち望んできたのだ、我らの悲願の瞬間が早まったというのなら、むしろ喜ばしいではないか！　そうだろう、お前たち？」

居並ぶ兵士たち一人一人を見回しながら、ノアはゆっくりと問う。兵たちの顔を支配していた不安と恐れはいつの間にか高揚に変わっていた。

人々の心を摑み、惹きつけ、意のままに操る圧倒的カリスマ。今や彼女を長として認めぬ者はいないだろう。

そしてノアは余裕たっぷりに命じた。

「――始めるぞ。用意しろ」

一切の迷いを捨て、規律正しく時計塔突入の準備にかかる兵士たち。確固たるリーダーの下、彼らは既にきつく束ねられた一つの意志となっている。……だが、唯一カナンだけは違った。

「ノア……その、今からって……」

「心配するな。計画には何の支障もない」

ノアはなだめるように諭す。けれど、カナンはぶんぶんと首を振った。

「ち、違うの！　そうじゃなくて、子供たちがまだ、広場に……」

混雑を避けるため、ナザリィ孤児院は毎年裸王の儀式が始まる午後には帰ることになっている。だが逆に言えば、それまでは広場にいるということ。……予定が前倒しになったのなら、今もまだ残っている可能性が高い。

「大丈夫だ、広場で戦闘を行う予定はない。何一つ問題ないさ」

「で、でも——」

「——それとも、今から知らせにでも行くか？　どちらにせよもう間に合わないぞ。いや、もし間に合ったとしても、不審な動きに気づかれればすべての計画が破綻する。そうなれば数千の同胞が捕らえられ拷問の末に殺されるだろう。……それでも行くか？」

ノアの言葉に鋭い棘が籠る。

顔も知らぬ全市民の未来と、見知った子供たちの安全。その二つを天秤にかけるなどできるはずがない。

答えに窮したカナンへ、ノアは一転して微笑みかけた。

「大丈夫。大丈夫だよカナン。私がいる。すべてうまくいくさ。子供たちが安心して生きられる未来を創るんだろう？」

「……うん……」

これじゃ駄目だ。何かが違う。

そう叫ぶ心から目を逸らしてカナンは頷く。

そして逡巡すらできぬまま、時は動き始めた。

「――ノア様。準備、すべて整いました」

二人の前に整然と並び立つのは完全装備の兵士たち。皆が強固な意志を鎧の如く纏っている。その顔立ちを見てしまえば、戸惑いを口に出すことなどできるはずもない。

沈黙したカナンに向けて、ノアは満足気に手を差し伸べた。

「カナン。皆がお前を待っているぞ」

「……うん」

そうして二人は時計塔へと続く梯子を登り始める。

時間にすれば僅か一分足らず。だが天井の穴を登るカナンは、不思議な変化を感じていた。

最初に消えたのは音。兵士たちの装備が立てる雑音が失せ、心音だけが残った。

次に消えたのは匂い。穴倉に籠った汗や土埃の匂いが遠ざかって、澄んだ空気の匂いだけが漂っていた。

そしてとうとう光さえ消えてしまいそうになった時、先頭を往くノアが止まった。時計塔の床石に突き当たったのだ。

呼吸を整える数秒。それからゆっくりと床石を押し上げ――向こう側で待ち構えていた光景に、カナンは思わず目を見張った。

規則正しく嚙み合う歯車、精緻に設計されたゼンマイ、美しく磨かれたテンプ……時計塔内部で蠢くのは、聖銀で形作られた巨大な時間の筆記者たち。空間そのものが理論と数式に彩られた洗練されし芸術品となっている。

科学と信仰――相反する両者によって構築されたその場所は、機械仕掛けの大聖堂のようだった。

「すごい……」

「ああ、ようやくここまでたどり着いた」

息をのむカナンの横で、ノアはただ一点を見つめていた。

彼女の視線の先にあるのは、床の中央から伸びる二つの螺旋階段。歯車や滑車の合間を縫って、互いに絡み合うようにして上へ上へと伸びている。

誰もが時計塔の威容に圧倒される中、ノアは静かに告げた。

「さあ、始めろ」

ノアの命令で我に返ったのか、一斉に動き出す兵士たち。邪魔が入らぬよう四方に面した四つの扉を内側から封鎖し、迅速にバリケードを築き上げる。すべて手筈通りだ。

そしてその傍ら、カナンとノアは螺旋階段へ足をかけた。

天高く続く二重螺旋を一歩一歩登っていく二人の少女。外を吹きすさぶ暴風の音も、今の二人には届かない。予定外の妨害など何一つなく、ただひたすらに足音が響くだけ。

――けれどその静謐が、むしろカナンを不安にさせた。

「ねえ、ノア。なんだか静かかね。私、少し怖いわ……」

「ふふ、順調すぎて逆に不安か？　だがそれで当然なのだ。そうなるように、数十年かけて多くの者が動いてきた。これこそが正しい形なのだ」

ノアは自信たっぷりに言い切る。口調と同様、階段を登る足取りも淀みない。

そんな親友の背中を見て、カナンは少し安心した。確かに今日まで色々な苦悩はあったが、ここさえ乗り越えてしまえばそんなものはすべて消えてなくなる。みんなで笑い合える眩しい未来が待っているのだ。

「そうだよね、怖いことなんて、何も起きないよね？」

「ああ、そうだ。このまま上へ出て、王と民衆の前に立つ。そして……私たちの声を皆に届ける。すべて計画通りさ」

「うん！」

「さあ、行こうじゃないか。私たちの輝かしい新世界へ」

そうしてたどり着いた二重螺旋の最頂部。二人は揃って天井の跳ね上げ戸に手をかける。

――その扉が開かれる直前、ノアはカナンにも聞こえない小さな声で呟いた。

「ああ、そうだともカナン――すべては計画通りだ」

※※※※※

「――なるほど、お前たちが噂の〝革命軍〟か……若いな」

数万の民衆に囲まれた時計塔の頂点。そこで対面した男の第一声は、凍えるほど冷静だった。

豊穣な麦畑を思わせる金髪に、深く縦横に刻まれた皺。法衣を纏った立ち姿は威風堂々たる趣を帯び、対峙した者だけにわかる痺れるような威圧感を放っている。――この男こそが唯一にして絶対の君主・レヴィア＝デミウルゴ二十七世。

その静謐なる碧眼に、乱入者に対する恐れなど微塵もなかった。

「はてさてどうやって入ってきたのか……ああ、察するに地下からかな？　ふふふ、面白いことを考えたものだ。翌年からは注意するよう、警備に伝えておく必要があるな」

この状況は決して予期していた事態ではなかったはず。だというのに、レヴィアはまるで驚いた様子も見せず、それどころか二人の少女を値踏みするように眺める。

その圧倒的余裕を前にして、ノアは一抹の動揺を押し隠しながら口を開いた。

「……尊大ぶるのは構わないが、少しは自分の状況を考えたらどうだ？　塔は内側から封鎖させてもらった。お気に入りの憲兵隊も助けにはこないぞ」

この異常事態に際し、眼下の広場は既に大騒ぎになっている。

憲兵隊は時計塔に押し入ろうと躍起になっているが、内側から閉ざされた扉はびくともしない。周囲を旋回する飛行型イヴリースの騎兵隊も、既に王が人質となっている以上迂闊に動くことができない。完全に手詰まりだ。

だがそんな孤立無援を理解しながらなお、レヴィアは泰然と笑った。

「私の状況？　はて、何か不都合でもあるのかね？」

「くだらん虚勢を！」

「ふふふ、偽る必要などないではないか。殺したければ殺すがよかろう。攫いたければ攫うがよかろう。何をされたとて私は抵抗せぬ。さすれば民は理解するだろう。『王は野蛮なテロリストに屈することなく、高潔と悟性を保ったまま殉死した』と。それにより我が一族の治世が盤石となるのなら、むしろ僥倖でさえある」

「一族のために、だと……?!」

ノアは思わず取り乱す。

王とは冷血で非情な獣のような男。己の欲望のためならば肉親ですら殺す利己的な人間——そう思っていた。でなければどうしてこんな残酷な統治ができようか。

だが眼前の男が語るそれは、自己犠牲以外の何物でもない。

「ああ、そうだとも。私は同じ血の通った同胞が好きなのだ。デミウルゴの血脈に連なる無二の家族たち、そんな彼らの幸せだけを祈っておる。彼らの肥え太った贅肉が、宝石で飾られた綺麗な指が、美男美女を貪るその姿が、私は大好きなのだ。男も、女も、老いも、若きも、我が血統に連なる者皆が、愛おしくて愛おしくて仕方がないのだよ」

異常とも呼べるほどに深い同族愛——それを本心から言っているとわかるからこそ、ノアは激しく憤った。

「貴様、ならば他の人間はどうでも良いと言うのか?!」

獣と化した少女の右目が、仮面の下からレヴィアを睨む。その眼光の鋭さたるや、視線だけで射殺さんとするほど。……けれどそんな怒りでさえ、王には決して届かない。

「他の人間、だと？　くく……何を言う？　そんなものは元よりこの地上に存在せぬではないか。我々王族以外は皆、一皮むけば醜い化け物が顔を出すケダモノよ。愛玩物として遊ぶ分には良いが、家族としての愛情を注ぐ気にはなれんなあ。……私はレヴィア＝デミウルゴ。唯一絶対の王である。――真なる人間にとっての、な」

レヴィアは迷いなく言い切った。

彼らの血族のみを人間と定義するならば、確かにこの男は真なる王の器。言葉を失った二人へ、レヴィアは打って変わって優しく語りかける。

「革命軍の若き勇士よ。お前たちは我々に取って代わるつもりなのであろう？　悪いことは言わぬ、やめておけ。――王とはある種の偶像。それも愚民一人一人によって歪められた、歪なる象徴よ。ある者は誰隔てない優しき王を求め、ある者は傀儡としての無能な王を欲する。またある者は依存対象としての王に縋り、そして別のある者は憎き敵としての王に居場所を求める。……こうして王は歪められていくのだ。あらゆる欲望がないまぜになった、醜き獣に。そう、ちょうどイヴリースのようにな」

レヴィアが語るのは、曲がりなりにも統治者として君臨した者のみが知る苦痛。

そして王は静かに若き革命家へ問いかけた。

「王の道とは獣の道――お前たちに、そこを往く覚悟があるか？」

大きすぎる言葉の重圧が、カナンの背にずっしりとのしかかる。

王族を打倒すれば革命が終わるわけではない。本当の戦いはその先の統治にある。――頭ではわかっていたはずなのに、その重圧を目の当たりにすると足がすくむ。けれどこの問いかけに対してだけ、ノアは笑った。それまでの恐怖も動揺も忘れ去り、ただ愉快そうに、腹の底からくつくつと。

そうして少女は、顔を覆っていた仮面を自らの手で剝ぎ取った。

「獣の道、か――ならば、私にこそ相応しい……！」

面の下から現れるは餓狼の如くぎらつく簒奪者の目。半分獣と化したその顔を見て、レヴィアは理解した。覚悟を問うたことが、逆にこの少女を冷静にさせてしまったことを。

「……なるほど、良い目だ。家畜にしておくには惜しいな」

と、レヴィアはただ素直に認める。

「だが、ならばどうすると言うのだ？　私一人を殺したところで革命軍の立場が危うくなるだけのこと。となれば、今この場で世界の真実でも訴えるか？　ふふ、愚民どもがお前たちの話に耳を傾けるなど有り得ぬぞ。我々が数十世紀かけてそう育て上げたのだからな」

「そ、それでも、私たちは……！」

カナンは勇気を出して反発する。

そう、聞いてもらうことが困難であるなど百も承知。だがそれでも二人はここに来た。国民の皆に声を届けるために。そして、子供たちが笑って過ごせる未来を創るために。

そんなカナンの肩を抱いて、ノアも優しく微笑む。それだけでカナンの怯えは綺麗さっぱり消えてしまった。自分は一人じゃない。二人一緒ならば、どんな困難だって乗り越えられる。――だが、親友の口から出たのは、思いもよらぬ言葉だった。

「そうだな、説得など何の意味もない。お前の言う通りだよ」

「え……？　ノア……？」

「我々は今日この場で世界の真実を暴く。だがそれは、言葉を使ってではない。……王族が罪を犯しても異形化しないという事実を衆目に曝す。そうして己の目で理解させるのだ」

「な、何を言ってるの……⁉」

親友の口から出る言葉が理解できない。聞いていた予定とまったく違うではないか。

混乱するカナンをおいてけぼりにして、レヴィアは喉の奥で笑う。

「くく……なるほど、シナリオとしては及第点だ。私がお前たちを殺してなお異形化しない事実を目の当たりにすれば、流石の愚民どもも目を覚ますだろうからな。……だが、忘れてはおらぬか？　私が願うのは一族の安寧のみ。いかなる脅しを受けようと、お前たちに武器を向けることなど決してない。潔く諦めるがよい」

レヴィアは確固たる自信の下に宣言する。千の拷問を以てしても、この男の歪んだ同族愛を屈することは不可能だろう。

だが、そもそもノアにはそんなまわりくどいことをするつもりなどなかった。

「早合点してもらっては困るな、レヴィア。私は〝王族が〟とは言ったが〝お前が〟とは一言も言っていないぞ？」

「……何が言いたい？」

「待ってノア、そのことは――！」

「――ここにはもう一人、王族がいると言っているのだ！」

瞬間、レヴィアはハッと目を見開いた。その視線がカナンの豊かな金髪に留まり、美しい紺碧の瞳へと移る。そうしてレヴィアは微かに震える声で問うた。

「まさか、お前……あのカナンか⁉」

鋼の信念を持つ男が初めて見せる動揺。

ノアはさも満足気に笑う。

「そうだ、父がかつて憲兵に掴ませたのは偽物にすぎん。ここにいるカナンこそが本物の〝悪魔の子〟。そして……お前を殺す死神だ！　王族殺しという大罪を犯してなお、まっさらなままの肉体を大衆に曝す！　お前が洗礼祭でしてきたことを、今年は私たちがやるのさ！」

「愚かな！　カナンが王族であるなどとどうやって証明する⁉　私を殺したところで、民衆はその娘を〝悪魔の子〟として処刑するだろう！　そこになんの意味が――⁉」

そこまで口にしてから、レヴィアは唐突に目を見開いた。彼はようやく気づいたのだ。

眼前の少女の真意に。

「いや……それで構わぬと言うのだな？　〝悪魔の子〟の絶対的な存在証明。そのためだけに、カナンを贄として捧げると。……なるほど、大したタマよ」

王を殺してなお天罰を受けぬ少女。それを目の当たりにした信心深い国民たちは、必ずや恐怖に駆られ異端者としてカナンを処刑するだろう。だがそれこそが、単なる噂だった〝悪魔の子〟を神話の領域にまで昇華させる唯一にして最優の方法。この〝儀式〟によって〝悪魔の子〟は歴史に刻みつけられるのだ。決して朽ちることのない、神と王への反逆の象徴として――

「そうだレヴィア。お前が一番よくわかっているだろう。神とは絶対であるからこそ神たり得る。絶対性を否定された神など、その瞬間から朽ち往く虚像にすぎん。だからこそ、〝悪魔の子〟の存在証明は同時に神の不在証明となるのだ！」

堂々と言い放ったノアは、それから万感の憎悪を込めて唇の端を上げた。

「我々は夢想家とは違う。今日この日にお前たちを打倒できるなどとは思っていないさ。お前たちが数十世紀をかけて支配者となったように、我々もまた数十世紀をかけてお前たちを玉座から引きずり降ろそう。そして数百世紀の後には、必ずや神さえも殺してみせる。それが私の……我々虐げられた者たちの戦い方だ！」

民たちが見守る時計塔の頂点にて、ノアとレヴィアが対峙する。

王と簒奪者。老人と少女。人間とイヴリース。互いの立場は天と地ほどに違えど、背負ったものはどちらも揺るぎない。緊張は際限なく膨れ上がり、歴史の趨勢をかけた動乱がとうとう最高潮を迎える。……だがその時、一筋の声が割って入った。

「――待って！」

声の主は蒼ざめた表情のカナン。そちらへ目を向けた二人の顔には……少しの驚きがあった。どちらにとっても重要なのは、ちっぽけなカナンという個体ではなく〝悪魔の子〟としての属性のみ。ゆえに両者とも彼女の存在など眼中になかったのだ。

そしてそんな二人の態度が、カナンを余計に追い詰めた。

「わ、わかんないよ、ノア……！　さっきから何言ってるの……?!　さ、作戦ではこんなこと……！」

自分の置かれた状況がまったく呑み込めない。カナンはたどたどしく口ごもりながら、混乱した頭で縋るように問う。

けれど、返って来た答えは冷酷だった。

「まだ理解できないのか、カナン？　──これが本当の作戦なのだ。王都全域に神への不信をばらまき、王も神も……上に立つものすべてを駆逐する。それこそが我々の理念にして亡き父の悲願。カナン、お前は神をも殺す蛇毒となるのだ」

と、噛んで含めるように諭すノア。そこにはうんざりした感情さえ垣間見える。

カナンはようやく気づいた。……いや、向き合わざるを得なくなった。自分が単に、人を殺し、そして殺されるためだけに連れてこられたという真実に。

「なあ、カナン。私のために汚れてくれるだろう？　それとも──」

立ちすくんだカナンに向けて、ノアはゆっくりと髪をかき上げた。

「──また、私にやらせるのか？」

まざまざと見せつけられたのは、醜く異形化した右半面。言うまでもなく、それは先日カナンを守るために異形化した跡だ。

自分が手を汚さなかったばかりに、友を穢してしまった事実――湧き出る罪悪感は瞬く間に少女の意志を萎ませる。言葉に窮したカナンは、震える声で問うた。

「……最初からこうするつもりだったの？」

「そうだ」

「……そのために私と友達になったの？」

「そうだ」

「……全部、今までの全部が、嘘だったの？」

「ああ、そうだ」

疑問のすべてに首肯したノアは、それからいつもと同じ笑みを浮かべた。

「お前は嘘を見抜くのが下手だな。父を殺した男の娘など、嫌いで当然だろう？」

奪った者の娘と、奪われた者の娘。両者を結ぶ脆く危ういつながりを、ノアは今、ばっさりと切り捨てたのだった。

「さあ、カナン、役目を果たせ。王を殺し、無垢な体を大衆に示すのだ。それが皆のためになる。より良き未来を支える礎となってくれ」

ぐちゃぐちゃになった頭の中で、ノアの声が虚ろに木霊する。カナンにはもうどうしていいかわからなかった。……だから少女は考えることをやめ、すべての選択をノアに委ねるのだった。

「もしも、もしも言う通りにしたら、許してくれる？　お父さんと……私を」

「――ああ、もちろんだとも」

答えたノアの囁きはどこまでも優しくて、カナンはその言葉に縋ってナイフを抜く。

世界のため。平和のため。国民のため。人一人を殺す理由などいくらだって湧いてくる。ましてや相手は世界を欺き続けた大罪人。罰を与えることこそが正義であって、ためらうことはその悪に加担する行為とも言えるだろう。

そう、すべては未来のための尊き自己犠牲。その甘美な響きは恍惚となって少女の胸を満たし、英雄的な陶酔は快感となって少女の背を押す。そんな法悦の中で、カナンはふと思った。

きっとお父さんも、こんな風に自分を犠牲にしたのだろう。大好きな父と同じ末路を歩めるというのなら、それはきっと、何にも勝る喜びで――

『――カナン、よくお聞き――』

その時、不意に耳の奥で誰かの声が響いた。

『――周りに流されてはいけないよ。人を頼るのと人に依存するのは似ているようで違う。いつでも自分の頭で考え、自分の心で感じるんだ――』

低く穏やかに流れる声音。それは紛れもなく、最後に父が遺した言葉。

あの時はまだよくわからなかった。だがそれでもずっと胸の奥に留めていた父の遺志……それが今、八年の歳月を超えてカナンの道を明々と照らし出す。

――本当に迷った時は、自分自身を信じなさい――

父の言葉が途絶えた瞬間、カナンはハッと我に返る。

瞬間、どこか遠くにあったはずの景色や音が、一気に頭の中へ流れ込んで来た。まるで霧が晴れたように、世界が鮮やかな色を帯びる。だから今のカナンにははっきり見えた。眼前のノアやレヴィアだけではない。時計塔を取り巻く遥か下方の人々の姿が。

怯えた顔、怒った顔、不安げな顔……こちらを見上げる名も知らぬ民衆の表情には、それぞれ違った色が浮かんでいる。唯一共通しているのは、彼らが皆今この瞬間、自分を一心に見つめていること。……そしてその中に、カナンはナザリィ孤児院の子供たちを見つけた。

「カナンせんせぇ～」

怯えるでも泣き叫ぶでもなく、子供たちは笑っていた。まだ幼い彼らには、緊迫した空気なんて伝わらない。ただ嬉しかったのだ。大好きな先生が、一番の有名人である王と一緒にいることが。子供たちの瞳にあるのは、痛ましいまでの無邪気さだけ。

――そんな彼らの目に、これから自分がしようとしている行為はどう映るのだろう？

カナンは問う。他の誰でもない、自分の心に。

——王を刺し殺し、血まみれの唇で囁くのだろうか？

『これが世界のためなのだ』——と。

——そして血塗られたナイフを手渡すのだろうか？

『平和のために、次はお前たちが同じことをやれ』——と。

——そうしてずっと繰り返させていくのだろうか？

憎んで憎まれ、奪って奪われ、殺して殺される、救いのない閉じた円環を。世界中の者が罪人となり、いつか本物の神に裁かれるその日まで。

それは、それだけは、絶対に——

「——できないよ……」

「お、お前、この期に及んでっ——！」

静かに短剣を下ろしたカナンへ、激昂したノアが詰め寄る。

だがその憤怒をかき消すように、カナンは大きく声を張り上げた。

「こんなの間違ってる!!!」

広場全体に響き渡る少女の叫び。

そこに込められたまっすぐな覇気に、ノアもレヴィアも民衆も、誰もが一様に押し黙る。轟々と吹きすさんでいた暴風でさえ、その瞬間にぴたりとやんだ。

「間違ってるよ、ノア！　誰かを傷つけて創った未来なんて寂しいだけ！　そんな世界を変えるために、私たちは戦ってきたんでしょ!?」

それが単なる綺麗事であることはカナンも自覚していた。この世界において誰かを守るというのは生易しいことではない。ましてや世界の平和を守ろうというのならば、修羅の道を往く覚悟が不可欠。……だが、だとしてもカナンは否定する。それは他でもない彼女自身が、他者を殺すことで守られた人間だから。

〝狂獣事件〟――八年前のあの日、自分は三十三人殺しの罪と引き換えに生かされた。けれど本当は、己や他人を犠牲にしてまで守ってほしくなどなかった。一緒に傷つきたかった。苦難の道を共に歩きたかった。ただ傍にいてほしかっただけなのだ。

そんなわがままな苦しみを知っているからこそ、同じ痛みを子供たちに背負わせるわけにはいかない。――だから、カナンは声の限りに叫んだ。

「何かを対価にしないと得られない未来だなんて、悲しすぎるよ……！　私は子供たちに、みんな一緒にいられる未来を残したい!!!」

祈りにも似た強烈な意志が、大気を震わせて鳴り響く。

万人の心に染み渡る不思議な声。それは〝悪魔の子〟など関係ない、カナンという少女が持つ統治者としての圧倒的な資質――その瞬間、誰もが新しい時代の風を感じた。

そうして静まり返った塔の上で、カナンはノアにだけ聞こえる声で囁く。

「それにね、本当はノアもわかってるんでしょう？　……だってノア、すごく辛そうな顔してるもん」

今ならばわかる。ノアの頬に浮かんでいるのは、彼女が一番辛い時に見せる表情だ。

けれど、ノアは蒼ざめた顔で否定した。

「ふん、馬鹿な！　私に迷いなどない！」

「ううん、私にはわかるよ」

「わかるはずがないさ！　お前はずっと騙されてきたんだ！」

「それでもわかるよ」

「うぬぼれるな！　お前なんか、お前なんか……ただの道具にすぎん！」

怯えたように後ずさりながら、ノアは激しく吠える。頭の中はわけのわからない焦りで満たされていた。

偽りの友情と作られた罪悪感によって縛りつけ、革命のための生贄とする——すべては計画通りなはずだった。だというのになぜ、自分の方が追い詰められているのか。

こんなのはおかしい。間違っているではないか。膨れ上がった焦燥は激昂へと形を変える。ノアはカナンの短剣を奪い取ると、その首筋に突きつけて叫んだ。

「さあ、奴を殺せ！　殺すんだ！　さもなければ、私がお前を殺す！　お前はただ、私の言うことだけを聞いていればいいんだ‼」

頭に血が上ったノアは、自分が何を言っているのかさえわからずに喚く。もはや時計塔にいることも忘れてしまっているのだろう。彼女の中にあるのは眼前の少女に対する怒りだけ。

それでもカナンは前に踏み出す。そして肌を刺す冷たい刃先さえも厭わず、ただぎゅっとノアを抱きしめた。

「大丈夫だよ。全部わかってるから。だって、ずっと一緒にいたんだもん」

「黙れ、お前になどわかるはずがない……！」

なおもナイフを握りしめながら、ノアは怒りと憤りに身を震わせる。

幼少期からずっと、父に喜んでほしい一心でひたすら努力してきた。父と遊んだ記憶も、手料理をふるまってもらった思い出もない。与えられたのは革命家としての能力と、王族に対する復讐心だけ。短いながらも愛だけをもらってきたカナンとは何もかもが違う。そしてそうまでして得た愛情も、他でもないカナンの父親によって奪われた。だがどんなに恨んでも、憎しみをぶつける相手はもういない。だから対象をすげかえた。唯一近くにいたカナンに。

それは単なる八つ当たり。自分でもわかっていた。だけどそうしなくては壊れてしまう。だからカナンを憎むたび、同じくらい自分のことが嫌いになった。それでもまだ正気でいたくて、カナンを憎むことで誤魔化した。それはどこまでも終わらない、憎悪と自己嫌悪の繰り返し。そう、だからカナンにはわからない。純真無垢な少女に、こんなにも卑屈で卑怯な女のことなんか理解できるはずがないのだ。

「そうさ、わかるわけがない！　人の気も知らないで勝手なことばかり！　お前はいつもそうだ！　いつも、いつも、いつも……！」

ノアの脳裏にカナンと過ごした日々が蘇る。

こちらの胸中などつゆ知らず、カナンはいつでも笑っていた。

父の葬式を挙げた日、多くの部下が離れていった日、大きな失敗をした日、小さな良いことがあった日、落ち込んだ日、嬉しかった日、そして、何も起こらなかった平凡な日。

そう、いつだってカナンだけは、ずっと傍に。

「だから、私は、お前が——！」

ノアの視線がカナンの瞳を射貫く。

青空をそのまま丸めたような、輝く紺碧の眼。愛だけを見て来たその瞳が、妬ましくて、憎らしくて、恨めしくて……でも、初めて会った日から惹かれていた。だってそれは、どうしようもなく美しい自由の色。その目だけは、本当の自分を映してくれる。だからノアは、そんな彼女の瞳が、カナン自身が——

「——大好きだ——」

ノアの手からナイフが滑り落ちて、カナンの体を抱きしめる。

奪った者の娘と、奪われた者の娘。二人を結んでいた脆く儚いつながりは、もう崩れ落ちてしまった。……けれどそこに今、まったく新しい、彼女たちだけの絆が芽生えたのだった。

と、そこへ——

「——くくく……」

不愉快な笑い声と共に響く拍手の音。

「実によいものを見せてもらった。礼を言うぞ、若人たちよ」

二人を眺めながら大仰に手を叩くのは、にんまりと笑うレヴィア。その悠然たる微笑には先ほどまでの動揺など微塵もない。……二人の背筋に冷たいものが走った。

「なんだ、レヴィア、殺されないとわかって安心でもしたか？　悪いが、逃がすつもりもないぞ。状況は依然我々の手の中にある。どちらにせよお前たちの時代はもう終わりだ！」

「ふっふっふ、邪推してくれるでない。私は素直に喜んでいるのだ。我が親族がかような良き友を得たことにな。一族の長としてこれほど嬉しいことはないではないか」

白々しくも笑い続けるレヴィアからは、不気味な余裕が溢れ出ている。そして警戒に身を固くする二人へ向けて、レヴィアは最後に言い添えた。

「これで心おきなくそなたを送り出せる。……我らが神のおわす天の御国まで、な！」

言い終えるや否やレヴィアの右手が軽く振られる。微かではあるが紛れもなく何かの合図だ。いち早くその意図に気づき辺りを見回したノアは、二百メートルほど離れた塔に光る何かを見つけた。

その正体は窓から突き出た細長い銃口——旧世紀の技術を用いた狙撃銃だ。そしてその狙う先は……無防備なカナンの背中。

王をも凌ぐ圧倒的なカリスマに、神をも殺す〝悪魔の子〟という属性。その二つを併せ持つカナンは、デミウルゴ一族にとって最悪の危険因子。ゆえにレヴィアは、今この場で摘み取ることにしたらしい。

「――より良き世界のため、犠牲となっておくれ、カナンよ」

狙撃前の微調整を終え、銃口がぴたりと固定される。もはや忠告など間に合うはずもなく、隠れる場所など

ここは遮蔽物のない時計塔の上。……ゆえに、すべてがスローモーションで動く中、唯一ノアにできたのは、カナンと体の位置を入れ替えることだけだった。

「ノ、ア……？」

「ふふ……嘘を見抜くのが下手なのは、私の方だな。自分の心の嘘にさえ、ずっと気づけなかったなんて――」

そこでようやく、カナンはこちらを狙う銃口を認識する。と同時に引金が絞られて、身代わりとなったノアの背中へ銀色の猟犬が放たれた。

「ノア――!!!」

カナンは咄嗟に庇おうとするも、もう遅い。

空を裂く弾丸よりも速く動ける人間など、この世には一人も存在しないのだから。――そう、〝人間〟は。

――銃声よりも僅か数秒前。遥か下方の広場にて群衆の合間から飛び出す影があった。《ケルビム》の精鋭部隊をいなし、憲兵隊の包囲網を突き抜け、時計塔の外壁を穿ちながら、影は瞬く間に塔の頂点へと駆け上がっていく。真っ黒な外套をはためかせながら宙を舞うその様は、まるで一羽の黒蝶のようで――

「──遅くなってすまない」

容易く弾丸を掴み止めながら、ふわりと二人の眼前へ降り立つ影。その全身は外套に隠れ、声にも奇妙なノイズがかかっている。

だがカナンには、それが誰だかわかっていた。

聖銀の塔をものともせず、弾丸すら軽々と捕らえ、そして本当の窮地に必ず助けてくれる人──そんな人物を、カナンは世界中でたった一人しか知らないのだから。

「お父、さん……！」

「──大きくなったな、カナン」

フードの下から現れたのは、黒鱗に覆われた獣の相貌。そこに在りし日の面影など残ってはいない。……けれど、眼だけは昔と同じだった。

闇夜の湖面にも似た、深く静謐な瞳──漆黒の獣となったヨシュアは、聖銀の塔においてなお揺るぐことなく立っていた。

「き、貴様、よもやヨシュア＝ルクスフェロー⁉　正気を失ったのではなかったのか⁈」

闖入者の正体に気づくなり、レヴィアは驚愕と焦燥が入り混じった声を上げる。

ヨシュアはただ静かにそれを肯定した。

「……ええ、その通りです。ですが、戻って参りました。この子とそう約束したので」

八年前のあの日、ヨシュアは確かに獣となった。正気を失い獣性に支配され、亡霊の如く辺境の野山を彷徨った。それは思い出すのも苦痛な地獄の日々。……だがそれでも理性を取り戻すことができたのは、幼い少女と交わした誓いがあったからだ。

『必ず帰って来る』――そのちっぽけな約束だけが、ヨシュアの人間性を辛うじて繋ぎとめていたのである。

そして今、ヨシュアはここへ帰ってきた。黒き獣と成り果ててなお、カナンの元へ。その静かなたたずまいから溢れる威圧感におされ、レヴィアは無意識に後ずさる。――その瞬間、レヴィアの顔が屈辱に歪んだ。王たる自分が、一匹の獣に気圧されるなどあってはならないこと。だがわかってはいても慄く心を抑えられない。それも当然だろう。なにせ眼前に立つのは制度としての王とは別格の存在――生物としての王者なのだから。

けれど、追い詰められたレヴィアの元に、天空から思わぬ助けが舞い降りた。

「――ご無事ですか、我らが王よ」

頭上から降り注ぐ一筋の声。その主は喪服に似た純黒の修道服に身を包んだ女――他でもない、聖十字教を統べる若き女司教長・マルアムである。……だが今問題なのは、彼女をその背に乗せているモノの方だった。

「なっ、こいつら……ヘルハウンドか?!　だが、この姿は……?!」

マルアムを乗せて現れたのは、無数の蛇から成る極黒のイヴリース。しかし、それは革命軍のよく知る犬型とは違う。両肩に翼を備え自在に飛翔する人型の獣――神話に登場する『天使』の姿と酷似した飛行型イヴリースが、空を覆い尽くすほどの大群でやってきたのだ。

「おお、マルアムよ！　これはそなたの猟犬か?!」

「ええ、王を守護するため新たに創り出した天使──〝天の明星(ランパス)〟でございます。王族の皆様はこのランパスによって既にシェルターへ避難しております。王もすぐにお連れいたしましょう」

「は、はは、ははは！　良くやった！　良くやったぞ、マルアム！」

歓喜の情を顕(あらわ)にしながら、レヴィアはランパスに抱きかかえられて宙へ飛び立つ。

「おのれ、待てっ！　レヴィア＝デミウルゴ！」

咄嗟に追いかけようとするノアを、ヨシュアが無言で制止した。

相手はもはや手の届かぬ空の上。何より今ヨシュアの傍を離れれば、宙空に待機した無数のランパスか、なおもこちらを狙い続けている狙撃手の餌食となるだろう。

みすみす見逃すしかない歯がゆさに顔を歪めながら、ノアは空中のマルアムを睨みつけることしかできなかった。

「マルアム、貴様、裏切ったな！」

「あら、裏切るも何も、私は最初からあなたの側ではありませんよ」

勝ち誇るわけでもなく、マルアムは淡々と事実を告げる。

その言葉を聞いて、ノアはもう一つの真実に気づいた。

「最初から、だと？　……まさか、〝狂獣事件〟を手引きしたのも……！」

「ええ、すべてを仕組んだのは私です。あなたはずっとヨシュアだけを憎んでいたようですけれどね」

あっさりと知らされた真相。八年間の憎悪を軽々と否定されたノアは言葉を失う。

そんな親友を庇うように進み出たのはカナンだった。

「司教様」

呼びかけるカナンの表情に敵意はない。あるのはただ、たった一つの疑問だけ。

「どうして、こんなことを……？」

何十もの命を奪える理由。

何百もの嘘を吐ける理由。

そして、自分を信じてくれたすべての人を表情一つ変えずに裏切れる理由。

そこまでして彼女は何を求めるのか。せめてそれだけは聞きたくて、カナンは悲しげに問う。……けれど、問われたマルアムは少女よりもずっと悲しげな目をしていた。

「やはり、あなたにはわかりませんか……」

返答の代わりに浮かぶのは、悲嘆と失望の入り混じった色――いつかの祭り屋台でほんの一瞬だけ見せたあの表情だ。

だがそんな微細な変化はすぐに消えてしまった。そしていつもの柔和な顔に戻った時、マルアムはもう、ノアもカナンも、八年ぶりに対峙したはずのヨシュアの方さえも見ようとはせず、ただ従順な従者のようにレヴィアの指示を仰ぐのだった。

「――して、王よ。後始末はいかがいたしましょう？」

「ああ、そうだな……」

レヴィアは億劫そうに下界を見下ろす。その睥睨する先はざわめく群衆だ。

唐突に現れた革命軍に、かの《原初の大蛇》に瓜二つな大量のイヴリース。そして何より、その異形たちを王と司教長が手駒のように操っている事実。

眼前に広がる光景に、民衆の心は大きく揺れていた。それは、彼らが最近耳にした噂を肯定するものだったから。

「お、同じ姿をしたイヴリースがあんなに……？　まさか、人造イヴリースの噂は本当だったのか……？」

「なぜだ、なぜ王も司教長様もあんな不浄をお許しになる⁉　あれほどのイヴリース、今すぐに殺すべきだろう！」

「どうか説明してください、王よ！」

混乱、恐怖、狼狽、不安——広場を跋扈する数々の感情。そのすべてに共通するのは、王への不信。……そしてそれは、レヴィアが〝良き国民〟に望むものではなかった。

「マルアム、そなたに命ずる。すべて処分しろ。——知恵ある家畜は不要だ」

「御心のままに」

恭しく答えるや否や、マルアムは軽く指を鳴らす。

瞬間、上空に待機していたランパスの大軍勢が散開し、中央広場から延びるすべての路地に降り立った。と同時に、呼応するようにあちこちの路地裏から姿を現すヘルハウンドの群れ。

全方位を異形の軍勢に包囲された時計塔広場は、瞬く間に大恐慌へと陥った。

「──どけっ！　どけよ！　お、俺はこんなところで死にたくない！」

「──な、なぜだ、我々がまだいるというのに……!?　王は憲兵隊までも見捨てたというのか!?」

「──神よ、どうか、どうかお助けを……」

広場を覆う未曽有の混迷。その阿鼻叫喚に微塵の興味も示すことなく、レヴィアたちの背中は空の向こうへと消えていく。

絶望する民衆に残されたのは、じりじりと包囲の輪を狭める獣たちだけ。すぐにとびかかってこないのは、一人たりとも逃がさぬよう命じられているからだろう。

今や広場は巨大な処刑場と化していた。誰も彼もが理性を失い我が身のことだけを考えて逃げ惑う。武装している憲兵隊でさえも同じだ。こんな混乱の中では、いずれヘルハウンドに襲われるまでもなく死傷者が出るのは明白──

けれどその時、混沌を引き裂いて一条の光が差した。

「──聞け、同志たちよ！」

万雷の悲鳴を打ち破り広場中に轟いたのは、凜と研ぎ澄まされたノアの声。

「やることは一つだ。……民を守れ！　我々の思想に命をかけよ！」

時計塔の最頂にてノアは堂々と言い放つ。もちろんそれで状況が変わるわけではない。

今目の前にある暴力に対して、言葉とはあまりにも無力なもの。けれどそこに込められた確固たる意志が民衆に希望をもたらし、兵士たちに己の使命を思い出させる。——その瞬間、混沌の坩堝と化していた広場に秩序が生まれた。

リーダーの指示に鼓舞され、革命軍が一斉に動き出す。皆自分のなすべきことはわかっていた。そのために日夜修練を重ねてきたのだ。迅速かつ流動的に誘導態勢が整えられ、民間人の盾となるように防衛線が組み上げられる。すべてを俯瞰し統制するノアの下、誰もがこの絶望的状況を覆すために命を燃やし始める。

そしてその合間に、ノアはヨシュアの名を呼んだ。

「ヨシュア＝ルクスフェロー」

視線を眼下に向けたまま、ノアは静かに言葉を紡ぐ。

「私はずっとお前を憎んでいた。この八年間、ずっとだ。あの女が元凶だとわかった今も、父を手にかけたお前への憎しみは変わらない。これから先もそうだろう」

そこまで言われてもヨシュアは何一つ弁明しようとはしない。

ノアもまた頑なに背を向けたまま、少しの間、口をつぐんだ。

大きな争乱の中でぽっかりと空いた沈黙。——そしてようやく振り返ったノアは、ヨシュアの瞳をまっすぐ見つめて告げるのだった。

「だから対価として……お前の一番大切にしていたものをもらう。カナンはもう私のものだ」

「ノアちゃん……」

奔放なカナンとしっかり者のノア。でこぼこな二人だが、だからこそ嚙み合うだろう。ヨシュアはふっと微笑んだ。

「……カナン、良い友達ができたな」

互いに互いのために命を懸けられる友。それはこの世界において何より得難い至宝だ。

ヨシュアにはもう、何の不安もなかった。

「さあ、ここは我々に任せて行け。戻って来たのは、決着をつけるためなんだろう？」

「……ああ」

ヨシュアの視線が空の彼方を向く。それはマルアムたちが去って行った方角だ。

そうして静かに踏み出すヨシュア。……その背中を、カナンがそっと引き留めた。

「……お父さん、また行っちゃうの？」

その小さな声を聞いた瞬間、ヨシュアはぴたりと立ち止まる。

この危険な状況に娘を置いて行くことが心残りでないはずがない。けれどこれから行く先がもっとおぞましい戦場であることを、ヨシュアはよく知っていた。

「……すまない。だが、お前を連れて行くわけにはいかないんだ。……大丈夫、ここは心配ないよ。お前には良い友達がたくさんいる。だから、怖がることはない」

気休めにしてはいやに確信めいた言い方をするヨシュア。その根拠に心当たりはないが、どちらにせよカナンが案じているのは自分の身ではなかった。

「私のことじゃなくて、お父さんが心配なの！　また誰かのために傷ついて――！」

「――それならもっと心配ない」

　カナンの言葉を、ヨシュアは優しく遮った。

「……今回は、自分のためだ」

　何の迷いもなくまっすぐに言い切るヨシュア。

　そんな眼を見せられてしまったら、もう口出しなどできるはずがない。

　だからその代わり、カナンはためらいがちに問う。

「……帰ってくる？」

　その童女のような問いかけに、ヨシュアはふふっと頬をほころばせた。

「……ああ、約束だ。神に誓って」

　ぎこちなく微笑んだヨシュアは、それから手を伸ばしてカナンの頭に載せる。

　まるで壊れやすいガラス細工でも扱うかのような、どこかおっかなびっくりした撫で方。その優しい手つきは獣になる前と少しも変わっていない。

　今のカナンにできるのは、そんな不器用な父の小さな嘘を見逃すことだけだった。

「うん、待ってるね。――ヨファお父さん」

　それは幼き日の懐かしい呼び名。カナンからもらった、ヨシュアだけの大切な宝物。

　そんな甘い響きに送り出されて、ヨシュアは塔を去ろうとする。だがその途中でもう一度だけ立ち止まった。

「……そうだ、言い忘れていたよ。――いつでもお前を想っているよ、カナン」

そうして今度こそ、ヨシュアはためらいもなく塔の端から飛び降りた。異形たちの包囲網を軽々と越え、振り向くことなく去って行く。

八年ぶりに叶った再会。過ごせた時間はあまりに短く、交わせた言葉はあまりに少ない。けれどそれで十分だ。大切なのは数の大小ではないと、カナンは知っているのだから。

父を見送った少女はまっすぐに前を向く。なすべきことをするために。

「カナン、わかっているな？」

「うん、準備はできてるよ」

「今は少しでも戦力が必要だ。……我々も前線に出るぞ」

既に防衛線ギリギリまで迫ったヘルハウンドの群れ。決戦の火蓋が切られるまでもう間もなく。無論、あれだけの数を相手にして勝ち目などあるはずもない。もって十数分。恐らくは、どちらも命を落とすことになるだろう。それは戦いというよりも自殺に近い無謀な行為。だが……

「……おい、何を笑っている？　本当に状況を理解しているのか？」

「えへへ、わかってるってば～」

死闘を前にしてなお、カナンは湧き上がる微笑を抑えられないでいた。共に戦おうと言ってくれた……その喜びが死の恐怖など吹き飛ばしてしまったのだ。

「頑張ろうね、ノアちゃん！」

「ああ、今度こそ、子供たちの未来のために！」

たとえ向かう先が死地だとしても、二人一緒ならば何も怖くない。

けれど二人が塔を降りようとしたその時、予想外の事態が幕を開けた。

「――ッ⁉　なんだ、この音……⁈」

シュー、シュー、とまるで空気の漏れるような音が広場中に木霊する。それも、奇妙なことに地面の下から聞こえて来ているらしい。束の間、誰もが訝しげな顔で足元に視線をやる。そして……幸か不幸か、異音の正体はすぐに明らかとなった。

「きゃ――‼」

つんざくような鋭い悲鳴。それを皮切りに、広場のあちこちから同じような叫び声が上がる。

理由は誰の目にも明らか。石畳を押しのけて、不気味な黒色の蛇が這いずり出てきたのだ。それも一匹や二匹ではない。さながら間欠泉の如く無数の蛇が際限なく湧き上がってくる。広場は瞬く間に蠢く蛇の群れに覆われてしまった。

「くっ、新手のヘルハウンドか⁈」

塔の上から惨状を眺めていたノアはきつく唇を嚙む。……だが、彼女は奇妙なことに気づいた。蛇の大洪水に動揺しているのは人々だけではない。ヘルハウンドたちもまた、この奇怪な現象を恐れるように後退している。

敵でも味方でもないとしたら、この蛇は一体――？

そんなノアの疑問をよそに、蛇の大群は時計塔に向かって集まり始めた。逃げ惑う人々には見向きもせず、ずるずると塔の根元に寄り集まると、みるみるうちに巨大な一つの人型を形成していく。

誰もが恐怖の目で見上げるその姿に、唯一カナンだけは見覚えがあった。

「もしかして、あなた――」

「――ごほっ、ごほっ……やあ、また会ったね、カナン君」

ヨシュアの言っていた〝良い友達〟――それが誰を指すのか、カナンはようやく気づいたのだ。

「カイン！　どうしてここに⁈」

「いやあ、クッキーのお礼を言い忘れていたのを思い出してね。それと……懐かしい声が聞こえたから、かな」

無数の蛇からなるその異形――カイン＝イストエデンは、実に穏やかな声で答えた。

「だけど……彼はもう行ってしまったんだね？」

「うん……ついさっき……」

向かった先に心当たりがあるのか、カインはヨシュアの去った方角へ視線を遣る。

そんな異形に向かって、ノアは半月刀を抜き放った。

「何をしに来た、《原初の大蛇》！　ヨシュアならもうここにはいないぞ！」

そびえるほどの巨体を前に、臆することなくノアが吠える。

けれどカインの方はといえば、相変わらずのんびりとした口調のまま。動揺など欠片も感じさせない。

「まあ落ち着いてよ。ヨシュア君とはもう一度会いたかったけど……それはあくまでついでさ。……彼とは、またすぐに会えるから」

まるで未来でも見ているかのように言うカイン。それは先ほどのヨシュアとどこか似ていて、カナンの不安を無性に掻き立てた。

「本当のことを言うとね、ここへは貸していたものを返してもらいに来たんだ」

「なに……どういう意味だ⁉」

意味不明な返答にノアは苛々と聞き返す。

だがカインは説明しようとしないまま、ぐるりと辺りを見回した。

「ほら、あんなにたくさん」

蛇の瞳に映るのは、己と同じ姿形をしたヘルハウンドの群れ。

獰猛な爪を震わせ、鋭い牙から唾液を滴らせながら、カインという新たな脅威に対して過剰なまでに警戒している。殺意を剝き出しにしたその姿は明らかに先ほどまでとは違う。

そんな獣たちに向けて、カインはむしろ親しげに囁いた。

「やあ、兄弟のみんな。初めまして、かな？　それとも久しぶり、って言うべきかな？　いきなりで悪いんだけど、返してもらうよ。——その体は、ボクだけのものだ」

その意味することに気づいたカナンは必死で叫ぶ。

「待ってよカイン！　あなた、もう体が……！　そんな状態で無茶したら……！」

カインの肉体が既に限界を迎えていることは、カナンにだってわかっていた。ましてや聖銀の牢獄を抜けてここまで来たのだ。もはや力など残っているはずがない。

けれど、カインはなんてことなさそうに答えるだけだった。

「自分の心で考えてみたんだ。ボクもね」

表情など読み取れぬ蛇の相貌。だがカナンには、その顔が笑っているように見えた。

「だからそこにいておくれ。ボクたちは道を違えた。でもキミたちはこれからだ。こんな戦いに巻き込まれる必要なんてない。だから、そこにいて、そして見ていておくれ。間違えた者たちの最後の一歩を。もしもキミが見ていてくれるのなら……ボクらはもう少しだけ、頑張れるから」

――そうだよね、ヨシュア君――

それが人間としての最後の言葉だった。

包囲の輪を崩しヘルハウンドたちが動き始める。絶対であるはずのマルアムの命令さえ、今の獣たちの頭にはない。

まったく同一の遺伝子を持つ〝オリジナル〟――刷り込まれた命よりもずっと深くに眠る本能が、何より強くカインの存在を拒絶する。もはや命令も人間もどうでもよかった。

獣たちの目に映るのは、《原初の大蛇》ただ一匹。

　空から、地上から、殺意を剝き出しにした獣の群れが、一斉にカインへ肉薄する。

　それはまるで、あらゆる命を押し流す黒濁した洪水。きっと何者もその穢れの中では生きられない。……けれど、カインは微笑する。その先に待つ暗き終焉(しゅうえん)を知りながら、明日なき最期の戦いに向けて。

　――迫り来る数千の〝死〟を前に、《原初の大蛇》が咆哮(ほうこう)した。

――……

――……

　貴族しか立ち入りを許されない高等民区――カルヴァリー区。

　その広大な敷地(しきち)の一画に、ぽつりとそびえる豪奢(ごうしゃ)な建物が一つ。数日前に完成したばかりの王立聖(セント)カルワリオパーティホールだ。

　新品の娯楽ホールを取り囲むのは、やたら広い庭園と色とりどりの花壇、手入れの行き届いた並木と、それから……おぞましい姿をしたヘルハウンドの群れ。

　レヴィアとマルアムを乗せたランパスは、そんな黒犬たちの中央に降り立つと、静かにホールの扉を押し開けた。すると――

「――おお、我らが王よ、ご無事でしたか！」

王の姿が見えるや否や、シェルター内に大歓声が湧き起こる。全員無傷で揃っている。その息災な姿に、レヴィアを出迎えたのは先に避難していた王族たち。レヴィアも喜びを以て応えた。

「おお、お前たち、怪我はないか？　皆揃っておるか？」

「ええ、もちろんです！」

「皆、王の帰還をお待ちしておりました！」

「ああ……そうであるか。良かった、本当に、良かった……！」

深い安堵の吐息をついたレヴィアは、それから背後に控えるマルアムへ向き直った。

「マルアムよ、すべてはお前の手柄だ。良き働きであったぞ」

「いいえ、当然のことをしたまででございます。ここまで来ればもはや何人たりとも皆様を脅かすことはございません。あとほんの半時もすれば、広場の方も片が付くでしょう」

革命軍に〝悪魔の子〟、真実に気づいた民衆……厄介なことだらけの洗礼祭ではあったが、これですべてが終わる。心配の種がすっかり片付いたことで、王族たちは忘れていた怒りを思い出したらしい。

「ふん、まったく、家畜どもめ！　手間をかけさせおって！」

「ああ、忌々しいわ！　飼い主に牙を剝くだなんて！」

「愚民風情が、次はもっと厳しく躾けねばならんようだな！」

次々と口をつく悪態。その浅ましさは到底王族の言葉とは思えない。

そんな罵詈雑言の限りをぶちまける同族たちを、レヴィアは優しくたしなめた。

「皆の者、そう怒るでない。家畜も時に牙を剝く。獣なのだからそれは仕方のない性というもの。むしろ、此度の騒動は我々が人間であることの再確認として喜ぼうではないか。そうだ、できそこないの家畜など処分してやり直せばよい。人口の一割、辺境の村にでも残っていればそれで十分。さすれば今日という日もすぐに神話の一つとなるであろう。『王と神とを疑った愚者たちに罰が下った』とな。――さあ、ここからまた、我々の新しき世界を始めようぞ！」

レヴィアの声がホール中に反響する。

彼の放つカリスマは瞬く間に辺りを包み込み、王族たちはあっさりと平静を取り戻した。

そう、何も怒ることなどない。ただここで待ってさえいれば、それだけですぐ喜びに満ちた生活が戻ってくるのだ。

そんな安堵感の中、王族の一人がふと気づいた。

「……それにしても、駐屯警備兵たちは何をしているのかしら？」

その一言に釣られて王族たちは周りを見回す。エントランスには確かに彼らしかいない。

レヴィアも不思議そうに眉をひそめた。

「なんだ、兵どもはまだ挨拶にも来ておらぬのか？」

「ええ、我々はずっと、ここで王をお待ちしておりましたので」

「ふむ、それはいささか無作法であるな。……マルアムよ、一体どうなっておる？　ここには憲兵隊第三師団が常駐警備しているはず。そうであろう？」

問われたマルアムは、にこりと笑う。

「ご安心ください。彼らはここに居ますよ。流石は王の精鋭、皆職務に忠実です」

「そうか、それならばよいのだが……」

「今は少々手が離せないようなので、私がご案内いたします。……さあ、皆様、どうぞこちらへ。より安全な奥へ参りましょう。兵たちもそこにおりますので」

マルアムに誘われるがまま、王族たちはエントランス奥の扉を押し開ける。

その先の廊下にて、駐屯兵たちは確かに待っていた。微塵の私語もなく、ひたすら静かに。まさしく王の警備兵として相応しい規律と静謐である。……ただそれは、些か静かすぎた。心臓の音さえ聞こえないほどに。

「——な、なんだ、これは……?!」

鼻を突き刺す強烈な異臭、眼球を射る毒々しい紅、足元からは不快な熱気が立ちのぼり、天井まで飛び散った肉片は奇怪な花のよう。——王族を出迎えたのは、無残に解体された数百もの屍だった。

「い、一体ここで何が……？」

眼前に展開された極彩色の花園を前に、王族たちは絶句する。

彼らはこれまで、言葉一つで何人もの命を奪って来た。時には何となく気に食わないからという理由で処分したことだってある。……だが今、実際に目の当たりにする〝死〟の生々しさに、彼らは一人残らず打ちのめされていた。

ただ一人、マルアムを除いて。

「何が、と聞かれましても……先ほど申し上げた通り、彼らは職務に殉じて戦ったのですよ。最後まで、忠実に」

「〝戦った〟、だと？　なぜこの場で……いやそれ以前に、何と戦ったというのだ、マルアム⁉」

散乱した死体はすべてばらばらのミンチ状。むごたらしく切り裂かれたそれは、到底人のなせる業ではない。

そしてその答えは、獰猛な唸り声と共にもたらされた。

「こ、こやつら――ヘルハウンド⁉」

廊下の奥から姿を現す凶獣の群れ。その全身にはべったりと返り血がこびりついている。さらにはエントランス脇の通路からもランパスたちが顔を出し、肉片を踏み潰しながら近づいてくる。おぞましい異形に挟まれた王族たちは、蒼白な顔に焦りの表情を浮かべた。

「な、なぜこやつらがここに⁉　このホールはすべてが聖銀製なはずだ！」

レヴィアは狼狽したまま叫ぶが、返って来るのは無慈悲なほど簡潔な答え。

「ただの銀ですよ。元からね」

さも当然と言わんばかりに涼しい顔のマルアムを見て、レヴィアはようやく真相を悟った。

「よもや貴様、裏切ったな——マルアム！」

「あら、裏切るも何も、私は最初からあなたの側ではありませんよ。……ふふっ、この台詞（せりふ）、さっきも言ったかしら？」

　悪戯（いたずら）っぽく笑うその表情に、罪悪感など微塵もない。

「我々を手にかけるつもりか！　そんなことをしたらどうなるかわかって——」

「ご安心くださいませ、あなた方を殺すつもりなどありませんよ。というより、殺すだけならいつでもできたではありませんか。……そう、すべては私自身の革命のために」

「わからぬ……貴様、一体何を考えている?!」

「そうですか、まだご理解いただけないとは。あなたとお話ししていると馬鹿になってしまいそう。……あの子は八年も前に気づいたというのに……」

　嘲っているというよりも、心の底から無念そうに首を振るマルアム。

「それならば逆にお伺いします。あなた方はただの一度も疑問に思わなかったのですか？　世界の真実を知る立場にありながら、考えようとはしなかったのですか？　——あのヘルハウンドというサンプルを前にして、何一つ？」

　今一度問いかけられたレヴィアは、ゆっくりとヘルハウンドへ目を向ける。

　見るもおぞましい犬型の異形。重篤なイヴリースほど獣の形へと近づいていくのだから、これまで特段の違和感を覚えたことはなかった。

　だが深く考えてみれば『犬型をしたイヴリース』と『犬を素体としたイヴリース』は決

なっている事実、それはすなわち、天罰因子を後天的に植えつける技術が蘇ったことを意味する――

定的に違う。なぜなら、犬は元来天罰因子を持たぬ存在だからだ。その犬がイヴリースと

「ま、まさか、貴様の目的は……!?」

解答へとたどり着いたレヴィアの顔に、濃い慄きの色が浮かぶ。

マルアムは満足気に微笑むと、ランパスたちに命じた。

「連れていきなさい」

「くっ、おのれ、触るな！　ケダモノどもがあああ!!!」

王族たちは必死で抵抗するが、イヴリースの腕力に敵うはずがない。ランパスの群れに抑えつけられて、王族は残らず奥の部屋へと連行されていく。

そんな彼らの背中を見送ってから、マルアムは残ったヘルハウンドたちに指示を下した。

「さあ、あなたたちは広場の部隊と合流を。すべて食べて構いませんからね」

それだけ言いつけて、マルアムは自らも奥の部屋へと向かう。……だがその時、まるで待ったをかけるかのように、エントランスの扉が音を立てて開いた。

「――よお、邪魔するぜ」

現れた人影は、たった一つだけ。けれど、ここにおいてそれは大きな意味を持つ。

「……なるほど、あなたのことを少々侮っていたようです。まさかお一人で外のヘルハウンドたちを退けるとは」

マルアムはゆっくりと予期せぬ来訪者へ振り返る。

入り口にたたずんでいたのは、美しい半獣の女——

「——イズリル、どうしてあなたがここに？」

「ふん、気色わりぃイヴリースが空飛んでたもんでな、追っかけて来ただけだよ。……そしたら、案の定おかしなことになってやがる」

不機嫌そうな顔をしたイズリルは、鼻を鳴らしてヘルハウンドたちを睨みつけた。

「けどよお、一番おかしいのはあんただ。生憎とあたしは耳がいいもんで、聞こえちまったんだよなあ。『広場の部隊と合流』？　『すべて食べて構わない』？　……てめえ、一体何するつもりだ？」

「聞かれていたのなら仕方ありませんね……ただ、少しだけ違いますよ、イズリル。これからするんじゃありません。もう始まっているのです。……今頃時計塔広場では、私の猟犬たちが粛清を始めている頃でしょう。王族を崇めていた異端者たちへのね」

瞬間、イズリルの表情が一段と険しくなる。

「ああそうか、なるほどな。なんとなーく摑めてきたぜ。八年前からずっと、裏でこそこそ動いてやがったのはてめえだったたってわけだな？　……なんでそんなことをしたのか、なんて聞きはしねえし興味もねえ。てめえが黒幕だっつうんなら、とりあえず今ここでぶちのめす！」

イズリルはきっぱり言い切った。

悪党は倒し、それ以外は守る――彼女の世界はいたってシンプルだ。

「ふふふ、実にあなたらしい。……けれど、良いのですか？　広場にはカナンがいます。あなたが行けば、あの子だけなら助けられるかもしれませんよ？」

「ふん、あいつはそんなにやわじゃねえよ。第一、敵の親玉から逃げて来たってんじゃカナンに合わせる顔がねえだろ」

「なるほど……迷いはない、と。あなたはいつもそうですね。無策で、無謀で、怖いもの知らず。これだけのヘルハウンドを前にして、たった一人で戦おうとは」

マルアムは敬服とも呆れとも取れる表情を浮かべる。

「ですが、今回ばかりはそれが幸いしたようです。……さあ、イズリル、お逃げなさい。あなたの勇猛さは伝わりました。もう十分でしょう。すべてを忘れ、どこか遠くの村まで逃げるのです。ここで無駄死にする必要などありません」

「……あん？　てめえ、何言ってやがる？　ふざけてんのか？」

「これはヨシュアとの約束です。あなたには危害を加えない、と。……私は、彼との約束だけは破りたくありませんから」

それは数多の命と引き換えに、八年前に交わされた約束。だが――

「――気に入らねー……ああ、気に入らねえ、気に入らねえ……」

イズリルの口から漏れたのは、とてつもなく不愉快そうな呟きだった。

「どいつもこいつも、腹ん中でわけわかんねえこと企みやがって！　かと思えば約束がどうだの、勝手なことを！　だけどな、一番気に入らねえのは……あいつがあたしを守る気でいたことだ！」

刹那、一挙に膨れ上がった怒気と共に、微かな突風が巻き起こる。次の瞬間、イズリルの一番近くにいたヘルハウンドが、弾けるように肉片に変わった。

「――八年、八年だ！　てめえらがくだらねえ考えこねくり回してる間よ、こっちは地べた這いずり回って生きてきたんだよ！　今のあたしなら、あいつにだって届くさ！」

深緑の瞳に込められた不退転の覚悟。

それを見たマルアムは、最後の問いかけをした。

「……本当に良いのですね？　ここにいるのは五十を超えるランパスとヘルハウンド。あなたほどの実力者だからこそ、決して勝てぬと理解できているはず。到底賢明とは言えませんね。ヨシュアに託されただけの子のために、命を張るなどと……」

「――はあ？　なんであいつが出てくんだ？」

そんな最後の忠告にさえ、イズリルは堂々と割って入る。

「何勘違いしてんのか知らねえけどよ、あんな甲斐性なしのことなんざどうでもいい。あの子は……カナンは、あたしのことを『お母さん』って呼んだんだ。だから、あたしは二度とあの子に顔向けできない真似はしねえ。たとえ死んでも、だ。……まっ、なんでも知っててなんでも思い通りにできる司教様にも、この気持ちだけはわかんねえだろうな」

イズリルはにやりと挑発的に笑う。

それを見たマルアムの心に湧くのは奇妙な不快感。それが苛立ちだとも気づかぬまま、マルアムは無表情で答えた。

「残念です。……ならば、お好きにどうぞ」

それだけ言って、マルアムは背を向ける。結末のわかりきった劇を見届けるほど彼女は暇ではなかった。

背後で始まった戦闘の音を聞きながら、マルアムはゆっくりと長い回廊を往く。無残に散らばる肉片も、床を浸す鮮血も、彼女の足取りを淀ませることはない。

そうして回廊の果てに到着した扉の向こう、設計図にもなかったその隠し部屋は、巨大な一つの聖堂だった。神話をモチーフにしたステンドグラス、真鍮製の豪奢な祭壇、それから弧を描くように並んだ二十八の巨大な十字架と――そこに縛りつけられた王族たち。

「マルアム！　どこへ行っていた⁉　早く我々を解放しろ！」

「そうよ、馬鹿な真似はやめなさい！　こんなことをしてどうなるかわかっているの⁉」

「平民出の下賤な雌犬が！　ただではおかんぞ！」

十字架の上でもがきながら、王族たちは口々に喚き散らす。だがマルアムは気にした様子もなく微笑んだ。

「まあまあ皆様、落ち着いてくださいませ。ご安心ください。殺す、などと野蛮なことは考えておりませんから。……そうですよね、王？　あなたはもう理解されているはずです」

マルアムがそう問いかけると、王族の中で唯一黙したままだったレヴィアはようやく口を開いた。

「マルアム……頼む……やめてくれ……」

レヴィアの唇から漏れ出したのは、あろうことか哀れな懇願。そこには死を前にするよりも深い絶望が垣間見える。王族たちは言葉を失った。

あの偉大なる王が恐れている——その事実が何よりも彼らを脅かしたのだ。

「ふふふ、そう深刻な顔をなさらないでくださいな。大したことではございません。ただ……これより皆様に天罰因子を移植するだけの話です」

「因子の移植を……だと……？」

「ええ、何も恐れることはないでしょう？　……もっとも、高貴な皆様用に少しだけ手を加えてあります。過去の罪にも反応するように、ね」

その瞬間、王族たちはようやくこれからされることを理解した。

そう、生命としての終わりを死と定義するのならば、確かに彼らは殺されることはないだろう。だがその先に待ち受ける運命は、死よりもずっとおぞましいもの——

「なぜだ……なぜなのだ、マルアム⁉　そんなことをして、貴様に何の利があるというのだ⁉」

恐れ慄く同胞たちを見て、レヴィアがとうとう激怒した。聖堂を揺るがすほどの怒気を発し、厳しくマルアムを詰問する。……けれど、マルアムはただ当たり前のように答えるだけ。

「なぜって、それはあなた方が神に仇なすものだからですよ。人類が神と歩んだ歴史を改竄し、神の愛たる因子を持たぬあなた方は、神への冒瀆となる存在。もちろん、愚かにもそれを崇めていた民衆も同罪です。まがいものの治世を暴き、偽りの偶像を崇拝していた異端者たちを一掃し、すべてを真なる支配者たるフェムドナ神へと捧げる――これが私の革命なのです。そう、すべては愛しき神のために……！」

平静だったマルアムの口調に、にわかな熱が籠る。だがそれとは対照的にレヴィアは唖然としていた。眼前の女が口にする言葉はすべて、彼の理解の範疇を超えたものだったのだ。

「な、何を……貴様は何を言っている⁉　神だと？　あんなものは我々の祖先が作り出した虚像にすぎぬ！　すべての真実を知るお前ならばわかっているはずであろうが⁉」

レヴィアの弁に王族たちも口々に同意する。

神など愚民を騙すための道具――それはごく当然の事実ではないか。

「マルアムよ！　己の矛盾に気づかぬというのならば、貴様に問おう！　ここにいるヘルハウンドたちはなんだ⁉　すべては貴様が作り出した異形であろう⁉　生命を作り出すのは神のみが行える御業！　それを自らの手で否定しておきながら、なぜ神などとほざけるのだ⁉」

口では神を信じると言いながら、他方では神の所業に手を染める。誰が見ても決定的な矛盾だ。……だが、マルアムの答えは絶望的なほどに簡潔だった。

「『神を愛し、疑うなかれ』――そうでしょう？」

「……なるほど……貴様……狂っておるな、最初から」

あらゆる矛盾を呑み込んだ絶対的妄信。それを狂気と呼ばずして何と呼ぶ。

だがその誹(そし)りに対してさえ、マルアムはただ、いつかと同じ台詞を口にするだけだった。

「それが信仰の本質では？」

王族たちはようやく悟る。眼前に立つ女が、もはや人ではない別の何かであることに。

「さて、そろそろ始めましょうか」

奇異の目で見られていることさえ意に介さず、マルアムは怯える王族たちへ微笑んだ。

その言葉に反応してか、入り口からは注射器を携えたランパスたちがぞろぞろと入ってくる。

「心配ありませんよ。皆様が神に恥じぬ人生を歩んでいるのであれば、天罰因子を組み込まれたとしても何の問題もないのですからね」

もはや何を言っても無駄だった。

生まれてこのかた恐怖とも絶望とも無縁であった王族たちは、あっという間にパニックに陥った。泣き出す者、喚き散らす者、失禁する者……

その無様な醜態に目もくれず、マルアムは機械的にランパスたちへ指示を下す。そこには勝利の喜びも嘲りもない。あるのはただ、目的遂行の意志のみ。

そんなマルアムに向けて、唯一正気を保ったレヴィアは問うた。

「マルアムよ……貴様は我々を神の冒瀆者と呼んだな？　だが今一度問いたい。我々のしてきたことは、本当に神の怒りを買うほどの罪だというのか？」

聞いているのかいないのか、黙したままのマルアム。

レヴィアはさらに畳みかける。

「我々はただ、幸せになりたかっただけなのだ。愛する家族を世界で最も幸福にしてやりたかった、それだけなのだよ。それは人間であればこそ誰もが持つ願い。他のすべての者たちとて同じであろう？　万人が願い、結果として我々一族の望みが叶った。それだけの話ではないか。勝者と敗者ではあっても、善人と悪人との差ではない。そうであろうが⁉」

口調、間、声の抑揚……あらゆる技術を駆使して、レヴィアは力強く訴えかける。それはくだらぬ感傷からの言葉ではない。マルアムの妄信を揺るがすことに窮状打開の望みを懸けたのだ。

「我々はただ、誰よりも人間らしくあっただけのこと。何の権利をもって貴様が裁く⁉」

発された鋭い糾弾は、聖銀の矢の如くマルアムに牙を剝く。……だが、それは初めから会話にすらなっていなかった。二人の立つ世界は致命的にずれていたのだから。

「さて、どうなのでしょう？　もしかしたらあなたの言う通りなのかもしれません。……ですが、関係ありませんね。私はただ、神の寵愛が欲しいだけなので」

レヴィアはようやく己がいかに的外れなことを喋っていたのかに気づいた。

この女の信仰は神のためですらない。すべては『愛されたい』という利己的で身勝手な我欲のために。

それは実に――〝人間的〟であった。

「くく……なるほど、そういうことか……！」

もはや希望は絶え、生き延びる道はない。にもかかわらず、レヴィアは得心いったように笑う。そしてひとしきり笑声を響かせた後、朗々と声を張り上げるのだった。――それが最期の言葉になると知りながら。

「己の欲するものさえ理解できぬ哀れな娘よ。地獄というものがあるのなら、その最奥にて貴様を待とう」

「どうぞご勝手に。そこに私は行きませんけどね」

返答と同時に、王族たちの首に針が突き刺さった。

瞬間、聖堂中を絶叫が埋め尽くす。

捻じれ、歪み、拉げながら、際限なく肥大化していく肉体。

ぶちりぶちりと音を立てて千切れていく精神。

凄まじい勢いで進行していく異形化は、瞬く間に聖堂を地獄へと変貌させた。

もはやこの場において、王族の歴史も崇高な権威も関係ない。彼らは等しくのたうち回るだけの肉塊で、唾棄すべき穢れた獣。断末魔の叫びでさえいつしか野獣の咆哮となる。

そんな惨劇の中でなお、マルアムはひたすらに美しく微笑んでいた。

「ああ、我が主、神蝶ヨファよ……あなたに祝福あれ――！」

――……

――……

吹きすさぶ暴風の中、暗雲に覆われた空から一滴の雨粒が落ちた。最初の雫は次第に雨となり、やがて嵐となって雷鳴を轟かせる。

王都は今、かつてない規模の災厄に呑み込まれようとしていた。

そんな凄まじい春嵐の中、黒々と聳え立つ絢爛な建物――王立聖カルワリオパーティホール。その門前に、黒衣を纏いし獣の姿があった。

荒れ狂う雷雨にこゆるぎもせず、ヨシュアは静かに扉を押し開ける。

その先のエントランスで彼を待っていたのは、真っ赤な血の海と夥しい量の肉片。そしてその中心に倒れ伏す、見知った女の姿――

「――イズリル！」

咄嗟に駆け寄ったヨシュアは、かつての同僚の体を抱き起こす。全身にはべっとりと血がこびりつき、顔面は蒼白だ。……けれど、ヨシュアはすぐに表情を和らげた。生傷は多くとも一つとして致命傷はなく、全身を染めているのも単なる返り血。極度の疲労で倒れてはいるが、命に別状はないらしい。

イズリルはたった一人で、数十体ものヘルハウンドを殲滅したのだ。

「……相変わらず無茶をやる」

思わず零れる苦笑に似た賞賛。……その呟きに返答する声があった。

「……うるせえ……上から目線で言うんじゃねえよ……」

見れば、イズリルが薄らと目を開けている。どうやら気力だけで意識を取り戻したようだ。……つくづく無茶な女である。

「けっ、おっせえんだよ、ばーか」

「……すまん」

八年ぶりの再会にもかかわらず、遠慮なく飛んで来る罵声。

ヨシュアはどこか懐かしさを覚えながらも、面目なさげに頭を下げる。

「で……カナンは……無事なのか……？」

「……ああ、大丈夫だ。あの子はとても強く育った。何も心配はいらない」

「へっ、あったりまえだ……！　このあたしが鍛えたんだからな……！」

ヨシュアが答えると、イズリルは我がことのように笑う。そして満足気に目を閉じた

……かと思いきや、いきなり身を起こし始めた。

「そんじゃあ後は、ラスボスをぶちのめすだけ、ってわけだな……！」

これだけの手傷を負っているというのに、まだ戦うつもりでいるらしい。

ヨシュアは大慌てでこの暴挙を止めに入る。

「……やめておけ、本当に死ぬぞ」

「うっせえ、指図すんじゃねえよ！　この程度の傷、なんてこと……」

と強がってはみたものの、立ち上がった途端にかくりと崩れ落ちてしまう。ヨシュアの腕に抱き留められたイズリルは、恥ずかしげにそっぽを向いた。

「くそっ、放しやがれ！　こ、こんなはずじゃ……」

「……いいから、そこで休んでいろ。……決着は、俺がつける」

そっとイズリルを寝かせて、ヨシュアは立ち上がる。

戦力的に見ても今のイズリルでは足手まといにしかならない。ヨシュアの判断は合理的だ。それは他でもない彼女自身が悔しいほどにわかっている。

……けれど、イズリルはヨシュアの外套の端を掴んだまま放そうとしなかった。

「またそうやって、一人で行っちまうのかよ……？」

イズリルの唇から零れたのは、まるで留守番を言い渡された子供のような言葉。

彼女にはわかっていた。このまま引き留めなければ、きっとまたヨシュアはどこかへ行ってしまう。それも、今度こそ二度とは会えない遠い所へ。だからこの手を放すわけにはいかない。八年前のあの日を悔いているからこそ、彼女はずっと己を磨き続けて来たのだから。

だが無情にも、ヨシュアの答えは八年前と同じだった。

「……すまない」

それだけ言って、ヨシュアは優しくイズリルの手を払いのける。もはや縋りつくだけの

力もなく、彼女はただヨシュアの後ろ姿を見送るしかなかった。

──また、これか。

八年前と同じ。彼女の手はいつだって、その背中には届かない。

朦朧とした頭の隅で、イズリルはぼんやりと思った。こういうのを悲劇のヒロインと呼ぶのだろうか。呪われた身に生まれ、世間から疎まれ、どんなに努力しても願いには届かない。年頃の少女が好みそうな、悲しい絵本のお姫様。

ふん──そこまで考えて、イズリルは自嘲的に笑った。

そんなもの、このあたしには似合わない──

「──ヨシュアぁあああ!!!」

ホール一杯に響き渡るイズリルの声。

思わず振り返ったヨシュアに、彼女ははっきりと伝えた。

「お前が好きだ！　今までもずっと！　これからもずっと!!　お前が大好きだっ!!!」

着飾った言い回しも、まわりくどい前置きもない、ただがむしゃらでまっすぐな、愛の告白。そこに乙女らしさなんてものは微塵も見当たらない。

だがそれゆえに、彼女の言葉は何よりも強くヨシュアの黒鱗を貫き、その先の一番柔らかな部分へと届いたのだった。

「……今のパンチは、なかなか効いたぞ」

ヨシュアは困ったように呟いて、所在なさげに頬を掻く。それは獣となった今も変わらない、彼のぎこちない照れ隠し。

イズリルは勝ち誇って笑った。悪戯っぽい、いつもの笑顔で。

「へへっ、ざまあみろ……！」

そして何かを言われる前に、彼女はヨシュアの背中を押した。

「カナンのことは任せろ。だから……おもいっきり暴れてこい、ヨシュア！」

イズリルが口にできたのはそれが最後。満身創痍の体であれだけの叫び声を上げたのだから当然だ。

……ただそれでも、薄れゆく意識の中でイズリルは思った。

（まっ、あたしにしちゃ、上出来だよな――）

今度こそ本当に意識を手放したイズリル。寝息を立てるその姿を眺めながら、ヨシュアは呆れとも感嘆ともつかぬ想いに打たれていた。

あの状態でここまで無茶をやれるとは。一体どれほどの意志がなせるわざか。思えば彼女はいつだってそうだった。どんな無理でも押し通す、腕力とは別次元の強さ。だから粗暴で不器用でもみんなに慕われるのだ。

「……カナンは任せろ、か……」

今しがた投げかけられた言葉を、ヨシュアはそっと繰り返す。

心のどこかにつかえていた何かが、いつの間にか綺麗さっぱり消えていた。もう迷いも惑いもありはしない。ヨシュアは最後にもう一度だけ、イズリルの寝顔に視線を遣った。

――最も古くからの友人に、心からの敬愛を込めて。

そうしてヨシュアは歩き出す。

重い鉄扉をくぐり、血だらけの回廊を往き、無数の死体を踏み越えて、その先へ。

そしてたどり着いた死地にて待ち受けていたのは――

『――やはり来ましたね、ヨシュア』

どこまでも延びる真っ暗な廊下。そこに響いたのは紛れもないマルアムの声。だが暗闇にぼんやりと浮かぶその姿はおぼろげで、まるで淡い蜃気楼のよう。……旧時代の技術を利用した立体映像だ。

虚構と実体。大きな壁を隔てながら、両者は静かに対峙する。時計塔での再会にて二人が言葉を交わさなかったのは、きっとどちらもこうなることがわかっていたからだろう。

『一体いつ戻ったのですか？』

「……つい最近です。それまではずっと……悪夢の中にいました」

理性を取り戻すまでの八年間――獣として野山を彷徨い、泥水を啜って生きた地獄のような記憶。それはまさしく悪夢の如き日々だった。……だが、今となってはそんなことどうでもいい。カナンとの約束を果たした今、彼に残された役目は一つだけ。それを成し遂げるために、こうしてここに居るのだから。

「……司教様。あなたはもう、引き返すつもりはないのですね？」

その悲しき答えを知りながら、ヨシュアは今一度問う。

そして返ってきたのは、ヨシュアが予期した通りの言葉だった。

『――ええ、無論です。神への反逆者を駆逐し、穢れなき清浄な世界を創る。そうすることで初めて我らがフェムドナ神は神蝶ヨファへと姿を変え、そして、そして……私に真なる愛を与えてくださることでしょう！』

純粋で単純な、愛への渇望。

哀れな子供のようなその願いは、八年前にマルアムが告げた目的と何一つ変わってはいなかった。

「……なるほど、長い悪夢にうなされていたのは、私だけではなかったようですね」

一抹の憐憫を込めて、ヨシュアは呟く。

「……であればこそ、私があなたを止めなければ」

『ああ、嬉しいわ、ヨシュア。あなたがそんなにも私のことを想っていてくれたただなんて！』

心の底から嬉しそうに微笑んだマルアムは、それから小さく首をかしげた。

『ただ……あなたにできるかしら？』

意味深な言葉が放たれると同時に、廊下の照明が一つずつ灯っていく。果てなく連なった薄明かりの下、ひしめき合っていたのは巨大なイヴリースの群れ。いずれも何千という生物の体が組み合わさった、見るもおぞましい姿をしている。

だが何よりヨシュアの目を引いたのは、異形たちの体に一ヵ所だけ残された人間の部位

――苦悶に歪んだ人の相貌。それも、国民ならば誰もが知っている者たちの……

立ちふさがった二十七体のイヴリース、それらはかつて栄華を極めた王族たちの成れの果てであった。

『彼らこそが世界を作り変える終末の角笛。神への疑念を抱いた悪しき人民を処断する審判の鉄槌。旧世代の罪過を背負った最後の咎人にして、新世代を築く最初の獣です』

古代技術の粋を集めて生み出された人造の異形。副産物にすぎぬランパスやヘルハウンドなど、これに比べればただの玩具だ。そしてヨシュアは、眼前の化け物たちが単なる武力以上の存在であることにも気づいていた。

「……どうやら、まともなイヴリースではないようですね」

全身の細胞がぴりぴりと疼く。恐怖や警戒による緊張感とは違う。それはまるで、細胞の一つ一つが主に警告を発しているような……

『ええ、あなたの言う通りですよ。――彼らは特別製です。人々に埋め込まれた天罰因子は、彼らを獣ではなく人間として認識する。……この意味、おわかりですね？』

肉塊に埋もれた王族たちの顔を見て、ヨシュアはマルアムが言わんとすることを理解した。

人間の部位を残したのは悪趣味な余興などではない。終末の獣に立ち向かう者すべてを醜き異形の身へと堕とす、どこまでも非情な罠なのだ。

そう、マルアムが為さんとするは世界の再構築。新しき神話の一ページ目に旧時代の英雄譚などあってはならない。過去の訓戒として残されるのは、骸と獣だけで十分。

『さあ、ヨシュア、もう一度問います。——あなたに私が止められますか？』

マルアムの背後に控えるのは、一匹一匹が容易に街一つ呑み込めるほど強力なイヴリース。それが二十七体も揃っている。

圧倒的な戦力を前に沈黙したヨシュアに、マルアムは一転して慈愛の表情を浮かべた。

『ねえ、ヨシュア。私と一緒に来ませんか？　この八年であなたはますます美しく完成した。聖銀さえも克服するほどに。人工の鎖に囚われることのないあなたこそ、真に神の寵愛を受けた人間なのです！　お願い、ヨシュア！　私と共に来てください！　私とあなたならば、きっと新しい世界で最初のつがいになれる——！』

いつになく高揚した表情で迫るマルアム。感情の昂りに任せるがまま、マルアムはヨシュアの頰へ手を伸ばす。……だが、その指先が触れることはなかった。今の彼女はただの立体映像。肌が触れ合うはずもない。

冷たさもぬくもりもない手から一歩遠ざかりながら、ヨシュアは静かに告げた。

「……私は一度道を違えました。最も正解から遠い答えを選び、その結果三十三の尊い命を奪った。償えるとも、やり直せるとも思ってはいません。あの子たちが新しい可能性を示した今でさえ、あなたを止める方法をこれしか思いつかないのですから」

込められた一抹の自嘲。だがそこには、一つの揺るがぬ意志があった。

「……ただそれでも、もう一度だけ何かを選べるのであれば——せめて、子供たちの未来を」

『その対価として、今度こそ獣に堕ちるとしても、ですか？』

「……あの子を守れるというのなら……今はこの獣の身とて、喜ばしい」

一匹の醜き獣として過ごした八年間の悪夢。それを知っていてなおヨシュアは言い切る。

だがその決意さえ、マルアムには別の何かとして映ったようだ。

『――残念です、ヨシュア。あなたは変わってしまった。昔はただ純粋に人間になることだけを渇望していたというのに。あの頃のあなたはまっすぐな刃のよう。その体と同じく、とても、とても美しかった。……けれど、今のあなたは違う。余計なものを心に背負って、そう――弱くなってしまった』

確かにそうかもしれない。ヨシュアはその言葉を否定しようとはしなかった。

償わねばならない負債、守らねばならない宝、失いたくないぬくもり……今の自分の背中には、重い十字架がたくさんのしかかっている。もうかつてのように自由に飛び回ることはできないだろう。それを〝弱さ〟と呼ぶのであれば、マルアムの言っていることは疑いようもなく正しい。……だがそれでも、

「……それが生きることの本質では？」

『……さあ、私にはわかりかねます』

ヨシュアは嬉しげに微笑んだ。

それが決別の合図だった。

ぶつり、と音を立ててマルアムの映像が途絶える。後に残されたのは、耳鳴りにも似た

微かな沈黙と――蠢く二十七の魔獣だけ。

「……ふふ、ようやく肩の力を抜けるな」

もはやここから先、見咎める〝人間〟は一人としていない。己の体を隠す必要などなくなった。ヨシュアの手がするりと外套を剝ぎ取る。……その下から現れたのは、黒鱗に覆われし獣の四肢だった。

地鳴りの如く脈打つ心臓。潮騒の如く波打つ筋繊維。血脈は溶岩のように湧き立ち、呼吸は嵐のように猛々しい。その体の奏でる音すべてが、人がかつて獣だった時代の挽歌となる。

生きて、死ぬ――ただそれだけのために在る野獣の肉体。人間の手で作られた精緻なる混沌の終着点にして、自然の織り成す残忍な調和の極致。ヨシュアの体は今や、美醜の価値観を超えた一つの象徴となっていた。

そんな青年の行く手に立ちはだかる二十七騎の終末の魔獣。その巨体を構成するのは、千とも万ともつかぬ無数の生物たち。それらはかつて、人間が利己的な都合で滅ぼした種に他ならない。だとするならば、青年が対峙するのは人類という種の犯した大罪そのもの――そんな果てなき怨嗟の集合体に向かって、ヨシュアはまっすぐ突っ込んだ。

万象を寄せつけぬ表皮、致死毒を孕む牙、鋼をも刈る鉤爪……過去に栄えた生物の最も優れた部分だけを集めた神話の怪物たち。比類なきその力は完全に生物の域を逸脱している。鉄壁の如き黒鱗でさえその攻撃のすべてを防ぎ切ることなどできはしない。

だがそれでも、ヨシュアは迷わなかった。

肉を削がれるその瞬刻に心臓を穿ち、骨が砕かれるその刹那に脳髄を裂く。もはや技術の介在する余地などない。あるのはただ単純な、獣同士の喰らい合い。

そしてその代償は、体の傷だけでは済まなかった。

心臓を一つ抉るたび、全身が激痛と共に異形と化していく。

首を一つ刎ねるたび、理性が音を立てて崩れ落ちていく。

五感も、思考も、記憶も……世界すべてが血肉の味に支配されていく。

ヨシュアにはそれが震えるほどに恐ろしかった。身もだえするほどに哀しかった。何一つとして忘れてしまいたくはなかった。……だが『人でありたい』というその願いさえ、血と獣の匂いに塗り潰されていく。

それでもヨシュアは足を止めなかった。

嗚咽の代わりに咆哮を上げながら――

敵の肉体と共に己の魂さえ引き裂きながら――

もはや名前も思い出せなくなった大切な者たちのために――ただ前へ。

そしてとうとう二十七体目の魔獣が倒れ伏し、最後の扉が開かれた。

「――よくぞここまでたどり着きましたね、ヨシュア――」

静寂に満ちた大聖堂の最奥部。ヨシュアを迎え入れたのは、今度こそ映像ではない生身のマルアム。入り口に背を向けたまま、荘厳な祭壇の前に跪いている。

「やはりあなたは、私の選んだ……」

だが、ゆっくりと振り返ったマルアムは、途中で口をつぐんだ。――もはや言葉が意味をなさないと知ったのだ。

「――ああ……よく頑張りましたね、ヨシュア……」

戸口に立っていたのは、全身から血を垂れ流した漆黒の異形。その口元からは知性のない唸り声だけが漏れ、その瞳からは獣性以外の何物も読み取れない。きっとソレはもう、己の名前すら憶えてはいないのだろう。――再会した黒き獣は、もはやヨシュアではなかった。

だが……

「……それでも、進むのですか」

かつてヨシュアだったものは、ぼろぼろの体を引きずって進む。

記憶もなく、意思もない、あるのはただの獣性だけ。満身創痍のこの状態であれば、本能に従って逃げ出すはず。だというのになぜか、黒鱗の異形は足を止めようとしない。

本能に抗う何かがまだ残っているとでもいうのか――？

マルアムにその答えはわからなかった。いや、最初から知ろうとさえしなかった。ただそれでも、そんな獣の姿を不憫には思ったらしい。

「……今、楽にして差し上げますね」

憐憫を込めて囁くマルアム。その瞬間、巨大な影が頭上から降り立った。

それは二十八体目の獣――かつて人々に〝王〟と呼ばれていた個体だ。その巨体はこれまでの王族たちとは異なり、《原初の大蛇》のような群体によって成り立っている。ただ少し違うのは、〝王〟の体を構成するものが『蛇』ではなく『人間』であること――男、女、老人、子供……ぐちゃぐちゃに寄せ集められた無数の人体は、皆一様に苦悶の表情で呻いている。万人を踏み台として成立する歪な異形。地獄の縮図にも似たそれは、まさしく国家そのものの体現。人たる者の王にして、究極なる異形の完成体がそこにいた。

「――殺しなさい」

冷徹な命令と同時に〝王〟が動き出す。

牙も爪も持たぬ〝王〟の攻撃手段は、無数に生やした腕によるごく単純な殴打のみ。だが圧倒的質量を以て為されるその攻撃は、万の技をも圧し潰す鉄槌となる。いかに蟻が鋭く顎を砥いだとて、巨象に対しては塵ほどの差異もないのと同じこと。両者の間に横たわるのはそれほどまでに絶対的な種としての差なのだ。ましてや既に瀕死の獣が抗える道理などどこにあるというのか。

嬲り、蹴散らし、叩き伏せ……〝王〟は暴虐の限りを尽くす。手負いの黒獣に反撃の力など残っているはずもなく、手も足も出ず痛めつけられるだけ。圧倒的な暴力に蹂躙されるその様は、まるで鞭打たれる罪人のよう。それは獅子が戯れに赤子を弄んでいるかのような、あまりにも一方的な戦いだった。

「……残念です。かつてのあなたなら、あるいは……」

強い者が弱い者を食らう――それが自然の摂理。努力や技術など弱肉強食の世界では何の価値も持たない。すべては生まれた時から定められた理(ことわり)なのだ。その掟(おきて)を覆せる動物は唯一人間のみ。だが黒き獣はもう人ではなく……ゆえに勝機もなかった。

何度目かの攻防の末、激しく壁に叩きつけられた獣は、ついに起き上がる力すらなく倒れ伏す。――その真上に〝王〟の巨大な影が落ちた。

「さあ、とどめを」

断頭台の刃の如く、歪な巨腕が振り上げられる。黒鱗の獣はなおももがくが、その抵抗はあまりにも儚く無意味。神様などいないこの世界では、奇跡など起こるはずがないのだから。……けれど、自然の摂理が執行されるその間際、憐憫のまなざしで見守っていたマルアムの眼に奇妙なものが映った。

きらりと反射する極細の何か。目の錯覚、ではない。〝王〟の周囲で瞬(また)く幾つもの光の筋が、はっきりとマルアムの視界に映る。それはまるで、綺麗な繭糸のような――

「まさか……！」

マルアムが息をのんだ瞬間、〝王〟の腕が不自然に硬直した。いつの間にか張り巡らされていた聖銀のワイヤーが、歪な肉塊に深々と食い込んでいる。その出所はただ一つ。ぼろぼろに剝げ落ちた獣の黒鱗、その下から覗(のぞ)く錆(さ)びた射出機――それは紛れもなく、彼が八年前のあの日に身に着けていたもの。

既に自我はなく、記憶も失った。戦略を考える思考力さえ残ってはいないはず。だが、他者を殺さぬために積み重ねた何万何億の鍛錬を、その体だけは覚えていたのだ。

そして凍った時間の中、獣の左腕が振るわれる。それは神さえ殺す黒き槍となり――

〝王〟の心臓を貫いた。

「どうして、こんな……⁈」

轟音と共に崩壊していく〝王〟の体。

それを為す術もなく見つめながら、マルアムは呆然とする。

すべては完璧だった。〝王〟とは科学の果てにたどり着いた究極の生命体。人類が歩んだ罰の歴史そのもの。ゆえに何者にも打倒できぬ最後の魔獣となる。……そのはずだった。だというのに、なぜ――？

狼狽するマルアムに向かって、黒鱗の獣はゆっくりと歩み寄る。

内臓のほとんどが潰れ、流す血すら枯渇し、鼓動さえ不確かとなってなお進む瀕死の獣。マルアムはもう、眼前のソレを定義する術を持たなかった。道具使う獣、名前持たぬ人間、聖銀纏うイヴリース……存在そのものが矛盾に満ちている。

だからマルアムは迫り来るソレに問うた。

「あ、あなたは……人間なのですか？」

返って来たのは荒い吐息だけ。ソレは一歩前に踏み出す。

「それとも……獣なのですか？」

返って来るのは歪な眼光だけ。マルアムは一歩後ろへ下がった。

「どちらでもないというのなら……あなたは、一体なんなのですか……?!」

じりじりと後ずさりながら、マルアムは三度問う。聞こえているかもわからぬ相手に対し、それはひどく愚かしい行為かもしれない。……しかし、無駄ではなかった。ソレの口がゆっくりと開いたのだ。まるでマルアムの問いに答えようとしているかのように。

けれどその口から漏れたのは、何の意味も持たない唸り声だった。

かつてヨシュアだったものの体は、既に内臓まで獣となっている。発声器官までも異形と化しては、人間の言葉など喋れるはずがない。だがそれでも、ソレは答えを見つけようと苦しげな吐息を吐き続ける。

ずたずたに引き裂かれ、獣性の底に沈んだ記憶。探せども探せども自分の名前すら思い出せない。けれど、深く暗い闇の一番底に、一つだけ残っているものがある。それはいつか彼を呼んだ、幼い少女の声——

その時、マルアムは確かに聞いた。錯覚でも、幻聴でもない、獣の小さな自己定義を。

『よ……ふぁ……』

そして、最期の変異が始まった。

王殺しという許されざる大罪。その咎に感応して天罰因子が蠢き始めたのだ。

ぎしぎしと軋む骨、捻じれながら隆起する両肩、そして真っ黒な何かが肉を突き破って現れる。……ただそれは、硬く歪んだ異形の肉塊とは少し違う。

つぼみがほころぶかの如く獣の背で花開いたもの——それは、脆く儚い、透き通るように美しい黒蝶の翅(はね)だった。

「──ああ……！」

瞬間、マルアムは崩れるように跪く。

背後は既に壁。迫り来る獣の足は止まらず、逃げ場などどこにもない。

けれど、彼女の顔に浮かぶのは恍惚の表情だった。

「やっと……私を見つけてくださったのですね……！」

法悦にうたれながら囁くマルアム。その体は小刻みに震え、頬には涙が伝っていた。

昂奮(こうふん)、狂喜、畏怖、悦楽……そして、生への渇望。生まれて以来知らなかった様々な感情が、堰(せき)を切ったように溢れて止まらない。

湧き起こる情動のまま、マルアムは眼前の異形に向けて両手を差し伸べる。その姿はまるで──父親に抱っこをねだる幼子のようであった。

「どうか……どうか、罪深きこの私に──」

──愛(罰)を──

空の大聖堂で、漆黒の爪が静かに振り下ろされた。

終章 ——神話の後に——

《裸王の洗礼祭》から一日が過ぎた。

王都を襲った嵐は去り、空は眩いばかりの快晴。澄み切った大気には一点の穢れもなく、雨露に濡れた街並みは朝日を浴びてきらきらと輝いている。道端の雑草までもが鮮やかな花を咲かせていた。それはまるで、先日の嵐が世界を丸ごと洗濯していったかのよう。

そんなまっさらな王都の中心に、少しも変わらない建物が一つ。——時計塔だ。

大昔から世界を睥睨してきたこの建物にとっては、昨夜の嵐など騒ぐほどのものではないのだろう。ただいつも通り静かに時を刻んでいる。

……その時計塔の内側に、カナンはいた。

世界から隔絶されし静謐なる空間。そこを貫く二重螺旋の真ん中で、少女は独り蹲る。

初めてこの階段を登ったのはたった一日前。けれどそれが遠い昔のことのように思える。

それほどまでに、王都の現状は一変してしまった。

統治者たるデミウルゴ一族は死に絶え、国民は騙されていた真実に気づいた。広場を襲ったヘルハウンドたちはカインによって駆逐され、そのカイン自身も力尽きた。なぜ大罪人であるはずの《原初の大蛇》が命を賭して人々を守ったのか、蛇の胸中を知る者は誰もいない。

そしてすべての元凶であるマルアムは、聖カルワリオパーティホールの大聖堂にて遺体で発見された。……その傍らに横たわった、身元不明の獣と共に。

こうして王都を取り巻く騒乱は終わった。たった一日の間に、これまでの歴史すべてが綺麗さっぱり押し流されてしまったのだ。今は唯一残った革命軍が暫定的な統治機関として動いている。ある意味で、革命軍の悲願は果たされたと言えよう。……けれど、カナンの表情に勝利の喜びはなかった。

結局のところ、すべてを解決したのは血と暴力。声高に叫んだ理想とは真逆の結末ばかり。奪って奪われ、殺して殺され、最後にぽっかりと秩序が残っただけのこと。

他の道があったはずなのだ。全員が笑って生きられる、真に正しい選択が――

「――ここにいたのか、カナン」

不意の声に顔を上げると、そこに立っていたのはノア。そしてその後ろには、見知った二人の顔もあった。

「あ……ノア……マリア先生にイズリルさんも……」

「ふふ、子供たちに『様子を見てきてあげて』とせがまれてしまいましてね」

「ふんっ、しょぼくれた面だな！」

マリアもイズリルも、事後処理で忙しい合間に来てくれたのだろう。一層己の無力さを痛感しながら、カナンは繕った笑顔を返す。

「外はどうなっていますか？」

「そうですね、街はまだ混乱しています。王族の裏切りを知り、あまつさえ殺されかけたのですから。……その点、子供たちの方が落ち着いているかもしれませんね。ふふ、みんな一昨日(おととい)の屋台の話に夢中なんですよ」

と、マリアは顔をほころばせる。子供たちはいつだって楽しい方に全力なのだ。

そんな孤児院の様子を聞いて、イズリルは羨ましそうに吐息をついた。

「あーあ、ったく、大人どももガキみてえに落ち着いてくれりゃいいんだがよ。こっちは昨日からあっちへこっちへ駆り出されてくたくただぜ。憲兵どもが使い物にならないせいで、あたしらと警団が割食ってんだ。エリートってのは貧弱だねえ」

あれだけの騒乱が大衆の面前で起きたのだ、治安が乱れるのは至極当然。むしろ、暴動が起きていないのが不思議なぐらいだ。……だが、いずれにせよこの小康状態もそう長くは続かない。真実が全国民に浸透すれば更なる混迷が生まれるだろう。本当の困難はこの先に待っているのだ。

「そっか……そうだよね、ここからが大変なんだよね……」

今更のように呟(つぶや)いたカナンに、ノアは生真面目な顔で頷(うなず)いた。

「何を当たり前なことを言っているのだ。統治体制の確立、教育体系の整備、残った腐敗の根絶や辺境問題への対処……ゆくゆくは世界の歴史や天罰因子についてもきちんと民衆に教えねばならない。やるべきことは山ほどあるのだぞ」

そう、自分たちは革命を起こした張本人。曲がりなりにも保たれていた均衡を崩した者として、新たな秩序を守り統べる責任がある。

だが……

「……自信、ないな……」

それが吐いてはならない弱音だと理解していても、カナンは呟かずにはいられなかった。

目指していたのは誰も傷つかない世界。そのためには暴力でなく愛情で礎を築かなければならない。そう信じてこれまで戦って来た。……けれど、結果は違った。

無数の屍（しかばね）の上に立つこの新世界に、明るい未来など築けるのだろうか――？

「そうですね……確かに、この世界は多くの犠牲によって生まれてしまったのかもしれません」

蹲ったままのカナンに、マリアは優しく微笑（ほほえ）みかける。

「ですが、生まれがすべてを決めるわけではないでしょう？　それは他でもないあなたが証明していることではありませんか。王族に生まれてなお、誰よりも民に寄り添おうとしているあなた自身が」

だがカナンは、その慰めに首を振った。

「……そんなの、わからないじゃないですか……結局私は、あの人たちと同じやり方でしか世界を創れなかった。生まれ持った運命は、変えられないのかも……」

不安に押し潰され、小さく縮こまるカナン。……その時、不意にイズリルが笑った。

「へへ、そういや昔、あたしもあいつに似たようなこと言ったっけな。生まれは変えられない、何をやっても無駄だって」

イズリルは懐かしげに振り返る。

「だけど、あいつ頑固でさ。聞こうともしねえんだ。みーんなが諦めてた贖罪の道とやらを探してよ、まっすぐ進んでったんだよ。馬鹿みたいに、まっすぐさ。まっ、結果はあの様だけどよ、それでも……あいつは頑張った。そんで、大事なもんを守り切ったんだ。そんなこと、お前が一番よくわかってんだろ？」

そう、少女はみんなわかっている。でも……いや、だからこそ、その途方もない道のりを前に足がすくんでしまうのだ。

「……私、お父さんみたいに強くないよ……」

カナンの唇から零れるのは、ひどく後ろ向きな呟き。

いっそ逃げ出してしまおうか——少女はふと思った。

彼女には今、二つの選択肢がある。この螺旋階段を登るか、それとも降りるか。

これだけの大混乱だ、地下通路を通って静かに人混みに紛れれば、きっと誰も気づきはしないだろう。そして辺境の村にでも身を寄せて、普通の人生を生きるのだ。〝悪魔の子〟でも革命の乙女でもない、ごく普通のか弱い少女として。

そんな淡い夢想は、彼女の瞳にとても魅力的に映って——

「——ああ、そうだな。あの男を基準とすれば、私たちは皆弱いだろう」

いつの間にかカナンの正面に屈み込んでいたノアは、ただ素直に頷いた。

彼女もまたカナン同様、これから歩もうとしている道の険しさを知っている。いや、きっとカナン以上に様々な問題が見えているのだろう。……けれど、その瞳に浮かぶ色は諦めでも自暴自棄でもなかった。

「そうだ、確かに私たちは弱い。……だが、それで構わないよ。一人一人は弱くてもいいんだ。——だって、私たちが目指すのは皆が共にある世界なのだから。それを教えてくれたのは、お前じゃないか」

その言葉で、カナンははっと顔を上げた。

三人はちゃんとそこにいて、こちらをじっと見つめている。カナンはそこで初めて、三人の顔を見た気がした。

「カナン、私はお前と共に歩みたい。そう思ってるのは、きっと、私だけじゃないよ」

新しい世界を背負っていく責任。それは重くて、大きくて、震えだしそうなほどに恐ろしい。逃げ出してしまいたいという気持ちは、少しも拭えてはいない。だがそれでも……

カナンは三人を見上げた。

その後ろに子供たちの笑顔が浮かんだ。

そしてその向こうには、今はまだ名前も知らない、いつか友達になる人たちが……

前途に待ち受けるは獣道。どこへ続くとも知れぬ修羅の路。

だけどこの人たちのためなら……いや、この人たちと共にならーー獣の道とて、歩み越えられる気がした。

「──一緒に、来てくれますか？」

その言葉を待っていたのだろう。三人は当然だと言わんばかりに微笑んだ。

「さあ、行くぞ。皆が待っている」

そうしてカナンは二重螺旋を登る。一歩一歩踏みしめながら、確かに今を生きている、と。そして登り切った先の頂上にてカナンは見た。広場に集い来るたくさんの人々を。

王族に裏切られ、神に見捨てられ、寄る辺を失った迷い人たち。誰かに強制されたわけでもなく、皆が自然と集まってくる。一夜にして多くのものを失ってしまった彼らは、それでもただ一つだけ覚えていたのだ。

自分たちの未来を願い、時計塔の上で叫んだ少女の姿を。

ゆえに彼らは集まった。この期に及んでなお、縋ることしかできぬ己の弱さを恥じながら。それでも明日を求めて、彼女の元に。

カナンはもう、守られるだけの少女ではなくなっていた。

父にとっての原罪が歪んで生まれたその身だというのなら、彼女にとっては歪めて生んでしまったこの世界こそが原罪なのだ。今や彼女もまた、現実と理想との狭間にとらわれた一匹のイヴリース。その背に科せられた十字架は、重く大きい。

だがそれでも、カナンは前へ踏み出す。

かつて父がそうしたように。

そしてこれから先も誰かがそうするように。

共に背負ってくれる者たちが、この世界にはたくさんいるのだから。

誰かに作られた神話ではない――彼女たちだけの物語が、ここから始まろうとしていた。

あとがき

こんにちは、紺野千昭と申します。このたびは『神様のいるこの世界で、獣はヒトの夢を見る』をお手に取っていただき誠にありがとうございます。

本作は第8回講談社ラノベチャレンジカップにて佳作を賜った作品になります。やや時間が空いての刊行となりましたが、多くの方のお力添えでこうして形にすることが叶いました。拾ってくださったチャレンジカップ審査員の皆様及び担当編集様、美しくも力強いイラストをお寄せくださった木野花ヒランコ様、そして誰より、こうして今あとがきを読んでくださっている読者の皆様へ、この場をお借りして心から御礼申し上げます。

それから本編の内容につきましては、今読み返してみても拙い部分ばかりで不甲斐ない限りです。ただ、物語を通して『ヨシュアという青年がたくさん頑張ったんだな』と感じていただければ一個人として大変嬉しいです。

以上、紙幅も尽きて参りましたので、そろそろ締め括らせていただきます。最後に一点、読者の皆様へ。繰り返しになりますが、本作をお手に取っていただき本当にありがとうございました！　誰かに読んでいただけることが作者にとって一番の幸福です！　次にどこかでお会いすることがありましたら、また何卒よろしくお願いいたします。

紺野千昭

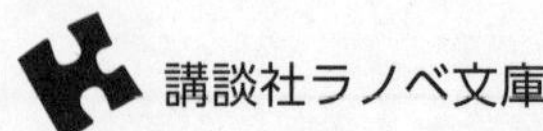

神様のいるこの世界で、獣はヒトの夢を見る

紺野千昭

2024年2月28日第1刷発行

発行者	森田浩章
発行所	株式会社　講談社 〒112-8001 東京都文京区音羽2-12-21
電話	出版　(03)5395-3715 販売　(03)5395-3605 業務　(03)5395-3603
デザイン	AFTERGLOW
本文データ制作	講談社デジタル製作
印刷所	株式会社ＫＰＳプロダクツ
製本所	株式会社フォーネット社

KODANSHA

ISBN978-4-06-530875-2　N.D.C.913　407p　15㎝
定価はカバーに表示してあります